KB123538

조선 전란기 지식인

조찬한의
고뇌와 문학

전쟁과 한문학 II

조선 전란기 지식인
조찬한의
고뇌와 문학

박정민 지음

보고사
BOGOSA

필자는 한문학을 전공하면서 '전쟁이라는 극한 상황 속에서 극명하게 드러나는 인간의 감정이 문학 안에서 어떻게 처리되는가?'라는 문제에 깊이 관심을 기울여 왔다. 그 결과 전쟁에서 산생된 한문학이 본질적으로 인간의 사유와 정서를 여과 없이 반영하는 밝은 거울이라는 사실을 인식하게 되었고, 그에 대한 연구가 최종적으로 현대인의 언어 사유와 자성에 일조할 수 있으리라는 기대를 갖게 되었다.

이 책은 이런 믿음을 근거로 세상의 빛을 보게 되었다. 책의 내용은 필자의 박사학위논문 「전란기 지식인의 고뇌와 문학적 표현」을 다듬고 보충한 것이니, 논문의 요지는 '임진왜란을 체험한 조선조 문인이 전쟁의 위기를 어떻게 내면화하고 문학적으로 표출하는가'라는 문제를 '문학의 치유 기능'이란 측면에서 분석한 것이다. 그리고 연구의 중심은 전란기 지식인 현주(玄洲) 조찬한[趙纘韓: 1572~1631]의 문학에 두었다.

연구를 진행하면서 필자는 외부 세계의 충격에 강타 당한 인간이 자신의 내면적 상흔(傷痕)을 회복시키기 위해 고군분투하는 처절한 과정을 목도하였다. 전쟁통에 현주는 사대부로서의 체신을 벗고 나약한 인간인 자신과 마주하면서도, 좌절하지 않고 주변인과 끊임없이 연대하며 자신을 추스르는 동시에 지식인으로서의 소명의식을 끝내 놓지 않는 저력을 보여 주었다. 위기에 대응하는 인간의 숭고한 노력이 그의 문학작품에 녹아 있었던 것이다.

이는 필자에게 전쟁의 공포가 치유를 통해 희망으로 전이되는 순간을 포착하는 놀라운 경험을 제공하였고, 문학의 진정한 힘을 다시금 깨닫게 되는 계기를 마련해 주었다. 역량의 한계로 선인(先人)이 남긴 문학의 정수(精髓)를 오롯이 소개하지 못한 아쉬움이 남지만, 후속 연구에서의 도약을 기약하고 도움 주신 여러 선생님과 동학들에게 감사를 표하는 것으로 미련을 달래고자 한다.

언제나 큰 애정으로 지도해 주시는 경북대학교 은사님들께 무한한 존경과 감사의 마음을 올린다. 그리고 논문을 쓰는 내내 크고 작은 조언을 아끼지 않은 고마운 문우관 동학들과 김홍영 선생님께 깊이 감사드리며, 열심히 도와준 나의 가족에게도 감사의 인사를 전한다.

2020년 광복절에
저자 박정민

차례

I
서론

　문학은 인간이 심리적 갈등을 해소하는 데 어떤 역할을 하는가? 이는 인간이 문학 창작 활동을 지속적으로 영위해 온 이유에 대한 해답을 제시하는 중요한 물음이다. 문학이 지닌 치유력이 문학의 본질이건 현상이건 간에, 문학의 치유적 측면은 인간의 문학적 행위를 이해하는 중요한 계제가 된다. 이는 한문학의 경우에 있어서도 마찬가지이다.

　한국 한문학의 역사에서 문학의 치유력이 가장 돋보인 시기 중 하나는 아마도 16세기 후반~17세기 초반이 아닐까 한다. 조선 중기는 대외적으로는 수차례의 전란으로, 대내적으로는 조정 내 당파 간의 대치와 다툼으로 인해 혼란했던 격동의 시기였다. 조선중기 문인들의 높은 문학적 성취는 혼란한 시대상황으로 피폐해진 개인과 사회의 치유 요구와 맞물려 빛을 발했고, 문학은 현실을 비추는 거울로 그리고 현실의 고통을 위무하는 치유책으로 기능하였다. 뼈아픈 경험과 시련은 곧 작품의 소재로 수용되어 사회 격변의 흔적 및 울분의 심사들이 시문(詩文) 속에 그대로 녹아났다. 문인들은 문학을 통해서 불가항력의 현실에 격렬히 항거하였으며, 시문 속 피

안(彼岸)의 세계에서 삶에 대한 회의와 고뇌를 잠시나마 내려놓기도
하였다. 고통스런 현실 속에서 문학은 또다른 저항의 공간이자 도
피의 공간이 되었으며, 그리하여 그 시기 문학은 재도(載道)라는 관
념적 굴레를 한 꺼풀 벗고 일상과 감정을 여과 없이 담아내는 쪽으
로 발전해 나갔다.

　이러한 문단의 분위기 속에서 활동한 주요 문인 중 한 사람이 현
주(玄洲) 조찬한[趙纘韓, 1572~1631]이다.[1] 현주는 본관이 한양(漢陽),
자가 선술(善述), 호가 현주(玄洲)·현부(玄夫)로, 조양정(趙揚庭)의 4
남으로 태어나 경기도 서강(西江) 북쪽 지역에서 초년 시절을 보냈
다. 후술하겠지만, 그는 전란으로 친족을 잃은 가정사의 불행을 겪
고 서인계(西人系) 인사로 어지러운 정세(政勢) 속에서 활동하면서 개
인적 상처와 사회적 고뇌를 문학으로 표현한 인물이었다. 여러 문
체에 걸친 현주의 높은 창작 역량은 당시 주변인 혹은 후인들에 의
해 두루 호평을 받았다. 예컨대 현주의 시(詩)는 남용익(南龍翼)[2]과
홍만종(洪萬宗)[3]에 의해 높이 평가되었으며, 현주의 37편에 육박하

---

1) 조찬한의 생애와 관련된 기록으로는 『조선왕조실록(朝鮮王朝實錄)』·『한양 조씨
　대동세보(漢陽趙氏大同世譜)』 권2, '양절공(良節公) 한풍군파(漢豊君派) 조찬한
　조'·『한양 조씨 현주공파보(漢陽趙氏玄洲公派譜)』·「현주 조선생 연보(玄洲趙先
　生年譜)」·홍처대(洪處大, 1609~1676]의 「현주공 가장(玄洲公家狀)」·박세채
　[朴世采, 1631~1695]의 「현주 조공 묘갈명(玄洲趙公墓碣銘)」·이식[李植, 1584
　~1647]의 「현주유고서(玄洲遺稿序)」·이경석[李景奭, 1595~1671]의 「현주선생
　집서(玄洲先生集序)」 등이 있어, 이 기록들을 토대로 현주의 개인적 이력과 거취를
　파악할 수 있다.
2) 남용익은 현주가 조위한·권필과 함께 지은 장편 연구시(聯句詩) 5편을 두고 한
　사람의 손에서 나온 듯 훌륭하다고 하였다. (『壺谷詩話』. "如土泉黃溪述懷等聯
　句, 如出一手, 實同昌黎之於郊籍也.")

는 사부(辭賦) 중 「애응문(哀鷹文)」은 김석주[金錫胄, 1634~1684]의 『해동사부(海東辭賦)』에 실릴 만큼 작품성을 인정받았다.[4] 특히, 현주의 변려문(騈儷文) 작성 능력이 그 탁월성을 인정받은 사실은 이식[李植, 1584~1647][5]과 남용익(南龍翼)의 언급[6] 및 기타 사례[7]를 통해 알 수 있다. 뿐만 아니라 현주의 「보만정서(保晚亭序)」·「추송구원서(追送九畹序)」·「삼호정서(三湖亭序)」·「청계당서(聽溪堂序)」 등 많은 변려체(騈儷體) 증서문(贈序文)에는 '변려문(騈儷文)을 굳이 요청하여 지어 준다.'는 자주(自註)가 있어, 당시 현주가 변려문 작자로서 명성이 얼마나 드높았는지를 짐작할 수 있게 한다. "사부(辭賦)와 변려(騈儷)에 더욱 뛰어나, 식자들이 초한(楚漢)과 육조(六朝)의 유법(遺

---

3) 홍만종은 현주의 시가 평담(平淡)하고 험절(險絕)함을 자유로이 넘나든다고 하면서 현주를 연원이 깊은 작가로 규정하였다. (『小華詩評』. "趙玄洲纘韓平生爲詩, 奇怪驗崛, 其詠玩瀑臺詩: '深藏睡虎風烟晦, 倒掛生龍霹靂噴', 有捕龍蛇搏虎豹之勢. 至如贈槐山守吳翻: '新燕不來春寂寂, 故人將去雨紛紛', 殆平淡雅絕, 無險截之態. 非其源之深博者, 能若是乎?")

4) 『해동사부』는 이규보(李奎報)·이색(李穡)·이달충(李達衷)·이숭인(李崇仁)을 비롯한 고려인 4명과 서거정(徐居正)·강희맹(姜希孟) 등 조선인 23명의 작가의 사부(辭賦) 작품 57편을 선별하여 실었다. 조찬한의 작품으로는 「애응문(哀鷹文)」이 실려 있다.

5) 이식은 "변려문은 서유(徐庾)의 성율을 깊이 체득하였다."라고 평하였다. (『玄洲集』, 「玄注集序」. "偶儷之篇, 則深得徐庾聲律.")

6) 남용익은 "조찬한의 서계(序啓) 여러 편이 회자되었다."라고 언급하였다. (『壺谷漫筆』, 「儷評」. "趙玄洲序啓諸篇, 皆膾炙.")

7) 1617년[광해군 9]에 일어난 일명 흉격사건(兇檄事件)에서 무함을 당한 허균이 흉격(兇檄)을 작성한 범인으로 몰리자, 그 위기를 모면하기 위해 조찬한을 거론하여 "격문에 변려문을 쓰면서 은어(隱語)가 많으니 이것은 반드시 조찬한의 솜씨다."라고 했던 일 역시 당시 변려문 작가로 현주가 손에 꼽혔던 사실을 반증한다.(『光海君日記』, 광해군 9년(1617) 1월 23일~2월 2일 조.)

法)을 얻었다고 여겼다."[8]라고 한 박세채[朴世采, 1631~1695]의 말이
나 현주를 '후오자(後五子)'의 한 사람으로 꼽을 만큼 출중하다고 한
허균(許筠)의 평[9] 역시 현주의 높은 문학적 역량을 대변해준다.

현주의 문학에 대한 저간의 연구는 착실히 진행되고 있다. 1990
년대 초반부터 이루어진 초기 연구는 주로 현주의 시문학과 생애
·도가적 사유에 초점이 맞추어진 것이었다. 박동렬(1993)[10]을 필두
로 최경환(1997)[11]·김희자(2006, 2009)[12]는 현주의 시문학을 연구 대
상으로 삼았다. 또 현주의 생애에 주목한 윤미길(1997)[13] 이후로, 손
찬식(2001, 2003)[14]·김희자(2004, 2006)[15]의 작가론적 고찰이 이루어

8)『玄洲集』,「玄洲趙公墓碣銘」."尤長於騷賦駢儷, 識者以爲能得楚漢六朝遺法."
9)『惺所覆瓿藁』, 권2,「病閑雜述」,〈後五子詩·趙善述〉."東吳有機雲, 君學最博洽.
   浩蕩極文工, 森然有古法. 瑩瑩鷺鵝膏, 龍淵初出匣. 屈賈疊初劅, 班張陣新壓.
   噬彼白挺徒, 能撄水犀甲. 吾遊季孟間, 力薄身操鉟. 賞其洞彪鈐, 詞盟許同歃.
   肯似諸葛公, 雍容着顔袷?" 허균은 당대 시문이 탁월한 문인들을 '전·후오자(前後
   五子)'로 설정하고 각각의 문학을 평가하는 시를 남겼다. 권필(權韠)·이안눌(李安
   訥)·조위한(趙緯韓)·허체(許褅)·이여인(李汝仁)이 전오자(前五子)로, 정응운(鄭
   應運)·조찬한(趙纘韓)·기윤헌(奇允獻)·임숙영(任叔英)과 유실된 1인이 후오자
   (後五子)로 설정되었는데, 조찬한은 후오자(後五子)에 속한다.
10) 박동렬,「현주(玄洲) 조찬한(趙纘韓)의 문학연구: 근체시를 중심으로」, 홍익대학
    교 석사학위논문, 1993.
11) 최경환,「조찬한(趙纘韓)의〈궁중사시사(宮中四時詞)〉와 연작시의 구성 원리」,
    『한국한문학연구』20, 한국한문학회, 1997.
12) 김희자,「현주 조찬한의 시문학 연구」, 단국대학교 박사학위논문, 2006; _____,
    「홍만종의 시평을 통해 본 현주 시의 한 양상」,『인문학연구』78, 경상대학교 인문
    학연구소, 2009.
13) 윤미길,「조찬한의 현실인식」,『국어교육』93, 한국어교육학회, 1997.
14) 손찬식,「조선중기 도교사상의 시문학적 수용 연구: 조찬한을 중심으로」,『인문학
    연구』28, 경상대학교 인문학연구소, 2001; _____,「현주 조찬한의 장자적 사유
    와 신선취향적(神仙趣向的) 시세계」,『도교문화연구』18, 한국도교문화학회,

졌다. 현주의 생애와 도가적 인식 및 시세계를 살피는 데에 초점이 맞추어졌던 초반의 연구는 점차 시에서 산문으로, 작가론에서 작품론으로 그 관심 영역이 확장·선회하고 있는 추세이다. 예컨대 강명관(1998)[16]·정도상(2000)[17]·김우정(2008)[18]은 조선중기 문풍과 관련한 현주 문학의 성격에 대해 논의를 펼쳤다. 한편 현주의 사부(辭賦)와 산문(散文) 영역으로 관심을 확장시킨 논의로는 공영훈(2005)[19]을 필두로 강경희(2010)[20]·김희자(2011, 2013)[21]·이인자(2013)[22]·박정민(2013, 2014, 2015)[23]의 연구가 있다.

2003.

15) 김희자, 「현주 조찬한의 문학관」, 『한국사상과 문화』 26, 한국사상문화학회, 2004; _____, 「현주 조찬한의 시세계 – 사환기(仕宦期)의 현실인식을 중심으로」, 『한문학논집』 24, 근역한문학회, 2006.

16) 강명관, 「16세기 말 17세기 초 의고문파의 수용과 진한고문파의 성립」, 『한국고문의 이론과 전개』, 태학사, 1998.

17) 정도상, 「현주 조찬한의 문학 일고」, 『한문학논집』 18, 근역한문학회, 2000.

18) 김우정, 「현주 조찬한 산문의 연구: 17세기 초 문단의 풍정(風情)과 관련하여」, 『한문교육연구』 31, 한국한문교육학회, 2008.

19) 공영훈, 「의탁전(意托傳) 우언(寓言)의 글쓰기 양상」, 동국대학교 석사학위논문, 2005.

20) 강경희, 「조선시대 동파(東坡) 「적벽부(赤壁賦)」의 수용: 적벽선유(赤壁船遊)와 「적벽부(赤壁賦)」 방작(倣作)을 중심으로」, 『중국어문학논집』 61, 중국어문학연구회, 2010.

21) 김희자, 「현주 조찬한의 전(傳) 연구」, 『한문학논집』 33, 근역한문학회, 2011; _____, 「조찬한의 시문에 나타난 간언(諫言) 일고」, 『인문학연구』 93, 충남대학교 인문학연구소, 2013.

22) 이인자, 「현주 조찬한의 산문 선역(選譯)」, 경성대학교 석사학위논문, 2013.

23) 박정민, 「현주 조찬한의 「신루상량문(蜃樓上樑文)」 연구 –「신루기(蜃樓記)」와의 대비를 통하여 –」, 『동방한문학』 57, 2013; _____, 「현주 조찬한 산문의 수사 특징과 그 배경」, 『동방한문학』 60, 2014; _____, 「조선중기 서인계 문인의 정치적

이처럼 기존의 현주 문학에 대한 연구는 갈래론·미학론·대상론·수사론 등의 측면에서 접근한 것이었다. 그러나 본 연구는 기존 연구와 시각을 달리한다. 본 연구는 현주의 한문학 창작 행위를 치유의 행위로 인식하며, 현주를 창작 주체이자 자가 치유자로 이해하려는 시도이다. 즉 험난한 시대를 살다간 개인이 자신과 주변 사회에 대한 치유를 모색하는 데에 문학이 어떻게 기능하였는지 현주의 문학 세계를 통해 해석하려는, 문학적 행위의 원초적 목적에 대한 접근이다. 정신분석학에서 문학이 가진 치유력을 인정한 역사는 오래되었고, 심리 치료 분야에서도 근래엔 글쓰기와 읽기의 문학적 행위를 실제 치료의 방도로 활용하는 추세이다. 조선중기 문인의 문학 활동을 '치유의 행위'로 이해하려는 본고의 시도는 문학 치료의 측면에서도 새로운 근거를 제공할 여지가 있을 것이다.

연구의 진행에 앞서, 현주 문학에 대한 기존의 연구에서 개선되어야 할 점이 눈에 띈다. 기존의 연구에서는 현주의 문학 세계가 종합적으로 고찰되지 못한 측면이 있다. 특히 시문학에 연구가 편중된 경향이 없지 않으며, 도가적 인식을 담은 작품 일부와 전(傳)과 기(記)를 중심으로 이루어진 산문 연구로는 현주의 산문 세계에 대한 체계적 고찰이 이루어졌다고 보기 어렵다. 사부(辭賦)와 산문(散文)이 현주의 생애와 시세계를 설명하는 보조 자료로 활용된 점 또한 문제이다. 현주가 사부와 변려에 특장이 있었다고 하는 여러 문인들의 평가를 고려할 때, 어쩌면 현주 문학의 핵심일지도 모르는

불만과 문학적 대응 – 현주 조찬한의 경우 –」, 『동방한문학』 63, 2015.

사부와 변려를 주변적으로 살피는 것은 피상적인 연구 결과를 도출할 위험이 크기 때문이다. 여러 문체를 두루 섭렵하고 다양한 문학적 장치를 자유롭게 활용한 현주의 작자적 특성을 규명하기 위해서 그의 한시·사부·산문을 두루 살피는 일은 필수적 과제이다. 또 하나, 현주의 일생을 지나치게 반복적으로 언급하는 점 역시 경계해야 할 것이다. 작자의 일생과 문학이 밀접하게 관련을 맺음에는 재론의 여지가 없지만 기존 연구에서처럼 현주의 생애를 해제식으로 나열해서는 곤란하다. 작가론적 검토에 편중하여 작품 분석 중심의 논지를 놓쳐서는 안 될 것이다.

본고에서는 이러한 문제의식 하에, 『현주집(玄洲集)』에 소재한 모든 작품을 연구 대상으로 삼았으며, 작품과 긴밀하게 관련된 작가의 생애만 작품 분석에 활용하는 방식으로 서술하려 하였다.

현주의 시문(詩文)은 장남 조휴(趙休)와 차남 조비(趙備)의 의지와 노력으로 병란을 겪으면서도 소실되지 않고 일찍이 간행될 수 있었는데, 이는 현주가 생전부터 모아둔 원고[24]를 바탕으로 편찬된 것이다. 초간본은 1655년 임실(任實)에서 간행된 15권 5책의 목간본으로, 권수(卷首)에는 이식(李植)이 1641년에 지은 서(序)와 1655년 초간본 간행 당시에 이경석(李景奭)이 지은 서가 실려 있고 권말(卷末)에는 신천익(愼天翊)의 발(跋)이 실려 있다. 문집의 교정과 편차는 현

---

24) 1612년 영암 군수로 나간 뒤 작성된 『낭주록(朗州錄)』·1614년 영천 군수로 나간 뒤 작성된 『영주록(榮州錄)』·1620년 상주 목사로 나간 뒤 작성된 『상주록(尙州錄)』·1625년 회양 부사로 나간 뒤 작성된 『화주록(淮州錄)』·1629년 선산 부사로 나간 뒤 작성된 『선주록(善州錄)』 등이 바로 그것이다.

주의 문인(門人) 신천익[愼天翊, 1592~1661]이 담당하였다. 신천익은 시기별로 엮여 있던 현주의 시문(詩文)을 문체별로 정리하였고, 차운시나 답서의 경우 원운(元韻)·원서(元書)를 부기(附記)하는 등 원고의 상당 부분을 재구성하였다. 현존하는 초간본으로는 연세대학교 중앙도서관에 소장되어 있는 1부가 유일하다.[25] 이후 1669년에 임실(任實) 객관(客館)에 보관되어 있던 초간본의 판본이 화재로 소실되자, 무주 부사(茂朱府使)로 나가 있던 손자 조귀상(趙龜祥)이 1710년 무주(茂朱)에서 『현주집』의 중간본 1백여 본을 목활자로 발행하였는데, 중간본의 기본적인 체재와 구성은 초간본과 같고, 권말에 박세채(朴世采)의 「현주조공묘갈명(玄洲趙公墓碣銘)」과 조귀상이 지은 「중간지(重刊識)」가 증보(增補)되었다. 한국문집총간 권79에 실린 『현주집』이 바로 그것인데, 중간본은 현재 국립중앙도서관과 장서각에 소장되어 있다.[26] 『현주집』은 그 뒤 1927년에 또 현주의 후손 조종협(趙鍾協)·조병주(趙炳柱)의 주관 아래 경성(京城) 흥문당(興文堂)에서 다시 간행되었는데, 이 책은 규장각과 국립중앙도서관에 소장되어 있다.[27] 본 연구는 1710년에 발행된 중간본인 한국문집총간 소재 『현주집(玄洲集)』을 저본으로 삼았으며, 연세대학교에 소장된 초간본과의 대조를 통해 오·탈자를 바로잡고 결락된 내용을 보

---

25) 연세대학교 중앙도서관, 811.98-조찬한-현.

26) 국립중앙도서관, 일산고 3648-문72-17; 장서각, 4-6664.

27) 규장각, 가람古 819.53-J569h-v.1-5; 국립중앙도서관, 古3648-72-91-1-5. 국립중앙도서관본에는 송규헌(宋奎憲)의 발문(跋文)이 첨부되었고, 권1에 「욕곡(欲哭)」이 결락되어 있다.

충하였다.

『현주집』은 시(詩)·변려(騈儷)·사부(辭賦)·산문(散文)으로 편성되어 있으니, 592수의 시와 81편의 변려, 37편의 사부, 74편의 산문이 수록되어 있다. 그 구성은 시집(詩集)인 권1~9,[28] 여집(儷集)인 권10~11,[29] 부집(賦集)인 권12~13,[30] 문집(文集)인 권14~15[31]의 네 부분으로 나뉘며 이에 따라 각 권의 판심(板心)도 시(詩)·려(儷)·부(賦)·문(文)으로 되어 있다. 시(詩)의 경우 제목 하단에 그 출전을 밝혀 놓은 경우가 많지만, 산문의 경우 이러한 설명이 현저히 드물다. 시 작품 이외에는, 려(儷)·부(賦)·문(文)의 세 가지 문체로 나눈 뒤 그것을 각기 조(詔)·제(制)·표(表)·서(序)·기(記)·부(賦)·사(辭)·칠(七) 등의 하위 문체로 분류하였으며, 각 문체에 대한 설명까지 부기하였다. 예컨대 려(儷)의 경우 대사륙(大四六)·소사륙(小四六)으로 나뉘며, 부(賦)의 경우 순륙(純六) 등, 제문(祭文)의 경우 사자문(四字文) 등으로 설명하였다. 시(詩)·려(儷)·부(賦)·문(文)이라는 큰 범주를 설정한 뒤 문체별로 분류하고 시간 순으로 배열하는 다층적(多層的) 분

---

28) 구성과 작품수를 소개하면 다음과 같다.
   권1 (五言古詩 34首); 권2 (七言古詩 43首); 권3 (五言絶句 25首); 권4 (七言絶句 140首); 권5 (五言律詩 92首); 권6 (七言律詩 220首); 권7 (五言排律 25首); 권8 (七言排律 4首, 操 1首, 六言 1首); 권9 (聯句 6首, 回文 1首).

29) 권10 [儷] : 詔(1), 制(2), 表(1), 啓(5), 序(27), 上樑文(4), 致語(3), 帖(2), 敎(8), 批答(1), 箋(5); 권11 [儷續] : 制(1), 表(5), 序(10), 疏(1), 箋(2), 上樑文(1), 敎(1), 帖(1).

30) 권12 [賦] : 賦(6), 辭(2), 七(1); 권13 [賦續] : 賦(24), 辭(2).

31) 권14 [文] : 祭文(14), 哀辭(2), 銘(1); 권15 [文] : 序(23), 記(14), 說(4), 辯(1), 對(1), 論(2), 傳(4), 書(2), 跋(1), 誌銘(4), 通文(1).

류 기준을 적용하였던 점, 문체의 분류에 신경을 쓰고 작품의 문체적 성격을 규명하는 설명을 부기하는 정성을 기울인 점 등에서 현주의 문학적 성과를 돋보이게 하려던 편찬자 신천익(愼天翊)의 의도를 엿볼 수 있다. 이러한 문집 편제 방식은 시·변려·사부·고문에 두루 능했던 현주의 문예적 특성에서 착안한 것으로 보이는데, 실제로『현주집』에 실린 각 문체별 작품 수만 보더라도 어느 한쪽에 치우침 없이 고르게 지어졌음을 알 수 있다.

II
문학으로 표출된 불평의 심리

현주는 표면적으로는 사대부 가문에서 태어나 내·외직을 두루 거치며 평탄하게 살다간 듯 보이지만, 실제로는 불행과 시련으로 끊임없이 속앓이를 했던 인물이었다. 그는 임진왜란으로 가족을 잃은 가정사의 불행을 겪었고, 서인계 출신으로 환로에서 수차례 부침을 견뎌야 했다.

전란으로 인해 겪은 가정사의 불행이란 임진왜란과 정유재란 당시 모친과 처자를 잃었던 일을 말한다. 현주는 1592년[선조 25, 현주 나이 21세] 임진왜란이 발발하자 온 식구를 대동하고 피신하였다. 피란 도중 1593년에는 첫째 부인 고흥 류씨를 얻었는데, 혼인 후 1년도 채 지나지 않아 모친과 사별하였고 1597년 정유재란 때는 고흥 류씨와 어린 딸을 잃는 슬픔을 당하였다.

현주는 영락한 서인계 가문의 후손으로서 환로에서 겪는 갈등으로 인해 부단히 처세에 대해 고민하였고, 이에 현실 정치의 불합리를 냉철하게 바라보고 그에 대한 불만을 적극적으로 토로하였다.

인간은 자신의 내면 심리를 표출하고자 하는 본능을 지니고 있다. 이러한 욕구는 그 감정이 부정적일 경우에 더욱 강해지는데,

이때 이루어지는 내면의 '쏟아내기'는 인간으로 하여금 강한 희열을 느끼게 한다. 현주 역시 생사가 갈린 가족과의 이별과 뒤틀린 인간관계 속에서 형성된 정서적 소요를 어떠한 형태로든 분출할 필요가 있었다. 그 분출의 욕구를 훌륭히 수행할 수 있게 한 것이 바로 문자를 매개로 한 창작 활동이었다. 엄찬호에 의하면 심리적 외상을 글로 쓰는 작업은 혼란스러운 감정을 명료화시켜주고 외상 경험에 압도되지 않도록 하며, 자신의 경험을 보다 객관적으로 인식할 수 있도록 해주어 외상 경험을 한 사람에게 심리적 안정감을 높여주고 외상 경험을 보다 효과적으로 처리할 수 있도록 돕는다고 한다.[1] 감정의 언어적 표출 자체가 심리의 치유에 도움이 된다는 것이다. 현주는 혼란한 시대를 살아가는 동안 적체된 여러 가지 불평한 심리를 문학이라는 분화구를 통해 쏟아내었고, 문학을 통한 내면의 쏟아내기는 현주의 감정 소요를 진정시키고 심리적 상처를 치유하는 데 일조하였다.

본장에서는 현주가 문학에 쏟아낸 불평한 심리의 제양상을 세 부분으로 나누어 살펴보기로 한다.

1. 전쟁의 상흔과 망자(亡者)를 향한 그리움

사람은 누구나 살아가면서 주변인들의 죽음을 경험하고 심리적

---

1) 엄찬호, 「역사의 치유론」, 『인문치료의 이론과 원리』, 강원대학교 출판부, 2011, 76쪽.

타격을 받게 된다. 또한 망자와의 관계가 가까울수록 그 여파가 클 것은 충분히 예상 가능하다. 현주 역시 살아가는 동안에 가족과 주변인들의 죽음을 수차례 겪었으나, 임진왜란이라는 미증유의 상황으로 겪게 된 친지들의 죽음은 유독 강한 심리적 충격으로 남았다. 현주는 자신이 받은 전쟁의 상처와 가족을 잃은 슬픔을 시로 표출하였다.

곡하고 싶지만 곡을 할 수 없고	欲哭不可哭
말하고 싶지만 차마 말할 수 있나	欲說那忍說
생전에 임진왜란을 만나	生逢壬辰年
우리 식구들 이때부터 이별하였네	我家從此訣
동쪽 봉화는 밤에도 낮처럼 환하니	東烽夜如晝
조정에서는 점검을 재촉하네	廊廟催點閱
성곽들은 다투어 형세만 바라보고	列城競望風
개미떼처럼 굴속으로 바삐 달아나네	群蟻爭奔穴
매서운 칼날에 사람이 없고	强鋒入無人
급한 전세에 불길이 맹렬하다	急勢炎火烈
임금과 신하가 도성을 버리니	君臣棄都邑
흐르는 눈물에 돌아갈 길 흐릿하네	淚眼迷歸轍
어머니는 자식 손을 부여잡고	慈母執子手
집을 나서며 훌쩍훌쩍 우네	下堂泣啜啜
세 분 형님과 여동생 하나	三兄與一妹
나까지 모두 목메어 우네	及我皆哽咽

위는 임진왜란 당시의 상황을 회고하고 어머니의 죽음을 통곡하

는 5언 고시 「욕곡(欲哭)」 기일(其一)의 첫머리이다. '곡하고 싶지만 곡을 할 수 없고 말하고 싶지만 차마 말할 수 있나?'라는 첫 구의 표현은 상황을 회고하는 현주의 벅차오르는 슬픔을 대변해준다. 봉화는 군대의 점검을 서두르느라 환히 타오르고 백성들은 전쟁 소식에 모두들 피난길에 오르는 등 갑자기 겪게 된 난리통에 나라 안은 대낮같이 분주하다. 예상치 못한 전쟁에 놀라고 집을 버리고 떠나야 하는 막막함과 두려움에 현주의 가족들도 눈물을 흘린다.

잡아끌며 성산(城山)으로 달리니	扶携走城山
봉두난발에 간폐(肝肺)가 타오르네	捧頭肝肺熱
왜적이 제멋대로 설치니	豺虎恣縱橫
지척에서 횡포한 이빨 겨우 면하였네	咫尺免橫囓
저물녘에 교하(交河)로 향하여	日暮向交河
밤새도록 절뚝대며 걸어가네	竟夜行蹩躠
거센 바람 이미 뒤에서 휘몰아치니	兕飆已攪後
열 걸음에 여덟아홉 번 넘어지네	十步八九跌
동이 트자 관가의 배에 올라	平明上官舟
힘을 다하여 다투어 건너네	競渡力所竭
대낮에 사나운 바람 만나니	亭午觸盲風
생사가 순식간에 결정되네	生死須臾決
간신히 풍안(豐岸)에 정박했는데	艱難泊豐岸
비는 내리고 기갈(飢渴)이 들었네	外雨中飢渴
그러나 등에 업은 어머니 때문에	雖然背負母
죽을 맛이라도 얼굴은 괜찮은 척	心死顏融悅
마을에 투숙하니 날이 벌써 저물었는데	投村已昏黑

쌀알도 없는 국은 마시기 어려워라	不糝羹難歠
비틀거리며 송도(松都)에 당도하니	蹣跚達松都
온 식구가 서로 부축하네	盡室相提挈
아사(亞使)가 나의 어머니를 맞이하니	亞使迎我母
항렬로는 재종질이네	族行再從姪
고맙게도 소금과 쌀을 나눠주고	殷勤饋鹽米
정성스레 술상을 차려주네	款意杯盤設
우토(牛兎)는 천하의 험지라	牛兎擅天險
지나는 길마다 가파른 산이네	所歷悉嶙峋
소나기에 말은 고개에서 넘어지고	急雨馬倒嶺
높은 언덕은 어찌나 구불구불한지	峻坂劇九折
모친은 내 등에서 눈물 흘리고	母在我背泣
형과 누이는 번갈아 넘어지네	僵仆兄妹迭
부여잡고 겨우 오르고 올라	攀躋僅上上
문득 어떤 이를 만나 물었네	忽遇來者咥
그가 말하길, 어째 여기를 넘어가오	云胡踰此爲
이곳은 왜적의 요충지라오	此實賊喉舌
물러나려 하나 뒷길은 이미 막혔고	欲後後已阻
나아가려 하나 앞길도 벌써 끊겼네	欲前前已截
통곡하며 도로 고개를 내려오니	痛哭還下嶺
맨몸이 추위에 얼어붙는 듯	赤體寒凜冽
여름 가을 내내 삼베옷 입고	夏秋連與麻
오고감에 근심이 시름겹구나	去來憂惙惙

현주는 형제들과 함께 모친을 모시고 경기도 연천·토산 등지로 피란한다. 온 가족의 생사가 삽시에 결정되니 이리저리 살 길을 찾

아 분주히 달아난 것이다. 목숨을 걸고 떠돌아다니다 적군의 요충지를 맞닥뜨리고 발길을 돌려야 하는 절체절명의 순간에 품은 막막한 심정이 절절히 느껴진다.

인용한 시의 상단에서는 모친을 업고 온 식구가 성산(城山)·교하(交河)·풍안(豐岸)·송도(松都)·우토(牛兔)를 전전한 사실을 요약적으로 서술하는데, 장소의 잦은 이동과 정황에 대한 서술은 긴박했던 당시의 상황을 짐작하게 해준다. 간략하고 함축된 서술이지만 주관적인 요소를 부각시켜, 급박한 상황에서 현주가 느꼈을 심리적 압박과 극도의 불안을 여실히 드러낸다. 시의 편장은 현주가 보낸 길디 긴 피란의 시간만큼이나 길다. 현주는 당시 상황을 길고도 생생하게 서술함으로써 자신이 느꼈던 지속된 긴장과 응축된 불안을 드러내고 이완시킨다. 전쟁의 상황과 피란 과정을 서술하는 데에 시의 많은 부분을 할애한 것은 당시 느꼈던 불안과 긴장의 심사가 그만큼 강도 높은 것이었음을 의미한다. 경험의 회고를 통해 현주는 회피하고픈 과거와 직면하게 되고, 과거의 긴장된 심사는 이완의 계기를 맞게 된다.

짝 잃은 암새 마냥 활시위에 놀라고	驚弦似羈雌
오랏줄에 묶인 듯 옴짝달싹 못하네	局束甚縲紲
산의 과일을 밤에 주워 모으고	山果夜拾取
들판의 풀을 아침에 캐어봐도	野草朝采擷
주린 창자 채우기엔 역부족이니	飢腸充不饜
식충이처럼 음식을 탐하네	貪饞效饕餮

모친의 주림을 차마 볼 수 없기에	不忍視母餒
마을을 찾아가 문짝 앞에 서 있네	尋村立門闑
사람 만나면 음식을 구걸하려니	見人欲化糧
얼굴이 붉어지고 입이 차마 떨어지지 않네	面紅口箝呐
8월에 아오탄(阿吾灘)에서	八月阿吾灘
허둥지둥 곤란하고 궁핍하였네	蒼黃困据拮
형은 마침 학질을 앓아	兄時病痁瘦
땅에 쓰러져 구토하고 설사하였네	僵地嘔且泄
왜적의 칼날 이미 뒤따라와	賊刃已跟隨
가족들이 사별할 형편이었네	骨肉應死別
형을 업고 10리를 내달리니	我負走十里
내 목은 숨이 차올라 끊어질 듯하였네	我喉氣頻絶
모친 또한 차마 앞서가지 못하고	母亦不忍前
자꾸자꾸 돌아보며 걷다 또 멈추네	顧復行且輟
풀을 엮어 푸른 소나무 아래 머무니	構草滯靑松
흐르는 달빛이 내 등에서 차고 기우네	流光負盈缺
누더기 옷은 몸을 가리지도 못하건만	餘鶉未掩骼
찬바람은 도리어 윙윙 불어대네	朔吹還淅淅
춥다고 아우성치며 몸을 웅크려본들	呼寒膝高肩
얼굴이 갈라지고 손이 터지네	面皴手龜裂
모친의 얼굴 나를 바라보고 우시며	慈顔向我啼
수없이 터진 손에 입김 불어주시네	呵手綻百結

앞부분에서 피란 과정의 정황을 강조하고 있다면 여기에서는 피란 과정에서 느낀 심정적 요소가 부각된다. 참기 힘든 굶주림 속에서 왜적의 눈을 피해야 하는 곤궁한 처지, 사대부 체면에 구걸까지

불사해야 하는 서글픔, 그리고 시련의 상황 속에서 형제와 모친에
대한 현주의 애틋한 심정은 더욱 배가된다. 죽음과 사투를 벌이는
전쟁의 쓰라린 기억 속에서 모친의 사랑을 확인하는 아름다운 순
간이 떠오른 것이다. 현주는 피란 당시의 참혹한 사연을 고백함으
로써 전쟁으로 인한 정신적 충격을 완화시키고, 모친과의 정서적
유대를 핍진하게 묘사함으로써 망자와의 애틋한 관계를 더욱 절실
히 드러낸다.

색동옷 입고 춤추지도 못하였는데	未了舞綵服
문득 상복을 입게 되었구나	奄忽加縗絰
아들 된 도리는 입신양명 저버리고	子道負立揚
치국의 계책은 경륜을 펴지 못하였네	國計違稷契
갖은 고초 괴롭게도 두루 맛보고	險阻苦備嘗
평생을 순식간에 맡기네	平生付一瞥
날은 저물어가는데	天時屬晼晚
산하엔 오히려 눈비 내리네	山河猶雨雪
……	……
모든 일이 너무나 슬프고 괴로우니	萬事足悲辛
내 슬픔 자잘한 것 아니네	此悲非屑屑
어머니 모실 시간 많지 않은데	愛日日不留
석양은 아득해 잡을 수 없구나	羲車杳莫掣
창망히 홀로 우뚝 서서	蒼茫表獨立
곤궁한 시름으로 넓은 바다를 전전하네	窮愁轉溟碣
곡하고 싶어도 곡을 하지 못하니	欲哭哭不可
그대 위해 한 곡조 노래할 뿐	爲君歌一闋[2)

현주는 장편 고시(古詩)를 활용해 피란의 기억을 더듬고 생사의
기로에서 느꼈던 참혹한 심정과 모친을 잃은 슬픔을 쏟아낸다. 이
은영은 장편과 연작화를 도망시(悼亡詩)의 양식적 특성으로 지적한
바 있는데,[3] 현주 역시 제한된 구수(句數)로 풀어내기에는 너무나
절절한 사연과 깊은 감정의 골을 가지고 있었기에 짧은 시로 함축
의 미를 구현하기보다는 긴 편장의 시를 통해 사연의 곡절을 구체
적으로 서술한 것으로 보인다.

현주는 피란 당시 상황의 회고를 통해 자신의 의식 속에 축적되
어 있던 감정적 요소들을 배설시킴으로써 정신의 정화를 도모하였
다. 자신을 고통스럽게 하는 감정이나 인식을 언어적으로 표현하는
일은 자가 심리 치유의 시작이다. 현주는 억압된 채 표출하지 못하
고 있던 내면적 불안을 문면에 발산함으로써 심리적 안정을 되찾는
데, 이는 침묵을 깨뜨리고 내면을 쏟아내는 과정과 시적 언어를 통
한 기억의 회상이 기억의 객관화와 부정적 감정 요소의 배제를 돕
기 때문이다. 이 과정에서 현주는 자아와 세계에 대해 재통찰하게
되면서 감정적 소요는 진정을 경험한다. 이러한 점에서 애초에 모
친을 애도하기 위해 지어진 도망시(悼亡詩)는 모친의 진혼(鎭魂)과 현
주의 심리 치유를 동시에 도모하는 계기가 된다.

이 산을 네 번 나오며 네 차례 눈물 흘렸으니   四出玆山四淚垂

2)『玄洲集』, 권1,「欲哭」其一.
3) 이은영,「한국 한시의 특징과 전개: 못 다 한 사랑과 그리움의 노래 – 도망시(悼亡
詩)의 전통과 미」,『동방한문학』42, 동방한문학회, 2010, 61~66쪽.

너희들 만나도 당시의 일 차마 얘기 못하겠네	逢君不忍說當時
양도(兩都)가 다 파괴되어 집도 나라도 사라지니	兩都盪裂無家國
길 가운데엔 창황히 모자(母子)가 있었지	半路蒼黃有母兒
인간사 10년 사이에 성쇠가 달라지고	人事十年榮悴異
저승과 이승에 오늘 생사로 이별하였네	幽明今日死生離
적막하게 울음 삼키고 그림자만 따르니	呑聲寂寞身隨影
한 줄기 석양에 고목이 서글프네	一抹斜陽古木悲[4)

위의 시는 현주가 1605년[선조 38, 현주 나이 34세] 천마산(天磨山)에 올랐을 당시에 지은 것이다. 제목에서 알 수 있듯 현주는 천마산으로 향하던 도중 임진년에 어머니를 모시고 피란했던 슬픈 감회를 떠올리고 이 시를 썼는데, 천마산에서 불현듯 마주친 과거의 기억은 현주로 하여금 붓을 들고 비감을 쏟아내도록 이끌었다.

수련(首聯)에서는 네 번이나 이 길을 지났어도 번번히 흐르는 눈물은 주체할 수가 없고, 그 북받치는 설움에 조카들에게 당시의 일을 차마 얘기하기가 어렵다고 술회한다. 함련(頷聯)에서는 피난길에 올랐던 자신과 어머니를 회상하는데, 피난길을 떠나느라 분주하던 당시의 상황이 바로 엊그제 일처럼 생생하게 떠오른다. 그동안 인사(人事)와 유명(幽明)은 무상히도 달라져 함께 피난하던 어머니는 지금 곁에 안 계시고 자신만 이승에 덩그러니 남아 어머니를 그리워하고 있다. 경련(頸聯)에서 현주는 어머니에 대한 그리움과 지난

4) 『玄洲集』, 권6, 「自牛峯向天磨, 路出壬辰奉母避亂處, 凡四度踏此路, 不堪悲感之懷, 聊述, 贈示姪輩.」.

날의 회한으로 울음을 삼킨다. 그의 곁에는 적막함과 그림자만 따를 뿐이라는 표현이 소리없이 흐느끼는 현주의 외로움을 더욱 진하게 느끼도록 만든다. 미련(尾聯)에서는 가만히 서서 울음을 참는 자신의 모습을 형용한다. 저물녘 햇살에 처연한 고목은 서글픈 신세가 되어버린 현주 자신이다. 모친을 떠나보내고 홀로 남은 처량한 신세가 된 지 벌써 십여 년이 흘렀건만 채 가시지 않은 전쟁의 여운은 현주를 다시 눈물짓게 만든다.

긴 피난의 과정에서 근근히 지켜온 어머니와의 영결(永訣)은 아무런 저항도 할 수 없는 운명적인 비극이기에 더욱 크나큰 아픔과 절망으로 다가온다. 얼마간의 시간이 흘렀지만 여전히 가누기 힘든 비애의 심사는 현주의 넋두리와 조용한 절규를 통해 분출되는데, 그 내면의 고통과 비감(悲感)의 토로는 과거의 정리와 새로운 에너지의 생성을 돕는다.

임진년의 여운이 가시기도 전인 1597년[선조 31년, 현주 나이 26세]에는 정유재란이 일어나 현주는 피란 도중 어린 딸과 부인 류씨(柳氏)를 잃는 참상을 겪었다. 「욕곡(欲哭)」기이(其二)[5]와 「제망실문(祭亡室文)」에서는 당시의 상황과 심경이 잘 드러나 있다.

다음은 「제망실문(祭亡室文)」의 일부분이다.

구월 열이레 날   九月十七
해가 중천에 뜨기도 전   日未中央

---

5) 『玄洲集』, 권1.

흉악한 대포가 갑자기 진동하더니	凶礮忽動
왜적의 배가 빠르게 들이닥쳤소	賊舸飛入
시끌벅적 달아나 숨고	嗷嘈奔竄
들판엔 송장이 있었고	僵屍草澤
잠깐 사이에 서로 헤어졌소	造次相失
부자(父子)와 부부(夫婦)가	父子夫婦
노인을 모시고 허둥지둥하다	奉老蒼黃
얼마 못 가 넘어졌는데	咫尺顚仆
그대는 곁에 없었으니	君不在傍
하늘은 어찌도 그리 잔인한가요	天胡罔極
젖을 못 먹어 울부짖던 아기는	呱失厥乳
다음날 명이 끊어지니	翌日命絶
달아나다가 길가에 묻었소	走瘞道周
시퍼런 칼날이 서로 엉키고	白刃交橫
산과 바다에 비명소리 울리니	呼山叫海
낮에는 숨어 있다 밤중에 길을 갔소	晝伏宵征
자식 잃고 아내 잃은 처지에	喪子失妻
어찌 차마 인정상	胡忍人情
내가 머리를 들고 살 수 있겠는가마는	吾戴吾頭
지금까지 아직도 살아 있다오	此時猶生[6]

위에서는 피란 당시의 상황을 구체적으로 진술하고 있다. 아내와
생이별하고 어린 젖먹이 딸마저 굶주림으로 세상을 떠나보낸 뒤 홀
로 남겨진 현주는 비통한 심정으로 이곳저곳을 헤매고 다닌다. 현

---

6) 『玄洲集』, 권14, 「祭亡室文」.

주는 당시의 심정을 「욕곡(欲哭)」 두 번째 수에서 "아내가 왜적의 흉
악한 칼날에 죽었다 생각하니 혈혈단신 부질없이 절로 슬퍼지네.
굶주림이 극에 달하고 목마름 또한 심하여 눈으로 보아도 흑백을
구분할 수 없네. 앞길을 물을 이 없으니, 하늘을 우러르며 말없이
기도할 뿐."[7]이라고 술회하는데, 기갈(飢渴)과 사투를 벌이며 왜적
의 예봉(銳鋒)을 피해야 하는 급박한 처지에 처자를 잃고 홀로 된
막막함과 두려움이 절절하게 느껴진다.

몽탄(蒙灘)을 지나게 되었는데	路出蒙灘
눈이 침침하여 남북이 헷갈렸네	眼迷南北
문득 어떤 사람을 만나는데	忽遇一人
나에게 누구냐고 물어보기에	問我何客
나의 이름을 알려주었더니	吾告姓名
그는 듣자마자 놀라면서	他聞卽愕
하는 말 "당신 부인이	云子內君
저 길가에서	惟彼道側
남편을 잃었다고	失君之故
하늘에 울부짖으며 죽기를 빌며	呼天乞死
세 번 물로 뛰어들었으나	三赴于水
세 번 여종에게 저지당하였소	三被婢止
절의는 높지만	節義則高
목숨이 가련하오."	性命可憐

7) 『玄洲集』, 권1, 「欲哭」 其二. "謂妻已凶鋒, 孑孑空自悼. 飢極渴亦甚, 目視眛白
皁. 前途問莫憑, 仰霄唯默禱."

내가 놀라 급히 가보니	吾驚急往
그의 말대로였다오	他語果然
그대의 손을 잡고 목놓아 우니	握手噎泣
그 소리 호랑이가 들을까 두려웠소	聲畏虎聞
이는 필시 하늘이 인도하심이니	謂必天誘
이렇게 만날 줄 기대도 못했소	此會未期
지금부턴 잡은 손을 놓치지 않으리니	自今相携
죽더라도 무슨 회한과 슬픔이 있으랴	死何悔悲
여종도 눈물을 흘리며	主嫗揮涕
우리가 살아서 만났다고 탄식했소	嘆我生逢
당신은 즉시 가락지를 팔아	君卽賣環
음식을 갖추어 올렸으나	備食以供
그 음식이 어찌 목구멍으로 내려가겠소	食何下咽[8]

그러다 운명적으로 길에서 만난 어떤 이가 아내를 보았다고 알려주었는데, 아내는 하늘 같은 남편과 헤어지고 삶의 의욕을 상실한 채 스스로 목숨을 끊으려 하던 터였다. 현주는 아내와 눈물의 해후를 하고, 이는 하늘의 뜻이라 기뻐하며 앞으로 다시는 헤어지지 않으리라 다짐한다.

위에서 지아비를 따라 순절하려 하는 아내의 모습, 어려운 처지에도 가락지를 팔아 남편의 공양에 힘쓴 아내의 헌신적인 면모 등을 구절구절 부각시킨 것은 제문의 첫머리에 제시한 고흥 류씨의 효우(孝友)와 부덕(婦德)에 대한 기술과 상응한다. 현주는 자신과 동

---

8) 『玄洲集』, 권14, 「祭亡室文」.

고동락을 함께한 특별한 존재이자 어려운 상황 속에서도 자신을 희생하며 자신을 보필해준 고마운 존재로 아내를 회상함으로써, 생전의 정의를 더욱 부각시키고 망자의 죽음을 의미 있는 것으로 격상시킨다. 이는 아내의 죽음을 의미 있는 죽음으로 규정함으로써 아내의 넋을 위로하는 동시에 그 죽음을 막지 못한 자신에 대한 속죄를 도모하기 위한 하나의 방책이다. 아내의 절의 있는 행동에 대한 생생한 재현은 곧 망자뿐만 아니라 현주의 쓰린 심회를 달래기 위한 회상인 것이다.

아아 슬프도다	嗚呼哀哉
그대는 이때	君於此時
나에게 권하였소. "달아나 피하세요	勸我走避
저 때문에	勿以我故
앉아서 저들이 들이닥치길 기다리지 마세요."	坐致彼至
얼마 후 왜적이 이르자	俄然賊至
그대는 나더러 탈출하라 재촉하였고	君促我出
나는 나가서 적을 향해 돌진하였소	我出突賊
벌거벗고 버선만 신은 채로 가니	裸體徒襪
종 하나가 나를 따랐고	一奴隨我
산으로 달아나 탈출할 수 있었소	走山得脫
왜적들이 떠나자마자 즉시 산을 내려오니	賊去卽下
날은 이미 어둑해졌소	日已昏黑
나는 서숙(庶叔)과 함께	獨與孼叔
당신이 숨어 있던 곳을 찾았으나	訪君所伏
애통하게도 그대는 이미 목숨을 잃어	哀哀已死

주검에서 흐른 피가 온 풀밭을 적셨소	屍血塗草
필시 해를 입었겠거니 여기며	謂必遇害
시신을 어루만지며 발을 구르며 애통해하였소	撫屍踊悼
아아 슬프도다	嗚呼哀哉
그대 목에 꽂혀 있던 칼은	有刃在頸
내가 차던 칼이었소	吾所佩刀
그대가 당시 내 칼을 스스로 지니려 하니	君時自帶
나는 그 이유를 알지 못하였는데	我昧其由
이날 저녁	豈意茲夕
마침내 자결할 줄 어찌 알았겠소?	竟至自剄

윗부분 역시 아내의 덕행을 찬미한 부분이다. 발이 부르터서 걸을 수 없었던 아내는 자신의 죽음을 예견하면서도 지아비를 살리기 위해 탈출을 강권하는 용기를 보인다. 그러나 순절하고 만 아내의 시신을 어루만지는 현주를 더욱 슬프게 만든 것은 그녀가 차고 있던 현주의 칼로 자결하였다는 사실이다.

현주는 당시 상황을 상세히 기술함으로써 서술의 구체성을 확보한다. 아내가 보인 생전의 절행에 대한 연속적인 언급은 아내의 죽음에 대해 느끼는 현주의 미안함과 자책감에서 비롯한 자연스러운 현상이다. 떠올리기조차 싫은 머릿속의 기억을 끄집어내어 문면에 쏟아낸 현주의 언사는 아내의 희생을 기리려는 의도에서 출발한 것이지만, 서술 과정에서 현주는 자신의 내면 서사를 마주하게 됨으로써 자신의 심리 상태를 스스로 진단하고 진정시킬 수 있는 단서를 얻게 된다.

아아 슬프도다	嗚呼哀哉
그대는 나 때문에 죽었는데	君爲我死
나는 그대를 저버리고 살아 있소	我負君生
그대가 맡겨둔 거울은	君所寄鏡
지금까지 여전히 밝게 빛나오	至今猶明
지금 새로운 은혜로	今以新恩
그대의 무덤에 와 소제하고	來掃君塋
지금에서야 제문을 고하니	今猶告文
유명(幽冥)을 어찌 마주하겠소	何面幽冥
아아 슬프도다	嗚呼哀哉
물에 투신하고 목매어 죽는 일은	赴水雉頸
보통 부녀자에게도 더러 있지만	凡婦猶或
칼로 자결하는 일은	自刃自刎
열사라도 기필하기 어렵다오	烈士難必
용감하구려 그대여	勇矣哉君
이 일을 어찌 할 수 있었단 말이오	夫何能此
열렬하구려 그대여	烈矣哉君
이런 지경에 어찌 이르렀단 말이오	夫何至此
용감함과 열렬함은	勇矣烈矣
그대의 절의와 같았고	如其節義
생사가 도(道)에 부합됨은	生死合道
그대의 정절과 같았소	如其貞矣
정려를 받아 무덤을 만드는 것은	㫌閭掩幽
책임이 나에게 있고	責在於我
비문에 새겨 덕을 기록하는 것도	勒碑記德
책임이 나에게 있건만	責在於我

내가 하지 못한 바이기에	余所不者
이와 같은 말을 올리오	有如此辭[9]

　연발되는 '오호애재(嗚呼哀哉)'의 슬픈 탄식은 고조된 현주의 비통함을 반영한다. '그대는 나 때문에 죽고 나는 그대를 저버리고 살아 있다'는 말은 아내에 대한 미안하고 죄스러운 마음의 직설적 표현이다. 현주는 아내가 남기고 간 거울이라는 물상을 통해 아내를 떠올리며 절제된 애도를 표하는 동시에 아내의 부덕(婦德)과 정렬(貞烈)에 대하여 강하게 칭양(稱揚)하는데, 이는 망자에 대한 최선의 애도이자 미망인(未亡人)으로서 토로하는 고백의 성격을 지닌다. 아내의 죽음이 의로운 만큼 현주의 죄책감은 컸으니, 아내의 희생을 칭양하고 죄스러운 자신의 심정을 고백함으로써 망자에 대한 위로와 자기 수용을 동시에 도모하는 것이다.

　아내를 잃은 슬픔을 토로한 후 현주는 아내의 공덕을 공인(公認)받는 일과 기록의 책무를 자임하는데, 이는 현재 아내를 위해 할 수 있는 최선의 방책이자 아내에게 속죄하고 사별의 슬픔을 위안하려는 의지의 소산이다. 아내의 공덕을 기리는 일은 이른바 '주체 회복을 위한 발전적 애도'[10]로서, 이를 통해 현주는 전처의 죽음에 대한 부정적 기억과 비애의 감정을 건강한 인식으로 전환시키게 된다.[11]

---

9) 『玄洲集』, 권14, 「祭亡室文」.
10) 이명희, 「고전과 현대 도망시(悼亡詩)에 나타난 슬픔의 치유방식」, 『동방학』 24, 한서대학교 동양고전연구소, 2012, 213쪽.

제문(祭文)은 살아남은 인간이 죽은 영혼에 대한 채무의 감정을 탕감하는 표현으로, 생사(生死)의 이별에서 받은 인간의 상처를 치유하는 대표적 방식이다.[12] 현주 역시 제문의 기술(記述)을 통해 피란 도중에 사별한 아내를 위로하는 동시에, 자신의 사무치는 슬픔을 정화(淨化)시키고 진정시킨다. 현주의 「제망실문」은 제문의 기본적 특성인 짙은 서정성 외에도 강한 서사성을 띄는 점이 특징인데, 이는 아내의 공덕을 강조하기 위해 구체적 사건에 대한 서술을 의도적으로 동원하였기 때문이다. 마음속 슬픔의 표출과 망자에 대한 반복적인 위로를 통해 현주는 자신의 죄책감을 일시적으로 해소하는 일종의 카타르시스를 경험하고, 무거운 감정의 내려놓기를 통해 일상으로 돌아갈 여력(餘力)을 찾는다.

이처럼 전쟁 상황의 회고와 가족을 잃은 슬픔의 분출은 전란으로 상처 입은 현주의 심리적 상처를 경감시키고 정화시키는 데 일조하였다. 현주는 전쟁의 참혹한 기억과 전쟁통에서 겪은 사별의 비애를 글로 형상화함으로써 마음의 짐을 조금이나마 덜고, 문면에 드러낸 자신의 심리와 마주함으로써 스스로를 이해하고 수용하게 된다. 문학을 통한 감정의 수용은 억압된 과거의 기억에서 현주를 다소 놓여나게 함으로써 그의 자아가 회복되도록 돕는다. 현주에게 있어 문학은 전쟁의 기억을 직면하고 정인(情人)과의 결별을 위안하

---

11) 이후 현주의 아내 류씨에게는 정려문이 내려졌다. (『조선왕조실록』, 정조 22년, 2월 6일 조.)

12) 이성혜, 「제문(祭文), 위로와 치유의 서사」, 『퇴계학논총』 23, 퇴계학부산연구원, 2014, 122쪽.

는 수단이자 현실을 살아나갈 새로운 원동력을 제공받는 공간이었
던 것이다.

죽지 않은 것이 이미 다행이니	不死已云幸
황달을 앓은들 어찌 감히 거절하리	病黃安敢辭
어머니를 모시던 날 온 힘을 다하였고	力殫將母日
아내를 곡하던 때 온 정신이 달아났네	魂遁哭妻時
오장육부는 응당 문드러졌을 터이니	臟腑元應爛
육신은 다만 구차히 지탱할 뿐	形骸祇苟持
슬프다 말한들 누가 들어주랴	語悲誰爲聽
나쁜 생각은 하지 않으려 하네	懷惡欲無思
벗은 발 겹겹이 싸매고	赤足重重繭
희끗한 머리 성글어졌네	蒼毛種種絲
호남 전체가 유린당하여	全湖歸蹂躪
온 집이 고달피 떠도네	盡室苦流離
어둡고 좁은 곳에 숨어 움츠리니	幽窄潛藏縮
수색과 추격이 맹수같이 요란하였네	搜驅眈虎羆
고립되고 위태로워 하인들 흩어지고	孤危童僕散
피곤하여 졸음이 쏟아지네	疲憊睡魔欺
팔꿈치엔 이미 소름이 가득하고	肘已饒寒粟
뺨에는 이어서 검버섯이 생겨났네	顋仍學凍梨
달려가다 피를 덮어쓴 귀신 만나고	走逢蒙血鬼
다니다 머리 잘린 시체를 밟았네	行踏斷頭屍
해 지면 놀란 마음 비로소 진정되다가	日沒驚初定
해가 뜨면 간담이 다시 떨어졌네	朝崇膽更隳
쌓인 낙엽 덮고 밤을 보내며	經宵披積葉

높은 가지 엮어 눈을 막네	防雪架喬枝
함께 죽는 것이 오히려 분수에 달가우니	群死猶甘分
홀로 살아날 것은 일찍이 생각지도 못하였네	孤生不早期
하늘이여 어찌 이런 지경에 이르게 하는가	天乎至此極
운명이로다 다시 무엇을 할 것인가	命矣更何爲
식구들에겐 누구를 통해 알릴 것이가	骨肉憑誰報
고생스러움을 다만 스스로 알 뿐이네	辛勤只自知
……	……
아플 때는 아픔을 깨닫기 어렵지만	痛時難覺痛
아픔이 진정되니 비로소 눈썹 찌푸리네	痛定始嚬眉[13]

위의 시는 김창효(金昌孝)[14]에게 준 5언 배율 「난리 후에 술회하여 김백순에게 준다[亂後述懷, 贈金伯順.]」의 일부분이다. 전쟁은 세월이 흐른 뒤에도 현주의 육신에 황달이라는 병을 남기고 그의 마음에 잊지 못할 그리움이라는 대못을 박았다. 다른 글에서 현주는 "부모의 고을을 떠나 혼자 몸으로 천리를 떠돌았고 임진년·정유년의 두 난리를 당하여 많은 사람이 죽고 홀로 남았습니다. 굶주림과 추위로 고달픈 나머지에 속으로는 신혈(神血)이 쇠하였고, 질병을 앓고 생사를 오가는 즈음에 겉으로는 형기(形氣)가 시들었습니다."[15]라고

---

13) 『玄洲集』, 권7, 「亂後述懷, 贈金伯順.」.

14) 김창효는 정유재란을 만나 피란할 때에 만나서 은혜를 입었던 인물이다. (『玄洲集』, 권1, 「欲哭」 其二. "何況得義士, 金玉亦非寶. 我雖不識面, 自言知姓號. 收我凍餒骨, 煦濡實哺燠. 不謂腐餘腸, 轉桴充粱稻. 還如翳桑餓, 叩腹臥熙皞.";『玄洲集』, 권7, 「亂後述懷 贈金伯順」. "幸賴憐同病, 相迎卽共悲. 垂涎濡涸鮒, 枯骨獲豐肌. 此日逢君喜, 傍人謂我奇.")

당시 상황을 회고하고 있다. 전란으로 모친과 처자를 잇달아 잃으면서 현주는 심신(心身)이 쇠약해질 대로 쇠약해졌고 생사의 갈림길에서 피란의 힘든 여정을 겪은 여파로 귓병과 황달 증세를 얻었으며 회양 부사로 재직하던 54세 즈음에는 급기야 청력을 잃고 말았다. 전쟁은 모친·형·아내·딸을 모두 잃는 참화에 신병(身病)까지 더하여 현주의 심신에 지울 수 없는 상흔(傷痕)을 남겼다. '아플 때는 아픔을 깨닫기 어렵지만 아픔이 진정되니 비로소 눈썹을 찌푸린다.'는 현주의 말은 시간이 지날수록 더욱 가슴 저미는 그의 슬픔을 짐작하게 한다. 그만큼 전쟁의 기억과 망자와의 이별은 쉽게 사그라들 수 없는 지독한 아픔을 남겼던 것이다.

전쟁으로 모친과 형, 부인과 어린 딸을 떠나보내고 홀로 남겨진 현주의 괴로움은 시간이 지날수록 고독한 그리움으로 변모해간다. 만나고 싶지만 만날 수 없는 그리움의 심회를 현주는 설화적 소재를 매개로 형상화하기도 하였다.

베 짜는 소리 끊어진 밤 침침하고	玉梭聲斷夜迢迢
천리 펼쳐진 은하수가 붉은 하늘 비추네	千里銀河映紫霄
옥토끼와 두꺼비를 달 궁전에 오래 살게 하고	長使免蟾棲月殿
까마귀와 까치에게 오작교를 잠시 만들게 하네	暫勞烏鵲役星橋

---

15) 『玄洲集』, 권10, 「謝左台[尹昉]遣醫啓」. "離父母之邦, 一身千里; 値壬丁之亂, 萬死獨全. 飢寒困頓之餘, 神血中耗; 疾病死生之際, 形氣外凋." 이 글은 당시 좌의정이었던 윤방[尹昉, 1563~1640]이 의원을 보내준 데에 감사를 표한 내용이다. 윤방이 좌의정에 재직한 시절은 1624~1626년이므로, 1624년 즈음 현주가 귓병을 앓았을 당시의 서술인 듯하다.

날마다 떠올리지 않을 수 있겠는가	可能日日無相憶
그나마 다행은 해마다 이날 밤이 있는 것이네	只幸年年有此宵
금 언덕 구슬 궁전으로 눈물 흘리며 돌아오니	金岸珠宮揮淚返
세상엔 부질없이 또 부슬부슬 비만 내리네	世間空復雨蕭蕭[16]

위의 시는 7언 율시로 지어진 「칠석(七夕)」으로, 7월 7일 아스라한 밤 은하수가 깔린 붉은 하늘을 배경으로 견우와 조우하는 직녀의 심정을 읊은 시이다. 달 궁전과 오작교가 신비로운 분위기를 더하는 가운데 직녀는 견우와 만남을 갖는데, 그들은 날마다 서로를 그리워하는 애처로운 신세이지만 일 년에 한 번 만날 희망이 있음을 위안으로 삼는다. 그러나 견우와의 짧은 만남을 뒤로 하고 돌아오는 직녀의 심경이 부슬부슬 내리는 비처럼 처연한 것에는 어쩔 도리가 없다.

운명이 갈라놓은 정인과의 결별, 현주는 직녀의 설화를 빙자하여 아내와 헤어져야 했던 자신의 기구한 운명에 대한 슬픔을 노래한다. 상실에 대한 반응인 애도[17]는 시간의 경과에 따라 그 형태를 달리 하게 마련이다. 초기 단계에는 부정적인 감정을 직접적으로 노출하는 등 동적인 애도로 드러나지만, 시간의 경과에 따라 점차 반응의 형태는 죄책감·그리움·비탄·망자와의 합일에 대한 욕망으로 변모해 나간다.[18] 현주 역시 전쟁으로 가족을 잃었던 사별의 순간

---

16)『玄洲集』, 권6, 「七夕」.
17) Sigmund Freud, 윤회기·박찬부 역, 『정신분석의 근본개념』, 열린 책들, 1997, 244쪽.

에서 멀어질수록 망자에 대한 그리움과 그와의 합일에 대한 욕망이
더욱 짙어졌던 듯하다. 망자를 떠나보내고 홀로 남은 외로움, 그들
에 대한 사무치는 그리움, 일 년에 한 번이라도 만났으면 하는 부질
없는 희망은 칠석날의 만남을 실현하고픈 간절한 열망으로 형상화
된다. 만나지 못하는 정인(情人)에 대한 그리움을 간직한 견우직녀
설화는 만날 수 없는 죽은 가족에 대한 현주의 애절한 그리움을 빙
자하는 데 더없이 좋은 소재였던 것이다. 이 외에도 현주의 시문(詩
文)에 견우직녀 설화가 자주 등장한다는 사실은 망자에 대한 현주의
그리움이 빈번하고 절실한 것이었음을 짐작하게 해준다.[19]

　　전해 들으니 그대는 베를 짜는 일의 작은 실수 때문에 옥황상제의
　꾸짖음을 거듭 당하여 문득 생이별해서 아내와 따로 살게 된 탄식이 있
　게 되었다고 하더군요. 부부의 지극한 정에 어찌 끝이 있겠습니까? 다
　만 견우 족하께서 오히려 무탈하시어 좋은 인연과 신선 같은 수명이 하
　늘과 함께 마칠 것입니다. 그러니 일 년 중 하루가 족히 만고(萬古)와
　같을 것입니다. 그런데 어찌 만나는 날이 적고 이별한 날이 많다는 이
　유로 옥황상제께서 베푸신 은혜를 유감스럽게 생각하여, 근심하고 탄
　식하면서 그 사이에 원망을 품는단 말입니까? 이것이 소첩이 지극한
　비애를 길이 슬퍼하면서도 그대의 무궁(無窮)함을 부러워하는 까닭입
　니다.

---

18) 이명희, 「고전과 현대 도망시(悼亡詩)에 나타난 슬픔의 치유방식」, 『동방학』 24,
　　한서대학교 동양고전연구소, 2012, 216~217쪽.

19) 현주는 이 외에 「의칠월칠일직녀별견우치어(擬七月七日織女別牽牛致語)」(권10)
　　·「칠석부(七夕賦)」(권13) 에서 자신의 의지와는 관계없이 견우와 헤어져 지내야
　　만 했던 직녀의 불행감을 표현하였다.

소첩과 같은 이가 오히려 무슨 말을 하겠습니까? 오히려 무슨 말을 하겠습니까? 소첩은 옥황상제의 약(藥)을 범하여 엄중한 법을 어긴 죄에 연루되었으니 그 잘못이 만 번 죽어 마땅하기에 뼈가 가루가 될 것을 저의 분수로 여겼습니다. 그런데 옥황상제의 큰 은혜가 목숨을 보전해주시어 실낱 같은 저의 목숨을 오히려 연장해주셨으니 한 번 죽는 것 이외에 다시 무엇을 바라겠습니까? 넓은 달궁전에 깊이 들어와 산 지가 지금 몇 년이나 흘렀는데, 앞을 보고 뒤를 돌아보며 절굿공이를 안고 도끼를 휘두르는 동안 붉은 계수나무는 더 번성해지고 홍안(紅顏)은 더 시들었습니다. 청상 과부의 혼백(魂魄)은 멀리 가서 기약이 없고 세월은 흐르고 흘러 이생이 진실로 고달프니, 이에 홀로 답답해 할 뿐 누구와 함께 말하겠습니까? 행여라도 베를 짜는 여가에 서로 만날 길이 있다면 바라건대 눈물을 닦고 그대의 수레를 맞이하여 혈색을 띄며 말을 하겠지만, 별궁전의 월합(月閤)은 금하는 것이 매우 엄중하니 멀리 떨어진 곳에서 바라보며 끝없는 그리움만 더할 뿐입니다. 두꺼비와 토끼를 통해 말을 전하니, 까마귀와 까치가 기쁜 소식 알려 오기를 바랍니다. 구구한 저의 심정을 이만저만 다 말하지 않습니다. 유념해 주시기 바랍니다.[20]

---

20) 『玄洲集』, 권15, 「擬嫦娥與織女書」. "側聞左右以紡績微過, 重被皇譴, 遽有生離異室之歎. 夫婦至情, 曷有極哉? 第牽君足下尙且無恙, 靈緣仙壽與天方畢, 則一年一日, 猶足萬古. 豈以會少別多, 憾皇恩之輕重, 戚戚嗟嗟, 有所怨尤於其間哉? 此妾所以長哀極悲而羨左右之無窮也. 如妾尙何言哉? 尙何言哉? 妾干帝藥, 坐犯危憲, 罪合萬死, 自分糜粉, 而鴻私曲全, 尙延縷息, 一殞之外, 更何望哉? 深居廣殿, 今幾星霜, 而瞻前顧後, 抱杵揮斧, 丹桂益繁, 朱顏益凋. 嬬魂寡魄, 長逝無期, 地老天荒, 此生良苦, 是獨鬱邑而誰與語? 倘機杼之暇, 相會有路, 則庶拭淚迎幰, 和血吐辭, 而星宮月閣, 呵禁孔嚴, 相望落落, 只增脈脈, 憑蟾兔而寄言, 望烏鵲之報喜. 區區所懷, 千萬不盡, 惟下女之留意焉."

윗글은 항아(嫦娥)가 직녀에게 보내는 편지를 의작한 「의항아여
직녀서(擬嫦娥與織女書)」이다. 항아는 하(夏)나라 명궁(名弓) 예(羿)의
아내로서 예가 서왕모(西王母)에게 청해 얻은 불사약(不死藥)을 훔쳐
먹고 달로 도망갔다는 전설상의 인물이다.[21] 글의 내용은 상대의
안부를 묻고 자신의 소식을 전하는 서신의 일반적 구성을 그대로
따라, 직녀와 항아의 설화를 자연스레 배합시킨다. 발신자인 항아
는 우선 직녀의 안부를 물은 다음, 자신의 경험과 고초 및 힘든 심
경을 고백하고 답장을 기약하며 서신을 마무리한다. 항아의 편지는
직녀의 처지에 대한 위로와 선망, 자신의 삶에 대한 비관이 주된
정조를 이룬다.

주지하듯 항아와 직녀(織女)는 옥황상제라는 절대적 존재에 의해
연인과 이별하게 된 기구한 삶을 살아가는 인물이다. 둘은 홀로 지
내는 외로운 신세에다 유폐된 처지라는 점에서는 같지만, 직녀는
그나마 일 년에 한 번이나마 연모하는 이를 만날 희망이 있는 반면
항아는 그렇지 못하다는 점에서는 다르다. 두 여인의 불행을 저울
질 한다면 항아의 불행이 더 크고 무거운 것이다. 현주는 항아의
불행을 직녀의 불행과 비교함으로써 기구한 사연을 더할 나위 없
는 것으로 극진하게 만들어버린다. 본인의 의지와 무관하게 정인
을 잃고 외로운 신세로 전락하고 만 두 여인의 불행 중에서도 만날
기약이 전혀 보장되지 않는 항아의 처지가 전쟁통에 사별한 가족

---

21) 항아분월(姮娥奔月)의 고사는 『회남자(淮南子)』에 그 내용이 보인다. (『淮南鴻烈
解』, 권6, 「覽冥訓」. "恒娥, 羿妻. 羿請不死之藥於西王母, 未及服之, 恒娥盜食
之得仙, 奔入月中, 為月精.")

과 조우하지 못하는 현주의 슬픈 신세와 오버랩된다. 사랑하는 사
람과 만날 수 없는 철저한 외로움에 사무친 항아의 불행한 스토리
는 현주가 느끼는 외로움과 비애를 표출하는 데 더할 나위 없이 적
합한 소재인 것이다.

　그러나 견우·직녀와 항아는 독자들에게 친숙한 설화 속 주인공
이므로 독자의 흥미를 유발시키기에는 용이하지만, 비교적 고정된
이미지와 사연을 갖기에 자칫하면 구태의연한 소재가 될 여지를
안고 있다. 현주가 새로운 상상을 동원하여 직녀와 항아의 설화를
배합한 것은 바로 이러한 소재의 제약을 벗어나기 위한 의도적인
설정으로 보인다. 계수나무에 도끼를 휘두르며, 금두꺼비와 옥토
끼를 통해 소식을 전한다는 등, 이야기의 생생한 분위기 형성을 돕
는 표현들의 구사 또한 자칫하면 글의 분위기가 무겁게 흐를 수 있
는 염려를 종식시키는 의도된 배치라고 판단된다. 무거운 주제로
인한 긴장감을 해소하기 위한 장치로 이해할 수 있는 것이다. 즉
망자에 대한 짙은 그리움을 해학적 요소들을 활용해 문학적으로
희화화함으로써, 현주는 자신을 짓누르는 현실의 고통에서 잠깐이
나마 벗어나기를 도모한다. 그러나 문면에 흐르는 의도된 유쾌함
에도 불구하고 이 글을 읽고 난 뒤 왠지 모르게 마음이 무거운 이유
는 아마도 작품의 이면에 애써 숨기려 했던 현주의 진실한 절망과
그리움이 희작(戲作)의 기술로도 상쇄시킬 수 없을 만큼 짙기 때문
일 것이다.

2. 시정(時政)의 부조리에 대한 불만[22]

현주는 당시 권력의 중심에서 비껴 있던 서인(西人) 출신이다.[23] 권력과 거리를 유지한 그의 출신성분은 세상의 모순과 불합리를 보다 객관적으로 간파하고 좀더 적극적으로 호소하게 만들었다. 현주는 시종일관 현실 정치와 세인들의 위선적 행태를 비판적으로 바라보면서, 그에 대한 불만을 적극적으로 드러내었다.

그가 가장 크게 비난하였던 것은 민생을 돌보고 위무해야 하는 위치에 있는 관리들의 실정(失政)이었다. 현주는 자신들의 이익을 위해 남의 불행을 개의치 않는 간악한 관리들의 행태를 돼지에 비유하였다.

집에서 기르는 가축은 여섯 가지가 있는데, 돼지 역시 그중 하나이다. 돼지의 성질은 코를 잘 써서 땅에 코를 처박고 음식을 구하며 더러운 것을 가장 좋아한다. 모래와 돌을 제외하고는 씹어 먹지 않는 것이 없는데 오로지 제 뱃속 채우기만 일삼아서 그 배가 반드시 불룩하게 가득 채우고, 그런 뒤엔 땅에 엎어져 곯아떨어졌다가 이내 또 허둥지둥 처음과 같이 행동한다. 낮이면 동산에서 먹어대고 채마 밭에서 먹어대며 밤

---

22) 필자는 현주 조찬한이 서인계 문인으로서 가졌던 정치적 불만을 표현한 작품을 살펴본 바 있다. 졸고, 「조선중기 서인계 문인의 정치적 불만과 문학적 대응 – 현주(玄洲) 조찬한(趙纘韓)의 경우 –」, 『동방한문학』 63, 2015 참조.

23) 1591년[선조 24, 현주나이 20세]에 정철이 건저 문제(建儲問題)를 제기하여 조정에서 축출당한 이래로 서인은 조정에서의 입지가 약해졌고, 선조조 말엽 이후로는 북인(北人)과 광해군의 외척이 정국의 중심에 서서 대결하면서 더욱 세력이 약해졌다. (『黨議通略』, 宣祖朝, 9~12쪽.)

이면 장독 안을 엿보고 쟁반을 엎어서, 못하게 해도 말릴 수 없다. 또한
천성이 물러나려는 성질은 약하고 나아가려는 성질은 강해서 물러남에
는 둔하고 전진에는 빨라, 꼭 사람이 원하지 않는 짓만 골라서 하니 그
미워하는 것이 무엇이 돼지보다 심하겠는가? …… 아! 돼지의 지각과
눈치가 혹 개와 양의 중간쯤에 있다면 사람들이 괴로워하는 것이 어찌
이와 같겠으며, 돼지를 단단히 우리에 가두는 것이 어찌 이런 지경에
이르겠는가? 소·말·개·양·닭이 동물 중에서도 지극히 어리석은
것들이지만, 돼지의 미련함과 모자람이 도리어 그 다섯 동물보다 못한
수준이라 이런 재앙을 이루니, 애석하다! …… 정신없이 이익을 다투느
라 덫과 함정이 앞에 있는 줄도 모르는 세상 사람들이여. 어찌 자신의
우리 속을 보지 않는가?[24]

이 글은 돼지의 습성을 핍진하게 묘사한 「권돈설(圈豚說)」이다.
이 글에서는 사람들에게 해악을 끼치는 돼지의 행태 때문에 우리에
가둘 수밖에 없었던 사연을 다룬다. 글의 전반부에서는 돼지가 '더
러움을 좋아함', '제 뱃속을 채우기에만 급급함', '가릴 것 없이 다
먹어치움', '물러날 줄 모름' 등의 나쁜 습성을 두루 갖추었음을 구
체적으로 그리고 있다. 이에 돼지의 미련하면서도 불결하고 추악한
면모가 생생히 드러난다.

---

24) 『玄洲集』, 권15, 「圈豚說」. "畜於家者有六, 而豚亦與焉. 豚之性, 善用鼻, 劂土求
食, 而最喜不潔. 沙石之外, 無不啖嚼, 唯以彌腸爲務, 其臍腹必彭亨滿溢, 而後
偃地頹睡, 俄又遑遑如初. 晝則喙園吻圃, 夜則窺瓮翻盤, 禁而不止. 且其性少郤
多進, 鈍退銳前, 必擇人之所不欲而爲之, 其爲憎憤, 孰甚焉? …… 噫! 豚之知識機
警, 倘在犬羊之間, 則人之苦之豈若是, 而圈之牢固, 豈至此乎? 牛馬犬羊鷄, 物
之至蠢者也, 而豚之冥頑不靈, 反居五者之下, 以致此禍, 哀哉! …… 世之逐逐爭
利, 不知罟穽之在前者, 盍視我圈中也哉?"

　먹이 찾기에 혈안이 되어 사람들의 생활터전을 헤집고 다니며 해악을 끼치는 돼지는 자신의 잇속을 채우느라 혈안이 된 채 백성의 괴로움 따위는 안중에도 없는 탐관오리의 모습과 오버랩된다. 사리사욕(私利私慾)을 채우는 관리들의 분별 없는 악행이, 민생에 심한 해악을 끼치는 돼지 같은 존재임을 풍자한 것이다. 그러면서 돼지의 악행이 우리에 갇히는 것으로 귀결되었듯 그들의 만행 또한 불행한 종국을 맞이할 것임을 넌지시 경고한다. 말미에 '어찌 자신의 우리 속을 보지 않는가?'라고 던진 물음은 바로 이익에 눈멀어 남에게 해악을 끼치는 이기적인 관리들에게 반성을 요구하는 맹렬한 비난이다.

더할 나위 없이 미운 쉬파리가	莫憎者蒼蠅
기회를 틈타 제멋대로 설쳐대네	乘時恣橫行
하루하루 날마다 번식하여	日蕃日又息
백 마리 천 마리 무리를 이루네	百千徒黨成
봄이 되면 윙윙거리기 시작하여	方春始薨薨
가을이 된 뒤에도 여전히 앵앵거리네	秋後猶營營
밤이면 들보와 벽에 모였다가	夜以集樑壁
촛불에 가까이 가선 별안간 날며 울고	近燭乍飛鳴
혹은 환한 달빛과 별빛 따라	或因月星白
어지러이 창문 기둥에 붙어 있네	亂陣投窓楹
아침 햇살이 조금 창으로 비쳐 오면	朝光纔入牖
힘껏 날아오르니 소리가 고요하다 요란해지네	決起聲闐轟
흩어졌다 모였다 서로 속이고 능멸하여	散聚互欺陵

나를 귀머거리 소경 보듯 하네	視我如聾盲
코끝 땀을 맛보려고	或嚼鼻端汗
달려들어 서로 다투고	撲撲相紛爭
어깨와 목 사이를 핥으려고	或吮肩項間
분주히 움직이며 나를 모욕하고 업신여기네	攘攘敢侮輕
혹은 자고 나서 맺힌 눈꼽을 찾으려	或探睡餘瀝
속눈썹을 핥거나 눈 안으로 들어가고	嗫睫窮其睛
혹은 귀 안의 귀지를 먹으려	或嚼耳中聹
귓속을 드나들며 앵앵거리네	出入聲甖甖
단잠을 자며 수모를 당하면	甜眠任受侮
팔뚝을 걷어붙이고 자주 휘두르네	奮臂頻搖傾
부채질에는 원통한 듯 가만히 있다가	冤嘿倦塵扇
때때로 성을 내며 소리를 내네	恚呼時一聲
……	……
아! 너희들 수는 헤아릴 수도 없으니	嗟爾麗不億
내 마음 어찌 평안해질까	我懷焉能平
너희들 몰아내는 일 실로 방법이 없으니	驅除諒無術
다만 겨울이 빨리 오기만을 바라네	但願義催征
……	……
비록 물(物)에는 간격이 없다지만	雖云物無間
사람 마음엔 미워할 수밖에 없네	不憎非人情
하느님은 도리어 무슨 의도로	上天顧何意
이런 쉬파리들을 길러서	育此黨蚊蝱
끊임없이 낳고 또 낳아	生生且不已
만고토록 백성들을 시름겹게 하는가	萬古愁黎甿
누군가는 사해가 크다고 하고	誰言四海大

누군가는 천지가 넓다고 하지만	誰言天地宏
이놈을 피할 도리가 없으니	無由避此蟲
천하가 좁음을 길게 탄식하네	長吁隘八紘

위의 시는 쉬파리를 소재로 소인들의 행태를 읊은 5언 고시「증창승(憎蒼蠅)」이다. 여기서 쉬파리는 피하고 싶지만 피하기 어려운 존재, 가만히 있는 자신을 끈질기게 괴롭히는 악독한 존재로 그려진다. 피하고 싶은 심정이 간절하지만 벗어날 수 없는 집요한 성격을 지녔다. 쉬파리들은 높은 번식력으로 수를 늘려 기회만 있으면 사람들을 못살게 군다. 그것들은 쉽게 잡히지도 않는데다 작은 구멍 틈새도 비집고 들어와 틈만 나면 사람을 괴롭힌다. 손으로 쫓아 보아도 다시 날개 소리를 내며 분주히 찾아드는 쉬파리는 마치 사람을 '귀머거리 소경 보듯 하고' '감히 업신여기며' '수모를 주는 듯' 능멸하는 것 같다. 수없이 달려드는 쉬파리는 피할 수도 없어서 괴로운 심정을 달래며 겨울이 오기만을 바랄 뿐이다. 현주는 '양양(攘攘)', '박박(撲撲)' 등의 의태어와 '훙훙(薨薨)', '영영(營營)' '앵앵(罌罌)' 등의 의성어를 삽입하여 음율미와 감각적 상상력을 자극하며 모기들의 행태를 핍진하게 묘사한다.

현주가 그리는 쉬파리[창승(蒼蠅)]는 『시경(詩經)』에 등장하는 청승(靑蠅)에 다름 아니다. 『시경』에서 청승(靑蠅)은 요란한 소리로 날아다니며 사람의 청각을 혼란시키고 흑백(黑白)을 변란(變亂)시키는 존재로서, 왕의 주변을 맴돌며 애먼 사람들을 무고하는 소인(小人)을 비유한다.[25] 현주가 바라본 소인들의 모습 역시 청승과 흡사하다.

그들과 얽히는 일은 되도록이면 피하고 싶지만 소인들의 시비에서
는 좀체 벗어날 수 없어서 집요하게 그를 핍박해온다. 피할 도리가
없으니 그야말로 천하가 좁음을 탄식할 뿐이다.

일찍이 송나라 구양수[歐陽脩, 1007~1072]는 「증창승부(憎蒼蠅賦)」
에서 창승(蒼蠅)에 대한 미움을 읊은 바 있다. 「증창승부(憎蒼蠅賦)」
는 구양수가 생질(甥姪) 장씨(張氏)의 잘못으로 인해 소인들의 비방
과 모함을 받아 저주(滁州)로 귀양 갔을 당시에 지은 것으로, 소인의
행위를 쉬파리에 빗대어 묘사한 점에서 현주의 「증창승(憎蒼蠅)」과
흡사하다.[26] 그러나 제목 그대로 참소꾼들의 폐해를 꼬집으며 마무
리한 구양수의 부(賦)와는 달리 현주는 쉬파리를 미워하는 마음을
스스로 달래며 끝을 맺는다.

비록 그렇지만 어찌 오래갈 수 있겠는가	雖然詎能久
사물의 이치는 쇠함과 번성함이 있는 것을	物理有悴榮
인간 세상의 구시월에는	人間九十月
눈과 서리가 어지러이 날리니	雪霜交飛橫

---

25) 『詩經』, 권14, 「靑蠅」. "앵앵거리는 푸른 쉬파리여, 울타리에 앉았네. 화락한 군자
는 참소하는 말을 믿지 말지어다. 앵앵거리는 푸른 쉬파리여, 가시나무에 앉았네.
참소하는 사람 다함이 없어 사국(四國)을 교란시키네. 이리저리 나는 푸른 쉬파리
여, 개암나무에 앉았네. 참소하는 사람 다함이 없어, 우리 두 사람을 교란시키네.
[營營靑蠅, 止于樊. 豈弟君子, 無信讒言. 營營靑蠅, 止于棘. 讒人罔極, 交亂四
國. 營營靑蠅, 止于榛. 讒人罔極, 構我二人.]"
26) 구양수의 「증창승부(憎蒼蠅賦)」는 쉬파리가 인간에게 끼치는 해로움을 세 가지로
분류하여 지적하는 내용으로, 쉬파리의 실상을 자세하게 묘사하고 있는 점이 특징
적이다. (유재윤, 「구양수(歐陽脩) 사부(辭賦) 연구」, 전남대학교 박사학위논문,
1996, 59~65쪽.)

모든 강물엔 얼음 다리 생기고	江漢氷成梁
큰길가엔 맑은 물이 추위에 얼었네	九衢凝寒淸
이놈들이 어디에서 죽을까	此輩何處死
언 참새는 굶주려 지저귀네	凍雀飢嚶嚶
온 방 안이 비로 쓴 듯 깨끗하니	一室淨如掃
정녕 바둑 두기 좋겠구나	政好圍棋枰
때로 보니 거미줄에 걸려 있거나	時見掛蛛網
말라 죽어 책시렁에 떨어져 있고	枯死落書棚
가끔은 남쪽 벽 틈새에	往往陽壁罅
조용히 모였으니 어리석은 목숨 가련하네	靜集憐癡生
……	……
쉬파리가 비록 지극히 미물이지만	蚊蟲雖至微
또한 능히 뱁새와 붕새도 용납할 수 있네	亦能容鷦鵬
미워하지도 않고 사랑하지도 않으니	不憎亦不愛
나의 삶은 평안하고 또 편안하네	吾居安且寧
어찌하여 사랑하고 증오하여	胡爲以愛憎
국량의 좁음을 드러내겠는가	器量示硜硜
쉬파리를 읊는 시를 지어	爲作蒼蠅篇
근심스러운 이내 마음 위로할 뿐	慰此憂惸惸[27]

만물에는 영고성쇠(榮枯盛衰)의 이치가 존재하듯 셀 수 없이 많은 쉬파리도 겨울이 도래하면 사라진다. 그러면 그들이 활개치던 방안은 빗자루로 쓸어버린 듯 말쑥해져서 한가로이 바둑을 둘 수도 있

---

27) 『玄洲集』, 권1, 「憎蒼蠅」.

게 되는 것이다. 때때로 거미줄이나 책시렁 위, 따뜻한 벽 틈새에서
쉬파리의 사체가 발견될 뿐이라는 표현은 그들의 횡포가 종식되었
음을 뜻한다. 현주는 쉬파리의 가련한 종말을 응시하며 쉬파리에
대한 미움을 추스르자고 자신을 다독인다.

현주가 읊은 쉬파리의 종말은 자신들의 이익을 위해 상대를 모함
하는 악인(惡人)들의 종말에 다름아니다. 현주 역시 소인들에 의해
끊임없이 구설에 올라 고초를 겪은 일이 있었지만,[28] 그의 충절과
본심을 왜곡하던 항간의 시비는 시일이 지나면 쉬파리가 한풀 꺾이
듯 수그러들 것이니, 쉬파리 같은 소인들을 미워하는 데 열을 올리
기보단 시를 지어 가슴속 고충을 달래자고 스스로 위안한 것으로
해석할 수 있다.

현주가 겨눈 풍자의 화살은 다만 탐관오리나 권간(權奸)들을 향할
뿐만이 아니었다. 현주는 올바른 인재를 고르게 거용하지 않는 조
정에 대해서도 불만을 토로한다.

---

28) 현주는 환로에 진출한 뒤로 세간의 오해를 사거나 시비에 휘말린 일이 잦았다.
예컨대, 1617년 일명 흉격사건(兇檄事件)에서 무함을 당한 허균이 흉격(兇檄)을
작성한 범인으로 몰리자 그 위기를 모면하기 위해 조찬한을 거론한 일이 있다.
또 1611년에는 사간원 정언으로 있으면서 정민흥(鄭敏興)을 탄핵하였는데, 그가
정민흥을 탄핵한 이유는 그의 인성과 언행이 지위에 걸맞지 않다는 것이었으나
이러한 그의 뜻은 당파 간의 알력 다툼으로 매도되어 결국 파직과 이직 처분을
받게 되었다. 1624년 봄에는 이괄(李适)의 난으로 어가(御駕)가 남천(南遷)하게
되었는데 당시 현주는 황달증을 앓고 있던 터라 행재소에 뒤늦게 당도하여 이 일로
세간의 구설에 올랐다. 그리고 1631년 3월에는 한설(韓渫)이 고변한 역모 사건에
휘말렸다가 무혐의로 풀려난 일이 있다.

온갖 틈새로 드는 바람 번갈아 소리 내니	ㄱㄱ萬竅迭號鳴
객은 오경에 꿈에서 깨려 하네	客夢初回欲五更
빗발은 빠른 우박의 기세 가만히 몰고 와	雨脚暗驅飛雹勢
번개에 급한 우레 소리 때때로 섞여 있네	電光時雜疾雷聲
재상의 자질이 음양의 조화에 어긋났나	相才豈是違調燮
천도가 도리어 잘못 운행되었는가	天道還應失運行
조정의 전성기를 떠올려 보건대	憶着朝家全盛日
겨울엔 갖옷 여름에 갈옷 입고 절로 승평했네	冬裘夏葛自昇平[29]

위의 시는 현주가 출사하기 전인 1604년[선조 37, 현주 나이 33세] 동짓달 14일 밤에 지은 것이다. 그 배경을 살펴보면, 1604년 12월 1일에는 심희수(沈喜壽)를 우의정으로 류영경(柳永慶)을 영의정으로 기자헌(奇自獻)을 좌의정으로 임명하는 인사의 이동이 있었다.[30] 영의정 류영경[柳永慶, 1550~1608]은 광해군의 처남인 유희분과 결탁하여 소북(小北) 세력의 영수가 된 인물이고, 좌의정 기자헌[奇自獻, 1567~1624]은 정인홍[鄭仁弘, 1535~1623] 등과 함께 대북(大北) 세력으로 분파한 인물이다. 북인 중심의 인사 행정은 현주의 입장에서는 매우 탐탁치 않았을 터이다. 현주는 이러한 조정의 결정이 불만스럽던 차에, 악천후를 만나 생각이 많아진다.

수련에서는 강풍으로 인해 집안 곳곳에 바람이 스미는 소리에 새벽 무렵 잠에서 깨었다고 한다. 함련에서는 집밖에 쏟아지는 거센

---

29) 『玄洲集』, 권6, 「至月十四日夜, 雷雨電雹大作」.
30) 『宣祖大王修正實錄』, 권38, 선조 37년(1604) 12월 1일 기사. "以沈喜壽爲右議政, 柳永慶陞領議政, 奇自獻陞左議政."

빗발과 우박 및 굉음을 내며 내리치는 번개의 모습이 그려지는데, 이에 객지에 나와 있는 현주의 심사는 더욱 흉흉해진다.

실제로 1480년대에서 1760년까지의 기간은 '운석형 유성'이 지속적으로 지구에 낙하하여 전지구에 기온 강하를 일으키고 한발과 홍수가 빈발한 시기였다. 『조선왕조실록』의 자료를 토대로 한 분석에 따르면 1550년대에서 1670년대까지의 기간에 유성의 폭발로 발생하는 굉음과 빛, 분쇄물이 하늘에 퍼지면서 발생한 여러 형태의 운기(雲氣) 현상과 태풍 우박 등이 빈번히 나타났다고 한다.[31] 이러한 심상치 않은 기상의 이변을 마주하여서는 두렵고 복잡한 심경이 더해졌을 것이다.

경련에서는 눈앞의 이상 기후가 조정의 잘못된 인사 결정 때문인지 하늘의 운행이 도를 잃은 때문인지 의구심을 드러낸다. 이유를 알 수 없는 눈앞의 생경한 악천후에 불합리한 정사로 말미암은 현주의 복잡한 심경은 더욱 싱숭생숭하다.

미련에서는 이상 기후를 심지어 세도(世道)의 몰락과 연계해 인식하기에 이른다. 겨울에 갖옷 입고 여름에 갈옷 입는 순조로운 기후에 태평성대를 구가했다는 업급의 이면에는 현재의 시정(時政)에 대한 불만과 불안을 감지할 수 있다. 흉흉한 기상의 이변은 조정의 인사와 결부되어 더욱 심상찮게 느껴졌으며, 앞으로의 정세에 대한 염려로 이어진 것이다.

인재 거용에 대한 불만은 현주가 출사한 후에도 계속되었다.

---

31) 국사편찬위원회, 『한국사30-조선중기의 정치와 경제』, 탐구당, 2003, 6쪽.

밭을 밟았다고 그 소 뺏는 짓이 더 심한 줄 뉘 알리	奪牛誰識甚蹂田
매미에 정신 팔린 사마귀의 어리석음이 절로 우습네	自笑癡如螳捕蟬
촉도(蜀道)의 험난함은 지금도 괴이할 것 없고	蜀道之難今莫怪
막야검(莫鎁劍)이 폄하됨은 옛날에도 그러했네	莫鎁爲下古猶然
종래에 시간이나 보내는 여생은	從來斷送餘生地
만리 창천을 높이 낢에 있지 않으리	不在高飛萬里天
햇살에 등 쪼이며 누운 촌노의 모습 보노라니	看取村翁炙背臥
칭찬도 비방도 없는 일신(一身)이 신선 같구나	身無譽毁是眞仙[32]

　위의 시는 1613년[광해군 5, 현주 나이 42세]에 영암 군수(靈巖郡守)로 있던 현주가 이항복에게 보낸 것이다. 1613년에는 '칠서지옥(七庶之獄)'이라고도 칭해지는 계축옥사(癸丑獄事)로 세상이 떠들썩하였는데, 이는 같은 해 3월에 발생한 '은상(銀商) 살해사건'과 연루된 옥사를 말한다. 문경새재[조령(鳥嶺)]에서 상인을 죽이고 은 수백 냥을 약탈한 이 사건의 주모자로 지목된 이들은 박순(朴淳)의 서자인 박응서(朴應犀)·심전(沈銓)의 서자인 심우영(沈友英)·서익(徐益)의 서자인 서양갑(徐洋甲) 등 양반가의 서얼 7인이었는데, 그 배후 인물로 영창대군의 외조부이자 인목대비의 생부인 김제남(金悌男)이 지목되었다. 정인홍과 이이첨 등의 대북파(大北派)는 이 사건을 역모 사건으로 몰고 가, 주모자의 부친인 칠대신(七大臣)과 일가족 및 노비들을 처형함으로써 소북파를 축출하고 서인과 남인들을 억압할 빌미로 삼았다. 당시 추국 과정에서 거명(擧名)된 서인의 중진들은 곤란한

---

32) 『玄洲集』, 권7, 「秋日遣懷, 奉贈白沙」.

입장에 처했으며, 서인계 문인들의 영수였던 이항복 역시 이 사건의 여파로 자리에서 물러나게 되었으니,[33] 당시 사태를 관망하던 서인들은 모두 분개한 마음을 금치 못했다.

수련의 출구(出句)에 쓰인 '혜전탈우(蹊田奪牛)'는 『춘추좌씨전』 선공(宣公) 11년 조에 "소를 끌고 남의 논을 밟아 가로질러 가면 처벌로 그 소를 빼앗는다.[牽牛以蹊人之田, 而奪之牛.]"라고 한 데서 유래하였으니 벌이 죄보다 무거움을 뜻한다. 즉 논을 밟았다 하여 소를 빼앗듯이, 가벼운 잘못이 있는 이항복에게 과중한 처벌이 내려진 것은 부당함을 비유한 말이다. 대구(對句)에 쓰인 '당랑포선(螳螂捕蟬)'은 『장자』의 「산목(山木)」에서 "매미는 이슬에만 정신이 팔려 사마귀가 다가오는 것을 모르고 그 사마귀 역시 황작(黃雀)이 노리는 것을 모른다.[螳螂捕蟬, 黃雀在後.]"라고 한 데서 유래하였으니 눈앞의 욕심에만 눈이 어두워 뒤에 닥칠 재화(災禍)를 알지 못하는 어리석음을 뜻한다. 이는 서인의 세력을 제거하고 자신들의 세를 키울 욕심으로 가득한 대북파의 행태가 마치 눈앞의 먹이에만 골몰한 사마귀의 모습과 같음을 풍자한 것이다. 이는 황작이 주시하는 상황에선 사마귀의 뒷일을 장담할 수 없듯, 그들의 어리석은 행동이 후에 어떻게 끝맺을 지 알 수 없다는 경고도 내포하고 있다.

---

33) 이항복은 당시 중대한 현안으로 대두된 영창대군의 처리 문제에 대해 '전은(全恩)'의 입장에서 혈육 사이의 정분을 강조하면서 영창대군의 사면을 요구하였으나 대북파의 토역논리(討逆論理)에 밀려 받아들여지지 않았고, 오히려 김제남 옥사의 연루자인 정협(鄭浹)을 추천한 이유로 탄핵받고 물러나게 되었다. (김민경, 「조선 광해군대(光海君代)의 정치적 대립」, 인제대학교 석사학위논문, 2004, 29~33쪽.)

이어 함련에서는 이항복의 훌륭함이 평가절하된 것에 대한 안타
까움을 토로한다. 험하기로 유명한 촉도(蜀道)를 지나듯 혼란한 정
세를 헤쳐나가기란 쉽지 않은 일이며, 세상이 막야검(莫鎁劍)을 알
아보지 못하듯 훌륭한 인재인 이항복을 내친 조정의 불합리를 꼬집
는다. 이어서 경련에서는 이항복의 여생을 조정의 높은 벼슬 때문
에 허비하지 말 것을 당부하고, 미련에서는 칭찬이나 비방을 받을
일 없는 촌노가 누리는 생활이 신선의 모습과 진배없음을 말하여
이항복에게 심심한 위로의 뜻을 전하며 시는 마무리된다.

이 시에서는 계축옥사를 구실삼아 서인을 핍박한 대북파의 비열
함에 대한 반감과 서인의 영수인 이항복에게 내려진 부당한 처우에
대한 분개심이 날선 표현으로 쏟아진다. 사회 정의의 구현보다는
자신들의 세력 확장을 위해 기회를 노리는 대북파를 사마귀에 빗대
어 풍자하고, 그들의 탐심(貪心)이 그들을 비참한 종말로 이끌 것이
라는 은근한 경고도 잊지 않는다. 말로 다 쏟아내기 어려운 정치적
불만이 전고(典故)를 활용한 비유를 통해 함축적으로 분출된다.

현주는 조정 권간들의 행태를 쥐의 형상에 빗대어 형상화하기도
하였다.

암탉이 둥지에 엎드리는데 둥지는 횃대에 있기에	雌鷄伏巢巢在塒
닭 일어나자 알 떨어지는데 쥐들은 소굴에 있네	鷄起卵墮團在棲
큰 쥐는 신 나서 집 모서리 뚫고 나오고	碩鼠豫穿屋角來
작은 쥐 십여 마리는 구멍으로 엿보네	小鼠十輩從穿眡
둥지로 가 알 주위 돌며 훔쳐가려 해보지만	投巢繞卵欲竊取

입이 있어도 물고 가기 어렵고 들고 갈 손도 없네	有口難含無手提
흔들어 굴리자니 매끄럽고 움켜잡을 도리도 없어	搖之轉滑攫無那
몰래몰래 소리 없이 가만히 이마를 맞대네	密若無聲潛合題
갑자기 늙은 쥐가 알을 안고 눕더니	俄然老鼠抱卵臥
부둥켜안듯 네 발을 서로 맞잡네	四足互拱如攀携
쥐들 그 꼬리를 물고 둥지 밖으로 떨어뜨려선	群含其尾落巢外
이리저리 끌고 함께 당겨 소굴로 돌아가려 하네	遍曳共挽將歸棲
그런데 날아온 흰 고니 어디서 왔는지	飛奔白鵠何所自
사마귀 노리는 참새처럼 일찌감치 살피다가	黃雀早俟螳蜋蹊
마침내 쥐와 알을 함께 잡아 포식하니	終擒鼠與卵俱飫
쥐들은 구멍에서 부질없이 슬피 우네	群鼠在穴空悲啼
아아	噫吁嘻
간교한 계책 따라 재앙 또한 초래되니	隨謀巧危禍且速
삼가서 알을 안지 말지어다 아 쥐여	愼無抱卵嗟鼠兮[34]

위의 시의 배경은 닭장이다. 암탉이 횃대 위에서 품고 있던 알을
떨어뜨리자 그 모습을 지켜보던 쥐들은 알을 훔쳐내기 위해 움직인
다. 우선 큰 쥐가 뚫은 구멍으로 들어가 이리저리 알 주위를 맴돌며
들고 나갈 궁리를 하고, 여러 마리의 작은 쥐들은 구멍으로 동태를
살피다가 늙은 쥐의 행동에 합류한다. 들고 갈 수도 굴려 갈 수도
없는 알의 수송에 고심하던 쥐들은 이마를 맞대고 모의한 결과, 돌
연 큰 쥐가 알을 부여잡고 눕고 작은 쥐들은 꼬리를 물어 둥지 밖으
로 알을 옮기고자 한다.

---

34) 『玄洲集』, 권2, 「鼠偸卵」.

『시경』의 「석서(碩鼠)」에서 탐학한 관리를 큰 쥐에 비유해 풍자한
것과 유사하게 여기서도 쥐는 눈앞의 이익을 좇느라 한 치 앞을 볼
줄 모르는 탐욕스런 존재로 그려지는데, '훔쳐감[竊取]', '몰래몰래
[密若]', '소리없이[無聲]', '몰래[潛]' 등의 어휘가 남의 계란을 은밀히
가져가려는 쥐들의 탐욕스런 행태를 더욱 부각시킨다.

  그런데 이때 쥐들을 내려다보는 시선이 있었으니, 그것은 바로
흰 고니였다. 언제부터였는지 고니는 일찌감치 지켜보고 있다가,
결정적인 순간에 큰 쥐와 알을 통째로 삼키고야 만다. 그러자 작은
쥐들은 혼비백산하여 쥐구멍으로 달아나 우짖지만, 때는 늦어버린
뒤이다. 알을 취하고픈 욕심에 안달하던 쥐들의 추악한 욕망이 또
다른 존재(흰 고니)의 탐욕에 좌절되고 만 것이다. 흰 고니는 앞서
언급한 '당랑포선(螳螂捕蟬)'의 고사에서 매미를 노리는 사마귀를 공
격한 참새처럼 이들 간의 분쟁을 종식시키는 존재로 등장하는데,
큰 쥐와 작은 쥐의 탐욕스런 행태, 피식자(被食者)인 쥐와 포식자(捕
食者)인 고니의 대결은 이기심과 추악한 욕망이 얽힌 조정의 현실을
비유하기 위한 현주의 의도적 설정이다. 먹을 것에 대한 집착과 그
로 인해 벌어지는 다툼은 권력에 대한 탐욕으로 분쟁하는 권간(權
奸)들의 행태와 매우 흡사하다.

  권필은 「투구행(鬪狗行)」에서,

누가 개에게 뼈다귀 던져주었나

誰投與狗骨

개들 떼 지어 사납게 싸우는구나   群狗鬪方狠

작은 놈은 반드시 죽고 큰 놈도 다치니   小者必死大者傷

도둑이 엿보고 그 틈을 노리네   有盜窺窬欲乘釁[35]

라고 하여, 사리(私利)를 탐하는 조정 간신들의 다툼을 뼈다귀를 놓
고 서로 싸우는 개에 비기고, 그들을 서로 싸우게 만든 도둑놈의
관계에 비긴 바 있다. 권필의 이 시는 이익에 눈이 멀어 아웅다웅
하는 동물의 행태와 그 비참한 결말을 제시하는 방식이 현주의 「서
투란(鼠偸卵)」과 흡사하다. 현주가 탐욕스럽고 간교한 무리들에게
남긴 "간교한 계책 따라 재앙 또한 초래되니 삼가 알을 안지 말지
어다. 아! 쥐여![隨謀巧危禍且速, 愼無抱卵嗟鼠兮!]"라는 경고에서는 정
치의 추악한 권력다툼에 냉정해진 현주의 시선을 읽을 수 있다.

    광해군 대에 특히 심했던 외척의 만행과 당파 간의 알력 다툼은
특히 서인계 문인에 의해 많이 풍자되었다.[36] 그중 현주와 절친했
던 임숙영은 1611년[광해군 3, 현주 나이 40세]의 별시 문과에서 주어
진 제목 외의 내용으로 이이첨(李爾瞻) 등 대북파와 척족(戚族)들의
행태를 강하게 비난하는 글을 올려 삭과(削科)되었다가, 삼사(三司)
의 몇 달간의 간쟁(諫爭)과 이항복(李恒福) 등의 설득으로 어렵사리
다시 급제하여 환로에 올랐다.[37] 이에 서인계 인사들은 임숙영에게
내려진 부당한 처우에 분개하였고, 권필 역시 이에 불만을 품고 외
척의 정치 개입을 풍자한 일명 궁류시(宮柳詩)로 칭해지는 「문임무

---

35) 『石洲集』, 권2, 「鬪狗行」.

36) 김창호, 「권필(權韠)과 허균(許筠)의 교유와 그 당대적 의미」, 『한국한문학연구』
    42, 한국한문학회, 2008, 174쪽.

37) 『光海君日記』, 권39, 광해군 3년(1611) 3월 17일~7월 18일 기사.

숙삭과(聞任茂叔削科)」[38]를 지었다가 광해군의 진노를 샀고 급기야는
죽음을 맞게 되었다.

당시 동인 또는 귀척(貴戚)의 행태를 극렬히 비난하고 비분강개를
토로하였던 현주는 문필로 인해 고초를 겪은 주변인들의 사건들을
목도하고 "시속 정세는 광달(曠達)을 꺼리고 하늘 뜻은 시류(詩流)에
박하네.[時情忌曠達, 天意薄詩流.]"[39]라고 하여, 직언(直言)이 용납되지
않는 폐쇄적인 정치 현실과 진의(眞義)가 왜곡되는 부조리한 사회
구조에 환멸을 드러내었다.

현주는 현실의 불의를 보고도 입을 다무는 당시 지식인에게도 비
판의 날을 세운다.

옛날에 말하는 돌이 있었으나	古有能言石
바위는 이제 말하지 않으려 하네	巖今欲語休
무엇 때문에 '개구(開口)'라 하나	胡爲是開口
애써 물어도 고개를 돌리지 않네	强問不廻頭
삼키지 않은 바닷물은 떠나고	未吞滄海去
때로 들이마신 저물녘 구름은 머물러 있네	時吸宿雲留
이 세상 다투어 입 다무는 이들	斯世爭緘結
도리어 너를 보고 부끄러워하리라	還應見爾羞[40]

위의 시는 '개구암(開口巖)'이라는 바위에 대해 읊은 5언 율시이다.

---

38) 『石洲集』, 권7, 「聞任茂叔削科」.
39) 『玄洲集』, 권5, 「贈石洲」.
40) 『玄洲集』, 권5, 「開口巖」.

수련에서는 개구암이 원래 말하는 돌이었으나 말을 하지 않으려 한다고 한다. 왜일까? 함련에서 이름이 왜 '개구(開口)'인가 물어보아도 개구암은 아무런 대꾸도 않고 고개조차 돌리지 않는다. 경련에서는 이러한 개구암의 모습을 물끄러미 바라본다. 개구암이 하는 일은 입을 벌린 채 푸른 바닷물을 왕래시키고 저물녘 구름을 머금은 채 그 자리에 우뚝 서 있는 것이다. 이런 개구암의 모습에서 현주는 외려 입을 다물기 급급한 현실의 모습을 떠올린다. 미련에서는 세상의 함구하는 이들이 개구암을 보고 부끄러움을 느낄 것이라고 일침을 놓는다. 현주는 입을 벌린 형상의 개구암을 보고 무엇을 느낀 것일까?

이 시의 제작연도는 현주가 상주 목사(尙州牧使)로 나가 있던 1622년[광해군 14, 현주 나이 51세] 전후, 1623년 인조반정이 일어나기 이전으로 추정된다. 앞서 언급한 계축옥사를 계기로 정권을 장악한 대북파는 적자소생이 아닌 광해군의 약점을 이용해 광해군에게 인목대비의 폐모(廢母)와 대군들의 사사(賜死)를 종용함으로써 자신들의 정치적 입지를 굳히려 하였다. 이긍익(李肯翊)은 이러한 정국 상황을 '서인이 이를 갈고 남인이 원망을 품으며 소북이 비웃는 형세'라고 표현하였는데,[41] 이 말대로 조야(朝野)에서는 대군들의 연이은 죽음에 광해군과 대북 세력을 비난하는 목소리가 높았다.

이러한 상황에서 여론을 전달하고 그릇된 조치를 바로잡아야 하는 언관들의 책임은 어느 때보다 막중하였다. 그러나 드센 대북파

---

41) 김민경, 「조선 광해군대의 정치적 대립」, 인제대학교 석사학위논문, 2004, 17~37쪽.

의 기세에 누구나 쉽사리 직언을 하지 못하는 분위기였고, 현주는
이러한 조정의 모습에 불만을 숨길 수가 없었다. 곧 '응당 해야 할
말을 하지 않는 언관들의 행태는 비난받아 마땅하다.'는 경고는 제
몸 사리기에만 급급한 입을 닫은 관리에 대한 풍자인 것이다.

이처럼 현주는 상대의 약점을 빌미로 권력을 좌우하려는 조정의
추악한 정세에 대해 시종일관 불만을 토로하였다.

현주의 비판적 시선을 이해하였던 장유(張維)는 현주의 일생을 다
음과 같이 회고한다.

일찍 문단 독점한 아름다운 재능　　　　　　早擅詞林錦繡腸
만년엔 몰락하여 출처가 곤궁했네　　　　　　暮途牢落困行藏
곤궁해지자 세속에서 흘겨보았고　　　　　　窮來俗眼從他白
병든 뒤론 시 읊느라 반백이 됐네　　　　　　病後吟髭半已蒼[42]

장유는 1구에서 현주가 뱃속이 시문(詩文)으로 가득 차 있어 문단
을 독점하리만큼 뛰어난 문학적 역량을 가졌음을 칭송하고, 2구에
서 그런 그가 불행히도 곤궁한 만년을 보내게 되었다며 안타까움을
드러낸다. 그리하여 3구에서 현주가 곤궁한 처지로 인해 세상과 불
협하였음을, 4구에서는 현주가 이러한 불평한 심사를 시로 담아내
었음을 말한다.

현주는 죽음을 맞이할 때까지 환로에서의 갈등과 고민으로 부단

---

42) 『谿谷集』, 권31, 「挽趙善述」.

히 속앓이를 하면서 조정의 판세와 부조리한 정치 현실에 대해 비판의 눈초리를 거두지 않았다. 그의 시문에 드러난 비판과 풍자는 정치적 비주류로서 살아간 서인계 인사의 불평한 심리를 여실히 보여준다.

3. 처세(處世)에 대한 고민과 자괴감

현주의 가문은 선대부터 꾸준히 벼슬을 하며 당대의 명문가와 인척을 맺었던 명문가였지만,[43] 예조참판을 지낸 증조부 조방언(趙邦彦)이 1532년에 심정(沈貞)의 일당으로 몰려 사사(賜死)된 이래로 쇠락하기 시작하여 조부 조옥(趙玉)은 벼슬이 현령에 그쳤고 부친 조양정(趙揚庭)은 아예 출사를 하지 않았다.[44] 당파 간의 다툼으로 내몰린 집안의 자제로서 현주는 세상에 대해 긍정적이지 않은 시선을 견지하게 되었다.

다음은 시속에 대한 현주의 부정적 시선이 드러난 「현부대(玄夫對)」이다.

43) 현주는 1572년 조양정(趙揚庭)의 4남 1녀 중 넷째 아들로 출생하였다. 현주의 선대를 살펴보면, 1대부터 5대까지 고려 왕조에서 벼슬하였고, 5대와 6대는 조선의 개국 공신이었으며 7대는 자헌대부지중추부사를, 증조인 10대는 예조참판을 역임하였다.(민영대, 『조위한의 삶과 문학』, 국학자료원, 2000, 43~46쪽.)

44) 구본현, 「권필과 이안눌의 교유와 문학 활동」, 『국문학연구』 14, 국문학회, 2006, 234쪽.

"실상이 있고 그에 알맞은 이름을 가짐은 실로 마땅한 일이다. 지금 나는 검은 옷을 입고 검은 두건을 썼으며, 바지·저고리·버선·신발의 색이 검은 색을 숭상하지 않음이 없으니 '현부(玄夫)'라 자호(自號)하여도 실상에 부끄러울 것이 없다. 그러므로 저 외부에서 '현부'라고 부르는 이가 있으면 나는 즉시 대답하고 싫어하지 않으니, 이에 부르는 이나 대답하는 이나 만족스럽지 않음이 없다. 어째서인가? 알맞은 이름으로 부르고 실상에 맞게 이름 지었기 때문이다.

그러나 그대는 그렇지 않다. 흰 옷을 입은 산인(山人)이고 흰 낯빛을 한 서생(書生)이다. 또 나이가 마흔에 가깝도록 성취한 것이 없고 머리에 허옇게 세지 않은 부분이 많지 않다. 그러니 기휘(忌諱)에 온전히 저촉되어 비방과 어리석다는 비난을 받을 것이다. 이미 흰 것이 적지 않으니 '백부(白夫)'라고 이름해도 괜찮을 것인데 지금 함부로 부르고 주제넘게 이름 붙여 나와 비슷한 호를 지어서 그 허(虛)와 실(實)을 혼란시키니, 이것이 내가 의혹을 품고 그대에게 따지지 않을 수 없는 까닭이다. 아니면 그런 말이 있는 줄 몰랐던 것인가?[45]

윗글은 현주가 1600년[선조 33, 현주 나이 29세] 3월 1일에 자신의 호를 '현부(玄夫)'라 명명하고 그 의미를 풀이하기 위해 지은 글이다. 내용은 조자(趙子)라는 인물과 객(客)의 몽중(夢中) 문답으로 구

---

45) 『玄洲集』, 권15, 「玄夫對」. "有其實, 而有其名, 固其宜也. 今我玄衣玄巾, 袴襦鞍鞈之色, 無不尙玄, 則自號玄夫, 無愧於實. 故彼自外者有以玄夫呼, 則余卽應之而不倦. 於是, 呼者應者, 莫不快足焉. 何則? 以其呼以其名, 而名以其實故也. 吾子則不然. 衣白而爲山人, 面白而爲書生. 且年幾四十, 無所成就, 頭之未白者無多, 全觸諱忌, 昧冒訕謗癡之. 已白者不少, 雖名之曰'白夫', 可也, 今乃妄稱僭加, 逼余爲號, 使之混錯其虛實, 此余之所以爲惑, 而不能無辨於左右者也. 抑不知有其說乎?"

성되는데, 조자가 개호(改號)한 날 밤 어떤 객(客)이 그를 찾아와 조자가 지은 '현부'라는 호가 그에게 걸맞지 않는다고 따져 묻는다. 객이 보기에 조자는 '백의(白衣)'를 입었고 '백발(白髮)'의 형상을 하였으며 글만 읽어 '백면(白面)'이 되었으니, '백부(白夫)'라 이름해야 마땅하다. '현부'라는 호는 오히려 '현(玄)'의 복색(服色)을 갖추어 입은 자신에게 걸맞은 칭호이거늘, 왜 공연히 자신과 같은 호를 지어 허(虛)와 실(實)을 어지럽히느냐고 조자를 힐책한다.

이에 조자는 다음과 같이 해명한다.

> "요즘 사람들은 모두가 눈을 치뜨고 입을 놀리며 시비(是非)를 밝힌다. 그러나 나는 품은 큰 뜻이 시속과 달라서 피차(彼此)를 일체로 보고 호오(好惡)를 동일시하며, 오직 현허(玄虛)와 무위(無爲)를 숭상하니 그 뜻이 '현(玄)'에 가깝지 않은가?
>
> 요즘 사람들은 대부분 다듬고 털고 긁어내고 씻으며 분단장을 한다. 그러나 나는 그런 치장은 할 줄 모른 채 초야(草野)에서 지내면서 먼지와 때가 얼굴 가득 끼어도 씻을 줄을 모르고 진흙이 옷에 잔뜩 묻어도 빨 줄을 모른다. 그러면서 오직 현정(玄靜)과 무기(無機)를 바탕 삼으니, 그 몸이 '현(玄)'에 가깝지 않은가?[46]

조자는 시비를 밝히고 외모를 가꾸는 세인(世人)들의 모습을 묘사

---

46) 『玄洲集』, 권15, 「玄夫對」. "今世之人, 舉皆蒿目張喙, 明白是非, 而余則嘐嘐然異於俗, 一彼此同好惡, 唯以玄虛無爲, 而以爲尙, 則其志, 不幾玄乎? 今世之人, 舉皆剪拂搔洗, 粉飾媚洗, 而余則昧昧焉處於野, 塵垢滿面, 而不知頮濯; 泥土滿衣, 而不知汚澣, 唯以玄靜無機, 以爲質, 則其體, 不幾玄乎?"

한다. 조자의 눈에 비친 세인들은 남의 잘못에 지나치게 관심을 두
고 외식(外飾)에만 열중하는 속물적인 모습을 하고 있다. 이 글의 조
자는 곧 현주 자신이므로, 그가 출사 이전부터 세인들의 비속한 행
태를 비판적인 시선으로 바라보고 있었음을 알 수 있다.

조자는 마음과 몸의 '현(玄)'을 추구함으로써 세인들의 비속한 백
(白)과는 대별되기를 지향한다. 즉 피차(彼此)와 호오(好惡)의 구분이
나 세세한 인정에 연연하지 않은 채, 초야에 묻혀 외식(外飾)에는 일
체 관심을 두지 않고 오직 청정무위(淸淨無爲)인 현정(玄靜)과 무기(無
機)의 행동만을 취하려 한 것이다. 자신의 몸가짐과 마음가짐이 '현
(玄)'하고자 하니 '현부(玄夫)'라는 호는 정당하다는 해명이다.

이어서 조자는 세상의 질곡에 대처하는 방법도 제시한다.

또 하도(河圖)를 등에 지고 황하(黃河)를 넘는 성세(盛世)에 미칠 수
없다면, 이욕(利慾)의 영역에 골몰하지 않고 사지(四肢)와 머리·꼬리
를 감추고 기운을 운행하여 그물에 걸리는 재앙을 멀리하는 것이 참으
로 마땅치 않겠는가? 사당에 들어가 죽기보단 진흙탕 속에서 사는 것이
낫지 않겠는가? 어찌 평상(平床)을 지탱하는 일을 잎사귀 위의 둥지와
바꿀 수 있단 말인가? 그렇다면 몸이 이미 '현(玄)'하고 뜻 또한 '현(玄)'
하며 또 '현부(玄夫)'의 도를 터득하여 도호(道號)로 삼아 부른 것이니,
어찌 주제넘게 함부로 이름 붙인 것이겠는가? …… 나는 앞으로도 '현
(玄)'하고 또 '현(玄)'하여 나의 '태현(太玄)'을 묵묵히 지킬 것이다."[47]

47) 『玄洲集』, 권15, 「玄夫對」. "且負圖超河之世, 不可跂及, 則不營營於利慾之境, 而
藏六運氣, 以遠網獨之禍, 不亦宜乎? 與其入廟而死, 孰若塗中之生乎? 寧以支牀
之役, 可易葉上之巢哉? 然則體旣玄, 志又玄, 又得玄夫之道, 以爲道號而稱之,

　조자는 흔히 거북을 뜻하는 '현부(玄夫)'의 의미를 살려 거북의 삶을 통해 세상의 변고에 대처하는 자신의 입장과 자세를 표명한다. 기왕 현실이 성세(盛世)가 아닌 이상 하도(河圖)를 등에 지고 황하(黃河)를 넘는 신령한 거북은 될 리가 없으니 이욕(利慾)에 상관없이 자신을 감추어 화를 방지하는 편이 나은 것이다. 조자는 현실의 이욕에서 한걸음 물러나 자신을 감추며 살아가는 거북의 도를 취하였으니 '현부(玄夫)'라는 자호는 걸맞은 명칭이라고 하면서 앞으로『도덕경(道德經)』의 '현이우현(玄而又玄)'의 자세를 실행하리라 다짐한다. 내면의 더러움을 피하기 위해 차라리 외면의 더러움을 자처하겠다는 현주의 다짐에서, 현주가 출사 이전부터 세상에 대한 염증을 느꼈음을 짐작할 수 있다.

　그러나 자신을 지키고자 한 현주의 의지에도 불구하고 넉넉하지 않은 집안 형편에 선비가 벼슬 없이 가계를 꾸리기란 현실적으로 불가능한 일이었다. 생계의 유지를 위해서는 환로 진출 외에는 대안이 없었다. 현주의 시에는 넉넉치 않은 형편으로 생활고를 겪은 흔적이 종종 발견된다.

장마가 여름 내내 이어지니	長雨連三夏
늘 그늘져 한 줄기 햇살이 아깝네	常陰惜一陽
가난한 살림은 흙비 내린 뒤에 괴로워지고	貧從霾後苦
이 몸은 날이 개어서야 기운을 차리네	身得霽時强

豈僭而妄乎? …… 吾將玄而又玄, 默守吾太玄矣."

낮에는 무너지려는 언덕을 둘러보고	日省將崩岸
밤에는 무너져버린 담장을 막아보네	宵防已壞墻
날이 개길 기다려 약 봉지를 말리고	候晴晞藥裹
습해질까 염려되어 시 주머니를 점검하네	憂濕點詩囊
오래도록 샌 비에 벽엔 이끼가 끼었고	久漏苔侵壁
늘 젖어 있어 책상엔 곰팡이가 슬었네	恒沾菌集床
부엌의 개구리는 올챙이가 다 자랐고	竈蛙孫老大
마루의 지렁이는 숫자가 불어났네	堂蚓族蕃昌
어린 여종은 불 때느라 눈물 흘리고	小婢啼吹火
주린 아이는 쌀겨를 다투어 씹네	飢兒鬪齕糠
말이 조니 건초가 모자란 줄 알아채고	馬眠知乏草
하인이 쓰러지니 곡기가 끊긴 줄 알겠네	僮偃信休糧
이치로 위로해도 아내는 이해시키기 어렵고	理慰妻難解
천명이라 마음 달래도 자식 일은 더욱 상심되네	天寬子益傷
누항(陋巷)의 즐거움을 생각하노라면	思存陋巷樂
이런 것인들 어찌 방해가 되겠는가?	此輩政何妨[48]

　　위의 시는 5언 배율로 지어진 10편의 연작시 「고우(苦雨)」다. 이
시에서는 여름내 이어진 긴 비로 겪는 생활고가 절절히 그려진다.
장마가 닥치면 튼튼하지 못한 집을 방비하고 수리하느라 여념이 없
고, 잠깐 해가 뜨면 아픈 몸을 달래줄 약봉지를 말리고 축축해진
시낭(詩囊)을 점검하는 모습이다. 오랜 비로 이끼와 곰팡이가 도처
에 끼고 개구리와 지렁이가 지척에 널렸어도 그것을 쓸어낼 여유가

---

[48] 『玄洲集』, 권7, 「苦雨 十韻」.

없다. 습한 공기 때문에 불을 때는 일도 쉽지 않다. 가난한 살림에 먹을 것이 부족한 형편을 읊는 부분에서는 식솔들을 바라보는 현주의 근심어린 시선이 느껴진다. 현주는 이러한 처지를 '누항의 즐거움'이라 표현해보지만 '고우(苦雨)'란 제목에서 이미 밝혔듯 가난의 신고(辛苦)를 더욱 고달프게 만드는 장마는 그야말로 '괴로운 비[苦雨]'였던 것이다.

현주가 가난으로 인한 생활고와 굶주림과 지병으로 인한 괴로움을 겪은 정황은 월사(月沙) 이정귀(李廷龜)의 시에서도 포착된다.

소갈병 앓는 문원(文園)은 집안이 몹시 가난해   病渴文園四壁空
백제성에 편지 보내 시인의 곤궁 하소연하네   飛書白帝告詩窮
농승(聾丞)은 늘그막에 동병상련 할 처지이거늘   聾丞到老憐同病
기부(祈父)여 어이해 진실로 총명하지 못한고   祈父胡爲亶不聰[49]

이정귀는 현주를 사마상여(司馬相如)인 문원(文園)이라 칭하며 소갈병을 앓는 그의 신병(身病)과 곤궁한 살림에 대한 애처로운 마음을 1, 2구에서 요약적으로 형상화한다. 「조선술(趙善述)이 보내온 편지에 "몹시 곤궁하니 박봉(薄俸)이라도 얻었으면 한다."라고 하고 또 "귀가 어두운 증세와 소갈병(消渴病)이 근래 부쩍 심하다."라는 말이 있기에 시로써 답하였다.[趙善述貽書告以窮甚, 願得斗祿, 且有聾渴比劇之

---

49) 『月沙集』, 권18, 「趙善述貽書告以窮甚, 願得斗祿, 且有聾渴比劇之語, 以詩答之 時余在本兵, 方患聾.」. 시의 번역은 고전번역원DB의 번역을 따랐다. 이정귀에게 보낸 현주의 편지는 전하지 않는다.

語, 以詩答之.]」라는 시의 제목에서 현주의 어려운 사정을 짐작할 수
있다. 현주는 귓병과 소갈병이란 질병과 가난으로 고달팠기에 작은
벼슬이라도 구해야 하는 절실한 형편이었던 것이다.

현주는 자신의 문학적 재능에 커다란 자부심을 가졌고, 경륜을
나라를 위해 펼치고자 하는 포부도 있었다. 그리하여 쇠락한 집안
의 자제로서 느끼는 책임감과 문학적 재능을 마음껏 펼치고 싶은
욕망 역시 현주를 출사의 길로 이끌었다.

　　나는 지금에 태어나고 옛날에 태어나지 못하여 당우(唐虞)와 3대의
　　융성한 문치(文治)를 보지 못한 것, 우리나라에서 태어나고 중국에서
　　태어나지 못하여 성대한 예악(禮樂)·문물(文物)·위의(威儀)를 보지
　　못한 것이 슬프다. 지금 태어난 것이야 옛날이란 시간을 어찌할 수가
　　없으니 기대해도 이를 것이 없지만, 우리나라에 태어난 것은 중국에 대
　　해서 비록 국경에 제한이 있긴 해도 그 길이 막혀 있지는 않으니 사나이
　　가 세상에 태어남에 어찌 두루 노닐 길이 없겠는가? 이것이 내가 평소
　　쌓아온 생각이다. 그러나 장원급제를 하려고 힘쓴 것은 다만 공명(功名)
　　을 위한 일일 뿐만은 아니었고, 오직 사명(使命)을 받드는 일을 영광으
　　로 여겨서 그 뜻을 이루고자 했던 것이다.[50]

윗글은 1609년[광해군 1, 현주 나이 38세]에 연경으로 떠나게 된 김

---

50) 『玄洲集』, 권15, 「送金子中赴燕京序」. "余竊悲生乎今而不生乎古, 未觀夫唐虞三
　　代文治之隆, 生乎夷而不生乎夏, 未觀夫禮樂文物威儀之盛. 蓋今之於古已矣, 無
　　所企而及者, 夷之於夏, 則雖界植有限, 伊道里不隔, 男兒生世, 豈無遍游之路乎?
　　此吾素所蓄積, 而努力取科第首, 非特爲功名事業地耳, 唯以銜命奉使爲榮而遂
　　其志矣."

시양[金時讓, 1581~1643]에게 준 「송김자중부연경서(送金子中赴燕京序)」
이다. 위의 글에서 현주는 자신이 젊은 시절부터 중화의 문물에 대
한 동경과 더 넓은 공간으로 가서 문재(文才)를 발휘하고자 하는 욕
망을 가지고 있었음을 드러내고 있다. 나라를 대표하여 자신의 기
량을 떨치는 영광을 누리기 위해 과거 공부에 매진하였다는 그의
말에서 용세(用世)의 갈망이 얼마나 큰 것이었나를 짐작할 수 있다.
당시에는 외국 사신들 간의 문학 교류가 점차 증가하면서 사신의
업무를 '이문화국(以文華國)'의 긍정적 성과로 인식하는 경향이 많았
고, 사신들 간의 문학 교류를 통해 상대국의 문학적 역량을 가늠하
거나 자국의 문학적 역량을 과시할 기회로 삼는 것이 일반적이었
다.[51] 현주 역시 자신의 문재(文才)에 대한 자부심이 컸기에 국제 무
대에서 그것을 마음껏 발휘하고자 하는 포부를 가졌던 것이다.

　1601년[선조 34, 현주 나이 30세]에 사마시에 급제한 이후 현주는
1605년[선조 38, 현주 나이 34세]에 정시 문과에 장원급제하였고,[52]
1606년[선조 39, 현주 나이 35세]에 광시 문과에 급제한 뒤 1607년[선조
40, 현주 나이 36세]에 종9품 성균관 학유(成均館學諭)에 제수되면서 본
격적으로 환로에 들어섰다. 사신으로 활동할 부푼 꿈을 안고 달려
온데다 정시 문과에 장원급제했을 당시에 선조로부터 칭찬을 받은
일이 있었기에 앞날에 대한 기대와 포부는 더욱 남달랐을 터였다.

---

51) 이성형, 『임란 수습기 연행체험과 연행문학』, 보고사, 2013, 91쪽.
52) 당시 답안으로 제출한 「擬漢高祖拜韓信爲大將制」에 宣祖가 직접 御筆로 批點을
　　하고 殿試로 바로 나가도록 특명을 내렸다.

출사 후 그의 정치적 행보는 종9품인 성균관 학유(成均館學諭)과 정6품인 전적(典籍)·호조 좌랑(戶曹佐郎)을 지내며 승승장구할 듯 보였으나, 광해군이 등극한 후 당쟁(黨爭)으로 정치계가 어지러워지자 파직과 복직을 거듭하면서 현주는 부침(浮沈)하게 된다. 포부를 접고 재능을 갈무리할 수밖에 없는 현실 앞에서 현주는 처세에 대한 깊은 고뇌에 빠진다.

혼란한 정치판에 깊은 불만을 품었음에도 불구하고 벼슬의 끈은 놓을 수가 없었고, 그리하여 선조·광해군·인조 세 조정에서 관직을 역임하였다. 가계를 꾸려야하는 가장으로서의 책임은 그로 하여금 관직의 끈을 놓을 수 없게 하였으나, 가열찬 당쟁과 냉혹한 현실은 현주로 하여금 회한과 자괴감을 느끼게 하였다.

비단 휘장에서 말라죽은들 누가 가련히 여길꼬	枯死羅幃誰所憐
죄는 산 같이 쌓였으나 임금의 총애는 높았네	罪猶山積寵如天
이번 생에 황제를 가까이하길 바랄 수 있을까	此生可望親龍袞
꿈에서 한번 얼굴 뵙는 것도 좋은 인연일 듯	一夢承顔是好緣[53]

위의 시는 한 무제(漢武帝)의 총애를 듬뿍 받다가 폐후(廢后)되어 장문궁(長門宮)에 유폐된 진황후(陳皇后) 아교(阿嬌)의 심경을 그린 7언 절구「장문원(長門怨)」이다. 현주는 군주에게 쓰이지 못하는 자신의 가련한 처지를 버려진 황후의 신세에 빗대고 있다. 한때는 선

---

53) 『玄洲集』, 권4, 「長門怨」.

조의 총애를 받으며 전도유망하게 관로에 올랐으나, 지금은 자신의 기량조차 마음껏 펼칠 수 없는 아교의 처량한 신세가 되고 만 것이다. 이번 생에 황제를 가까이할 수 없으니 꿈에서나마 얼굴을 뵐 수 있기를 바란다는 3, 4구의 표현은 외직을 전전하며 회재불우(懷才不遇)했던 현주 자신의 처지에 대한 자련자애(自憐自愛)의 탄식이다.

난리 후 남쪽으로 이리저리 떠돌다가　　　亂後飄淪南斗傍

파리하게 병든 몸으로 세월만 보냈네　　　飽將瘦病度星霜

누가 알았으랴 한 동네 아이들이　　　誰知鄕里兒童輩

모두들 공경재상이 될 줄이야　　　摠作公卿宰相行

교주(橋柱)에 쓴 청운의 뜻 이루지 못하고　　　素志未酬題柱壯

백발에 도리어 궁도(窮途)에서 곡한 일 본받네　　　白頭還學哭途狂

조카들에게 간곡히 말하노니　　　殷勤寄語諸兄子

젊을 때 노력하여 노년에 상심 말게나　　　努力靑春老莫傷[54]

위의 시는 현주가 조신(趙伸)·유척(柳滌) 등에게 보이기 위해 쓴 「시신척등(示伸滌等)」이다.

현주는 수련과 함련에서 병고(病苦)를 겪느라 이루어 놓은 것이 없는 자신과 높은 벼슬자리에 오른 어릴 적 동무들의 처지를 대비적으로 제시한다. 경련에서 다룬 사마상여(司馬相如)와 완적(阮籍)의 고사[55]는 큰 포부를 품고 출사의 길로 들어섰으나 불우한 결말을 맞이

하고 만 현주 자신의 처지를 대변한다. 현주는 역량을 발휘하지 못
하는 자신의 처지를 비관하며, 미련에서 조카들에게 자신처럼 늙어
서 상심하지 않으려면 젊은 시절부터 노력을 하라고 충고한다. 펼치
지 못한 젊은 날의 포부에 대한 회한과 미련이 느껴지는 대목이다.

혼란한 정세 속에서 끊임없이 겪는 거취(去就)와 출처(出處)에 대
한 속앓이는 문학적 형상화를 통해 견디기 힘든 현실의 무게를 경
감시켰다.

이곳을 건너다 세상의 도를 깨달으니	涉此悟世道
간곡하게 뱃사공에게 경계하네	丁寧戒舟子
부디 급한 여울을 함부로 건너지 말게	愼勿凌急灘
죽음을 면할 수 있다면 요행일 뿐이네	得免是幸耳
부디 풍파를 가벼이 보지 말게	愼勿輕風波
풍파는 잠잠하다가도 다시 일어나지	風波息更起
전원에 눕는 일 만한 것이 없으니	莫如臥田丘
침몰할 근심이 영영 없기 때문이네	永絶顚沈愁[56]

위의 시는 급하게 흐르는 여울을 건너며 느낀 소회를 읊은 「급탄

---

55) 5구의 '교주에 쓴 청운의 꿈'이란 한나라 사마상여가 처음 서쪽을 향해 떠날 적에
승선교(昇仙橋)를 지나다가 그 다리 기둥에다 "고거사마(高車駟馬)를 타지 않고서
는 다시 이 다리를 지나지 않겠다."고 써놓은 고사를 원용한 것이니, 원대한 포부
를 품고 세상에 나서는 일을 가리킨다. 6구의 '궁도(窮途)에서 곡한 일'이란 완적
(阮籍)이 "가끔 마음이 내키면 혼자서 수레를 타고 놀러 나가 오솔길로는 가지 않
고 큰 길이 끝나면 통곡하고 돌아오곤 하였다."라고 한 고사를 원용한 것이니 곤궁
한 운명의 처지를 비유한 말이다.

56) 『玄洲集』, 권1, 「急灘」.

(急灘)」이다. 급한 여울을 우습게 보고 섣불리 접근해서는 안 된다고
경계하니, 그것은 풍파가 잠잠해지다가도 다시 일어나는 '식갱기(息
更起)'의 속성을 지녔기 때문이다. 현주에게는 한 치 앞도 내다볼 수
없는 정치 현실이 마치 위험천만한 여울을 건너는 일과 같은 것이
다. 차라리 전원에 누워 세상의 풍파를 피하는 편이 낫다는 그의
언사는 환로와 생활의 고단함으로 지칠대로 지친 그의 심경을 짐작
케 한다.

내 들으니 수궁충(守宮蟲)을	吾聞守宮蟲
세상에선 도롱뇽이라 부른다지	世號爲逃龍
좁으면 등줄기를 짧게 만들어	阨促鬐脊短
겨우 한 푼 한 치의 틈에도 들어가네	僅以分寸容
진흙 사이에서 그것을 잡아	得之淤泥間
옹기 못 속에 놓아두었더니	置諸盆池中
조그만 푸른 이끼에 굴을 파서	窟於小蒼蘚
가석봉(假石峯)에 보금자리를 마련하고	依巢假石峯
의기양양 제자리를 얻은 듯	洋洋若得所
꿈틀꿈틀 멋대로 돌아다니네	蝹蝹恣橫從
……	……
구름이 일어 대지를 덮고	興雲冪大地
비가 내려 하늘에 날리자	行雨飛蒼穹
재빨리 집 안으로 들어가	奮迅盪宇內
우레와 바람이 이는 모습 엿보면서	睒睗生雷風
귀신처럼 나왔다 들어가니	神出又鬼入
변화가 도리어 끝이 없네	變化還無窮

도롱뇽의 모습에 장단(長短)을 비교하니	與之較長短
대붕과 메추라기처럼 차이가 확연하네	鵬鷃貌難同
비록 그러하나 세상 이치는 고르지 않아	雖然理不齊
길하고 흉함에 마음을 놓기 어렵네	吉凶難心瀜
도롱뇽이 혹시라도 기운을 잃고	龍乎或失勢
가시덤불로 떨어지면	陸倒荊榛叢
까마귀와 까치는 부리로 쪼아대고	烏鵲噪牙角
개미는 그의 몸을 깨물지	螻蟻嘬其躬
비록 옹기 못을 떠올려보아도	雖思小盆池
한 척의 물결조차 통할 길 없어서	尺波無由通
도리어 그리울테지 너 수궁충이	却羨爾守宮
옛날 물속에서 신통한 능력 간직했을 때가	舊水藏神功[57]

　　위의 시에는 "가주서(假注書)로 궁을 지킬 때 장난삼아 짓다.[以假
注守宮時, 戲吟.]"라는 주(注)가 달려 있다. 수궁충(守宮蟲)은 흔히 도롱
뇽으로 불리는 도마뱀붙이의 일종인데, 궁을 지키는 업무[守宮]를
하다 수궁충을 떠올린 엉뚱한 발상이 재미있다. 진흙 속에서 도롱
뇽을 잡아 작은 못에 놓았는데, 도롱뇽은 순식간에 보금자리를 마
련하고 자신의 행적을 감추는 신출귀몰한 솜씨를 보인다. 그러나
세상 만사에는 일정함이 없어서 예견을 할 수가 없으니, 비가 내려
도롱뇽이 가시덤불로 떨어지기라도 하면 졸지에 새와 개미떼에 쪼
여 생을 마감할 것이라고 읊는다.

---

57) 『玄洲集』, 권1, 「守宮行」.

현주는 도롱뇽의 모습을 바라보며 걸출한 능력을 지닌 존재도 언제든 불우한 처지를 겪을 수 있다는 인생무상의 이치를 떠올린다. 훌륭한 역량을 갖춘 인재가 있다 해도 현실에서 그 역량을 실현하기란 쉽지 않고, 도리어 험한 일을 겪을 수 있다는 깨달음이다. '세상 이치는 고르지 않아, 길하고 흉함에 마음을 놓기 어렵네'라고 한 말은 도롱뇽에 가탁한 자신에게 던지는 경계의 메시지이자, 동시에 지친 자신의 심회를 공감하고 위무하는 위로의 메시지이다.

현주는 인생살이의 무상함을 자연 현상에 빗대어 표현하기도 하였다.

봄이 한가롭다 말하지 말라 근심은 더욱 많으니　莫道春閒愁更多
꽃은 어쩌면 이리도 본래 없었던 듯한지　有花何似本無花
비록 잠시 피게 하여도 도로 다 떨어지니　縱使暫開還落盡
세간에 누가 오래도록 번영하고자 하는가　世間誰欲久繁華[58]

이 시는 현주가 어느 해 3월 하순에 내리는 빗소리를 듣고 문득 잠에서 깨어 읊조린 연작시의 둘째 수이다. 기구(起句)에서는 대뜸 봄을 한가롭다 말하지 말라 한다. 봄은 따스한 볕으로 생명을 생동하게 하는 시작의 계절이지만, 현주는 오히려 근심이 더욱 많다고 한다. 왜인가? 그 이유는 승구(承句)에서 짐작할 수 있다. 봄비에 져버린 꽃은 마치 본래 없었던 것처럼 흔적도 없이 사라졌다. 전구(轉

58)『玄洲集』, 권3,「三月念後雨中, 適無公事, 就睡雙淸, 因雨聲睡起.」其二.

句)에서는 꽃이 꽃망울을 터뜨려도 그것은 잠시일 뿐 이내 떨어지고 만다고 한다. 결구(結句)에서 세상의 누가 오래도록 영화를 누리고 자 하는가 하는 물음으로 시는 마무리된다.

이 시에서 봄비는 만물을 소생하게 하는 존재가 아니라, 오히려 생동한 꽃을 떨어뜨리는 존재로 그려진다. 봄에 잠시 폈다가 봄비를 맞고난 후 짧은 생을 마감해버린 꽃의 모습은 인간사의 이치를 환기시킨다. 어여쁜 꽃이 오래가지 못하는 것처럼 인간의 부귀영화도 오래 지속될 수 없다는 것이다. 봄비는 인간을 쇠락하게 만드는 가혹한 현실을, 떨어진 꽃은 만년 영화를 누릴 수 없는 인간의 삶을 비유한다. 당파 간의 전쟁이 본격화되던 시기, 앞날을 한 치도 예견할 수 없는 정국 속에서 현주는 인생의 행로에 대한 불안함을 언제 질지 모르는 꽃에 빗대어 표현한 것이다.

> 세간의 일 듣자니 마음이 취한 듯하고   聞來世故心如醉
> 시국의 위험 보자니 귀밑머리 쑥대가 되었네   看到時危鬢已蓬
> 어찌하면 푸른 물결 위 끝없는 달빛 아래서   安得滄波無限月
> 벼슬 그만두고 돌아가 어부가 될 수 있을까   解官歸作釣魚翁[59]

위의 시는 1620년[광해군 12, 현주 나이 49세]에 외직을 자청하여 상주 목사(尙州牧使)로 떠날 당시에 쓴 것이다. 1, 2구에서 이목(耳目)으로 접한 현실의 소요에 어지러워진 심사를 형용하여 '마음이 취한

---

59) 『玄洲集』, 권6, 「劍湖醉別」.

듯'하고 '귀밑머리 쑥대가 되었다'고 한다. 세상에 대한 염증과 복잡
한 심사를 내려놓고픈 간절한 바람은 3, 4구에서 여유로운 어부가
되는 은일(隱逸)의 상상으로 귀결된다.

「현주조공묘갈명(玄洲趙公墓碣銘)」에서는 "당시 광해군의 정사가
혼란하여 간흉(奸凶)이 뜻을 얻었으며 김용(金墉)의 화가 바야흐로
싹을 틔우기 전이었는데, 공은 조정에 있기를 즐기지 않아 얼마 되
지 않아서 다시 나가기를 구하여 상주 목사가 되었다."[60]라고 설명
한다. 상주 목사로 부임할 당시 소란한 정국의 형세로 염증과 혐오
가 일어나 조정을 떠나고픈 마음이 들었다는 것이다. "나라에 도가
있으면 벼슬을 하고 나라에 도가 없으면 곧 그것을 말아 가슴에 품
는다."[61]라고 한 공자의 말처럼, 어지러운 정세에는 잠깐 피해 있는
것이 상책이라고 생각한 듯하다.

　나의 심오한 자취가 산택(山澤)에 나라를 세운 것은 성품이 얽매이지
않고 자유로워 이곳의 한적함을 사랑해서이니, 깊은 물속에 문채를 숨
길 줄 몰라서가 아니고 인간 세상에 상서(祥瑞)를 드러낼 줄 몰라서가
아니네. 북해(北海)가 비록 멀긴 해도 뒷수레에 실려 돌아올까 두렵고,
남산(南山)이 비록 멀긴 해도 어찌 요로로 곧장 달려가겠는가? 게다가
어부의 손에 한번 떨어지면 장차 큰 자라와 함께 시귀점(蓍龜占)을 치게
됨에랴? 도리어 나와서 볕을 쪼일 계획 없으니, 어찌 궤 속에서 손상됨

60) 『玄洲集』,「玄洲趙公墓碣銘」. "時光海政亂, 奸凶得志, 金墉之禍方生未艾, 公不
　　樂在朝, 無何, 復求出爲尙州牧使."
61) 『論語』,「公冶長」. "邦有道則仕, 邦無道則可卷而懷之."

을 서로 경계하겠는가? …… 하물며 진흙이 혼탁한들 나와 무슨 상관이
며 길이 더러운들 내 무슨 상관인가? 저들은 외면의 더러움을 보지만
나는 내면의 깨끗함을 보네. 내면이 깨끗하기에 물들지 않으며 외면이
더럽기에 쉽게 씻기네. 꼿꼿한 내 머리는 혼탁한 진흙에 닿아도 굴하지
않고, 질질 끄는 내 꼬리는 더러운 길을 따라가도 손상됨이 없네. 그렇
다면 꼬리가 더러워지면 목욕으로 씻을 수 있지만 껍질이 뚫리면 어찌
살 수 있는가? 진흙이 더러워도 더러움은 미워할 것이 못 되고 꼬리가
끌려도 즐거움은 끝이 없네. 사당에서 지내면서 고운 옷을 입고 유지하
는 저런 깨끗함을 어찌 진흙에서 뒹구는 이런 즐거움과 바꾸겠는가?
또 그대는 유독 듣지 못했는가? 고상한 걸음은 넘어지기가 쉽고 깊은
맛에는 독이 들어가 있네. 신은 큰 명성을 미워하고 귀신은 빛나는 방을
엿보는 법일세.[62]

위의 글은 「예미귀부(曳尾龜賦)」이다. 장자가 자신의 출사를 권하
는 사람에게 거북의 예를 들어 출사보다는 은일이 더 좋은 처세라
는 것을 말한 '예미도중(曳尾塗中)'(『장자(莊子)』, 「추수(秋水)」)의 고사
에 착안한 이 글은, '막신완완(莫神蜿蜿)'과 '막서홰홰(莫瑞噦噦)'라는
두 벌레의 비웃음에 거북이 자신의 인생관을 표명하는 내용이다.

---

62) 『玄洲集』, 권3, 「曳尾龜賦」. "我玄蹤國於山澤, 性是不羈, 愛此閑寂, 非不知藏文
於深奧, 非不知呈瑞於人寰. 北海雖迥, 懼後車之載還; 南山雖遠, 柰捷徑於要
津? 況一落於漁人, 將夏鼇而共著? 顧出曬之無計, 爭毀櫝之相戒. …… 何況泥之
溷溷, 何與於我; 塗之濁濁, 何有於我? 彼以外汚, 吾以內潔. 內潔故不染, 外汚故
易滌. 吾首之矯矯兮, 觸溷溷而無屈; 吾尾之曳曳兮, 遵濁濁而無傷. 然則尾之汚
兮, 浴可滌; 殼之鑽兮, 安可活? 泥之汚兮, 汚不惡; 尾之曳兮, 樂無極. 彼處廟服
鮮而御潔兮, 寧易此泥塗之樂哉? 且子獨不聞乎? 高步易躓, 厚味腊毒, 神憎名
大, 鬼瞰室赫."

거북은 자신을 이용하려는 존재로 가득차 있는 세상과 일정 거리를 유지하는 것이 자신의 처세관이라 해명하는데, 이는 바로 장자가 제시한 "천하에 도가 없으면 덕을 닦으며 한가하게 지낸다."[63]라는 것에 다름아니다.

현주는 진흙길에서 꼬리를 끌며 살아가는 거북처럼 자신도 현실의 영욕에서 해방되기를 꿈꾼다. 고단한 현실과 처세에 대한 고뇌로 지친 심회를 내려놓고자 했던 현주의 강한 열망은 외식(外飾)과 속박의 굴레에서 자유로운 거북의 은일적 삶에 대한 선망을 야기하기에 충분하였다.

절반은 얼어붙고 절반은 푸른 강물인데	半橫氷面半滄浪
청둥오리 쌍으로 날며 물장구치기 바쁘네	花鴨雙飛戲浴忙
다만 바라건대 깊고 얕은 물에서 서로 어울려	但願相隨深淺水
인간 세상 염량세태를 잊고자 하네	不知人世有炎涼[64]

위의 시는 1629년[인조 7, 현주 58세]에 지은 「화압(花鴨)」이다. 이해는 현주가 선산 부사(善山府使)로 부임한 해인데, 이정귀(李廷龜)[65]·이식(李植)[66]·김류(金瑬)[67] 등 주변인들은 현주가 노년에 선산으로

---

63) 『莊子』, 「天地」. "天下無道, 則修德就閒."

64) 『玄洲集』, 권4, 「花鴨」.

65) 『月沙集』, 권18, 「送趙善述令公之任善山」. "禁闥非無願, 明時又一麾. 相憐却同病, 共老奈長離？ 傲吏爲官冷, 龔丞了事癡. 郡齋應拄笏, 須寄錦囊詩."

66) 『澤堂集』續集, 권3, 「送趙善述赴善山」. "浮生何處息塵機, 笑領銀章計未非. 白璧令人生暗忌, 青雲有路每斜飛. 雪消淸洛抽鮮白, 春入金烏薦蕨肥. 京國衣冠亦

나가게 된 사실에 안타까움을 금치 못했다. 환로에서의 고민이 많았던 현주 자신도 사뭇 복잡한 심경이었을 터이다. 1, 2구에서는 반쯤 얼어붙은 강물 위에서 유유자적 물장구치는 한 쌍의 청둥오리의 모습을 그린다. 어디에도 구속되지 않고 자유롭게 노니는 오리 한 쌍을 현주는 부러운 눈길로 바라본다. 그들과 함께 자연 속에서 유유자적하며 인간세상의 염량세태를 잊고픈 현주의 염원은 곧 현실의 괴로움이 얼마나 깊은 것이었는지를 짐작하게 해준다.

〈1〉

나는 내가 아니니 내 무엇을 도모할까   吾非是我我何謀
몸은 내 몸이나 자유가 없네   身是吾身不自由
일평생 거취를 하늘이 먼저 정하거늘   一生行止天先定
강산 곳곳에 누각만 부질없이 지었구나   虛築湖山處處樓

〈2〉

함부로 경영해 초루(草樓)를 짓지 말라   莫漫經營起草樓
경영은 나를 위한 것 아니네   經營非是爲身謀
이 사람 지금 어디로 벼슬 유랑 떠나나   人今何處宦遊去
하루 종일 푸른 물엔 백구만 있구나   盡日滄波唯白鷗[68]

이 시는 1631년[인조 9, 현주 나이 60세]에 지은 「누암 초루에서 주

憔悴, 不應回首羨金扉."

67) 『北渚集』, 권2, 「贈趙善述赴善山」. "誰是秉鑪錘, 能爲身重輕? 君方齊寵辱, 吾獨惜才名. 臘雪留商嶺, 春泥滿驛程. 纍纍都護印, 何事復南征?"

68) 『玄洲集』, 권3, 「樓巖草樓 嘲主人」 2首.

인을 조소하다[樓巖草樓, 嘲主人.]」 2수이다.

〈1〉에서 현주는 '부자유(不自由)', '천선정(天先定)', '허축(虛築)' 등의 표현을 통해 현실에 얽매어 자유롭지 못한 자신의 신세를 한탄한다. 특히 자신의 행로를 하늘이 먼저 정한다고 한 3구의 표현에서는 본인의 의지와는 무관하게 흘러가는 인생 행로와 그 벗어나기 힘든 질곡에 자유를 잃은 울울한 심정이 느껴진다.

〈2〉에서는 누각을 지은 사람은 어디론가 떠나버리고 푸른 물결엔 백구만 남아 있는 정경을 읊으며, 언제 떠날지도 모르면서 함부로 초루를 지었다고 조소한다. 벼슬의 끈을 놓지 못한 탓에 한 곳에 정박하지 못하고 외지를 전전하는 자신의 인생을 돌아보는 쓸쓸한 심경이 느껴지는 대목이다.

현주는 이 시를 지은 1631년 3월에 한설(韓渫)이 고변한 역모 사건에 휘말려 고초를 겪고, 무혐의로 풀려났다가 그해 9월 건강의 악화로 별세하였다. 말년까지 외직을 전전하고 세상의 시비에 휘말려 고초를 겪었던 실제의 경험이 고달프고 처연한 시어로 절절하게 녹아들었다.

III
문학 창작을 통한 치유와 극복

문학은 작가의 도덕적 갈등, 미(美)와 진실에 대한 갈망, 질서를 정립하고 삶의 의미를 찾으려는 욕망의 상상적 표현이다. 이런 점에서 문학은 삶의 기쁨과 고민을 다시 경험하고, 시야를 넓히며, 자유를 찾고, 삶의 의미를 체험할 수 있는 상징적 언어의 공간이 된다.[1] 예술 치료의 입장에서 보면, 표현 행위는 행위자가 파편의 형태로 내재되어 있었던 기억이나 욕망들을 구체화하여 나타내는 과정이며, 창작은 개념을 구상화하는 작업인 동시에 상상력과 본능을 자극하고 사고를 유도하며 감정을 일깨우는 작업이다. 행위자는 창작물을 통해 자신의 내면 자아를 접하면서 새로운 비전이나 동기를 찾아내어 정서적 치유 효과를 노릴 수 있다.[2]

현주 역시 문예로의 침잠을 통해 개인적 불행과 사회적 파행 및 좌절의 상처를 견디고 극복하려 하였다. 예컨대 현주는 전쟁의 상

---

1) 엄찬호, 「인문학의 치유적 의미에 대하여」, 『인문과학연구』 25, 강원대학교 인문과학연구소, 2010, 432쪽 참조.
2) 김익진 저, 「마음의 건강과 행복 그리고 문학적 허구의 역할」, 『인문치료』, 강원대학교출판부, 2009 참조.

처를 공감하는 이들과의 공동 작시(作詩) 활동을 통해 전쟁의 상흔을 위무하거나 정치 현실을 함께 개탄하기도 하고, 개인의 불우를 벗어나기 위해 문학 안에 공상 세계를 구축하기도 하였으며, 비유나 의론을 통하여 자신의 입장을 해명하기도 하였다. 현주는 개인적·대인적 차원의 창작 활동을 통해 심리적 평정을 되찾으려 끊임없이 노력하였고, 이러한 노력은 그의 울울한 정서를 진정시키고 살아갈 에너지를 얻기 위한 것이었다.

본장에서는 자신의 심리적 불평을 해소하고자 도모했던 현주의 창작 활동을 첫째 문학적 소통과 동류의식 형성을 통한 위안, 둘째 상상을 통한 울우(鬱憂)의 해소, 셋째 자전적(自傳的) 비유와 의론을 통한 성찰과 자기 수용 등 세 가지 측면에서 살펴보기로 한다.

1. 문학적 소통과 동류의식 형성을 통한 위안

혼란한 시대에 순탄치 않은 인생 행로를 겪은 것은 현주뿐만이 아니었으므로, 그는 지기(知己)들과의 문교(文交)를 통해 서로의 처지를 위로하고 문학을 통한 동병상련을 꾀하였다. 주변인들과 나눈 위로와 격려는 현주의 내면적 고통을 치유하는 동시에 그의 창작 역량을 발전시키는 밑거름이 되었다. 본절에서는 현주가 자신의 고뇌와 불행을 주변인들과의 문학적 교류를 통해 위안하고자 한 흔적을 찾아보려 한다.

가장 이른 시기에 영향을 끼친 것은 20대를 전후한 시기에 현주

가 드나든 '동악시사(東岳詩社)'에서의 경험이었다. 동악시사는 부유
한 가문 출신으로서 한양과 근교에 농장과 별장을 소유하였던 이
안눌(李安訥)을 중심으로 구축된 문학 동호회의 이름이다. 현주는
숙형(叔兄) 조위한(趙緯韓)과 함께 시사에서 적극적으로 활동하면서
교유의 반경을 넓히고 창작 역량을 증진시켰다. 동악시사 내에서
도 특히 동악(東嶽) 이안눌[李安訥, 1571~1637]·석주(石洲) 권필[權韠,
1569~1612]·소암(疏庵) 임숙영[任叔英, 1576~1623]과는 어릴 적부터
교유한 사이였는데,[3] 이들은 10대 후반부터 각기 시문에 남다른 재
주를 보였고 사는 곳도 매우 가까웠으며 다들 서인계 출신의 명문
가 태생으로서 비슷한 처지인 덕에 쉽게 어울릴 수 있었다.[4] 그들
은 오랜 연대에서 형성된 우정을 바탕으로 서로의 재능을 인정하
고 독려하면서 자주 만나 함께 시를 창수(唱酬)하였다. 젊은 시절에
경험한 동악시사(東岳詩社)에서의 자유로운 문학 활동은 주변인들
과의 왕성한 문학적 교유로 현주의 창작 역량을 증대시켜주었다.
임숙영과 주고받은 글에서는 이러한 소통의 흔적이 드러난다.

　　문장이 왕정(王政)을 돕는 뜻을 아울렀기에 뛰어난 문장을 보자 가슴

---

3) 이식은 「현주집서(玄洲集序)」에서 현주와 가장 우의가 깊은 이로 이안눌과 권필,
　임숙영을 언급한 바 있다. (『澤堂集』別集, 권5, 「玄洲遺稿序」. "公之所師友, 盡
　一世宗匠. 最與深者, 吾東嶽叔父及石洲權公, 而踈庵任君爲其次.")
4) 조찬한의 집은 경기도 서강(西江) 북쪽 언덕에 있었는데, 권필이 태어나 자란 곳
　역시 서강의 현석촌(玄石村)이고, 이안눌은 서대문 밖에서 태어나 출계하면서 거
　처가 바뀌었지만 한양과 근교, 서강에도 정자가 있어 왕래하였다고 한다.(구본현,
　「권필과 이안눌의 교유와 문학 활동」, 『국문학연구』 14, 국문학회, 2006, 233~
　234쪽.)

이 후련해졌고, 글자마다 풍상(風霜)의 기운을 담고 있어서 아름다운 글을 받아보고 무릎을 쳤습니다. 현포(玄圃)에서 노닐기도 전에 옥석(玉石)의 광채를 먼저 본 듯하고, 적성(赤城)에 들어가지 않고도 연하(煙霞)의 기운을 이미 감상한 듯합니다. 비록 다시 팔음(八音)이 번갈아 연주되어 금석(金石)의 쟁쟁한 소리를 분간해내고, 오색(五色)이 서로 펼쳐져 있어도 현황(玄黃)의 찬란한 색을 알겠습니다. 그대의 재주가 심약(沈約)을 뛰어넘거늘 오히려 유협(劉勰) 같은 제 글을 칭송하고, 그대의 문장은 장굉(張紘)보다 훌륭하거늘 오히려 진림(陳琳)같은 저의 부(賦)를 칭송하십니다.[5]

윗글은 임숙영이 현주의 계(啓)를 받아 읽고 돌려주면서 품평한 글이다. 아쉽게도 현주의 글이 무엇이었는지는 정확히 알 수는 없지만 현주가 자신의 저작을 임숙영에게 보여주며 품평을 구했던 것만은 확실해보인다.

임숙영은 현주의 문장은 그 내용이 왕정(王政)을 도울 만큼 훌륭하고 그 필체에 풍상의 기운이 넘쳐나므로 현주의 문장을 읽으면 마치 '현포(玄圃)'나 '적성산동(赤城山洞)' 같은 선경(仙境)의 광채를 엿보는 듯 황홀하다고 칭송한다. 그러면서 현주를 심약(沈約)과 장굉(張紘)에 비기고 임숙영 자신을 유협(劉勰)과 진림(陳琳)을 비기면서, 현주가 높은 문재(文才)와 겸양(謙讓)의 덕을 지녔다고 칭송한다. 당

---

5) 『疏菴集』, 권6, 「回趙玄洲啓」. "文兼黼黻, 窺綵筆而開襟; 字挾風霜, 奉華篇而擊節. 未遊玄圃, 先看玉石之光; 不入赤城, 已賞煙霞之氣. 雖復八音迭奏, 辨金石之鏗鏘; 五色相宣, 識玄黃之炤爛. 才非沈約, 尙稱劉勰之書; 業謝張紘, 猶頌陳琳之賦."

대 문장가였던 임숙영이 현주의 문장에 대해 내놓은 아낌없는 품평
(品評)과 제언(提言)은 현주의 창작 욕구를 더욱 고무시키는 계기가
되었음을 짐작해봄직하다.

하늘을 뒤흔드는 비바람은 용이 나는 듯 뛰어난 필치를 알아본 것이
고, 천지에 가득한 우레와 천둥은 보주(寶珠)가 던져진 듯 아름다운 글
에 놀란 것입니다. 기이한 기운이 가득한 문장은 이미 조화의 자취를
모았고, 상서로운 광채가 찬란한 문장은 귀신의 울음이 깃든 듯합니다.
이에 우임금이 솥을 주조(鑄造)할 때 작은 무당이 옛날 걸음을 잊고 훌
륭한 장인이 도끼를 휘두를 때 졸렬한 장인의 부끄러운 얼굴에 땀이 흐
름을 알겠습니다. 공융(孔融)이 재주가 없었다면 이응(李膺)의 수레를
몰았을 것이고, 장의(張儀)에게 혀가 있었더라도 소진(蘇秦)의 시대에
떨치기 어려웠을 것입니다.[6]

위의 글은 임숙영의 글에 답한 현주의 「재답무숙소서(再答茂叔小
序)」이다. '무숙(茂叔)에게 다시 답하는 짧은 글'이란 제목에서 이 편
지 이전에 한 차례의 문답이 더 오갔다는 사실을 짐작할 수 있다.
현주는 빗속에 임숙영의 편지가 도착하자, 우레와 천둥을 동반한
궂은 날씨가 임숙영의 뛰어난 문장에 자연이 놀란 소치(所致)라고
해석하며 편지의 포문을 연다. 그리고 그 문장이 지닌 기이한 기운

---

6) 『玄洲集』, 권10, 「再答茂叔小序」, "風雨掀天, 識綵毫之龍蠢; 雷霆滿空, 驚寶唾
之珠投. 異氣氳氳, 已集造化之迹; 祥光焜煌, 應有鬼神之啼. 是知大禹鑄金, 忘
小巫之舊步; 巧匠揮斧, 汗拙斲之羞顔. 孔融無才, 堪御李膺之駕; 張儀有舌, 難
掉蘇君之時."

과 신령한 광채 앞에서 자신은 그 앞에서 한없이 작아짐을 느낀다
며 칭송해 마지않는다. 그리고 우임금·훌륭한 장인(匠人)·이응(李
膺)·소진(蘇秦)에 비견되는 임숙영의 훌륭한 솜씨는 작은 무당·졸렬
한 장인·공융(孔融)·장의(張儀)에 비견되는 자신의 졸렬한 문사와
비교가 안 된다는 겸사도 덧붙인다. 겸양의 내용을 적실하게 전달
하는 현주의 답서는 이전에 임숙영이 보낸 편지의 구식(句式)[상하4
·6/상하4·6/2(雖復/是知)/상하4·6-상하4·6]을 그대로 따르고 있는 것
이어서 눈길을 끈다. 형식적으로 구식을 일치시키면서도 내용을 매
끄럽게 전달하는 창작력이 돋보이는 글이다.

　현주가 임숙영과 서로의 저작을 교환하였던 흔적은 여기에 그칠
뿐만이 아니다. 『현주집』에 실려 있는 「봉죽부인제(封竹夫人制)」와 「대
설도인화연소(代薛道人化緣疏)」는 임숙영의 『소암집(疎菴集)』에도 실
려 있는데, 두 문집에 실린 글의 제목과 내용이 모두 일치한다.[7]
아마도 이것은 현주와 소암 간에 서로의 저작을 빈번하게 교환한
터라 가지고 있던 원고가 문집 편찬 과정에서 오인(誤認)되어 양측
에 모두 편입된 것이라 짐작된다. 다른 정보가 없어 두 편의 작자가
누구인지 정확히 알 수는 없지만, 적어도 분명한 사실은 현주와 소
암이 빈번하게 시문을 교환하고 독려했다는 점이다. 두 사람은 서
로에게 칭찬과 격려를 아끼지 않았고, 이는 서로의 문학적 역량을
더욱 증대시켰다.

---

7) 『玄洲集』에는 권10(「封竹夫人制」)과 권11(「代薛道人化緣疏」)에 수록되어 있고,
『疎菴集』에는 권6(「封竹夫人制」)과 권8(「代薛道人化緣疏」)에 실려 있다.

현주는 택당(澤堂) 이식[李植, 1584~1647]과도 적극적으로 문장 품
평을 주고받았다. 이식은 현주와 절친했던 이안눌의 족질(族姪)로,
이안눌에게 시를 배운 인물이다. 현주와는 1619년 조정에서 만난
이후로 교유를 한 것으로 추측되는데,[8] 이후 사돈의 연을 맺게 되
면서 누구보다 긴밀한 관계를 유지하였다. 다음 글에서 그들이 서
로의 시문에 대해 견해를 나눈 정황을 포착할 수 있다.

> 영공의 진귀한 원고 한 권을 꼬박 하루 동안 받들어 읽었으니, 글자가
> 핵실하고 문장이 자상하여 마음과 눈이 모두 노곤해졌습니다. …… 소
> 싯적 저작을 모조리 꺼내보면서 수백 수천 구(句)의 싯구를 찾았는데,
> 신경을 쓰고 공력을 쏟은 정도가 해이해진 정신으로 산만하게 짓는 오
> 늘날과는 비교가 되지 않았습니다. 또 지난번에 영공께 보여드린 몇 편
> 의 글과 견주어 보아도 비루함과 오류를 조금 면했다고 여겨졌기에, 그
> 대로 상자 속에 넣어두었습니다. …… 다만 생각건대 지난날 밤에 영공
> 께서 한 마디 칭찬을 하셨는데, 평론한 내용 중에 한두 가지 딱 들어맞
> 는 점이 있는 듯하였으니, 비록 사실이 아니라 할지라도, 또한 나를 진
> 정으로 알아주는 벗이라고 여기지 않을 수가 없습니다. 영공의 문장으
> 로서는 후세에 전해짐이 필시 천백 년 사이에 있을 것이 분명합니다.[9]

---

8) 『澤堂集』別集, 권17, 「敍後雜錄」, 〈除兵郎, 寧邊倅遞〉條.

9) 『澤堂集』別集, 권18, 「與趙玄洲」. "令珍薰一卷, 奉閱一晝夜, 字核章詳, 心目俱
勞. …… 盡肤少作, 得句語數千百數, 着意用工, 非今日怠廢散慢之比, 而較諸昨
所呈覽數篇, 差免醜謬也, 仍閟之篋中. …… 但念疇昔之夜, 辱令公一言之褒, 其
於評騭, 若有相契一二者, 雖非其實, 亦不可不謂之知己也. 以令公之文章, 其傳
於後, 必在千百歲間無疑矣."

윗글은 이식이 현주의 원고를 받아보고 보낸 편지이다. 첫머리의
'영공의 진귀한 원고 한 권'이라는 말에서 현주가 당시에 벌써 자신
의 저작들을 모아두었음을 알 수 있다. 또 '지난 영공께 보여 드린
몇 편의 글', '지난날 밤에 영공께서 하신 한 마디 칭찬', '평론한
내용' 등의 언급은 그들 사이에서 서로의 저작에 대해 품평이 빈번
하게 이루어졌음을 짐작하게 한다. 이식은 '영공이야말로 저를 알
아주는 분'이라고 하면서 현주의 평가에 대한 고마움을 표하며 현
주의 문장은 천백 년 동안 전해질 명문이라고 칭송한다.

이에 현주는 다음과 같은 답장을 보낸다.

노부(老夫)는 평소 안목이 과하게 높아서 '이 세상에 견식이 깊고 넓은
이가 드물다.'고 생각하였는데, 지금에서야 그대를 만났습니다. ……
유감스러운 점은 비루한 저작에 내린 지나친 칭찬이 맹랑한 수준에 가까
운 것이니, 가만히 그대를 위하여 취하지 않습니다. 그대의 원고에 필적
할 말이 반 마디도 없는 저는 족하의 지나친 칭찬이 정확하지 못한 의론
으로 귀결될까 경계하기 때문에 놓아두고 언급하지 않는 것이니 그대는
그런 줄 아시는지요? 며칠 동안의 담론에 세속의 비루함이 시원하게
제거되었으니 도도한 즐거움이 밤낮의 여가를 틈타 있었던 것은 덧없는
세상의 한 가지 행복이라 여겼습니다. 그런데 하늘이 또 장난을 쳐 곧
이별할 처지가 되어 두 마리 새를 함께 울지 못하게 만드니, 아! 답답할
뿐입니다.[10]

10) 『玄洲集』, 권15, 「答李澤風書」. "老夫平生, 眼孔過高, 意謂斯世少邃博, 乃今得
足下. …… 所憾者, 溢褒鄙作, 近於孟浪, 竊爲足下不取也. 今生之無半辭及於淸
稿者, 以足下之溢褒, 爲戒同歸於不確之論, 故捨而嘿焉, 足下其知之耶, 數日談

현주는 이식의 편지에 마음과 눈이 시원하고 밝아졌다고 하면서, 그를 '이 세상에 드문 견식이 깊고 넓은 이'라고 칭송한다. '며칠간의 담론'이라는 언급을 보아 둘 사이에서는 품평이 며칠 동안 이어졌던 듯한데, 그것에 세속의 비루함이 시원하게 제거되고 도도한 즐거움을 느끼는 행복을 누렸다고 한 현주의 언급에서 자신의 문장을 품평해주는 이식과 만남이 얼마나 즐거운 일이었는가를 짐작해 볼 수 있다. 그러면서 현주는 자신의 재능을 인정해주는 이식과의 즐거운 담론이 종결됨에 대한 아쉬움을 '두 마리 새를 함께 울지 못하게 한 것'으로 비유하고 있다. 쌍조는 한유(韓愈)의 「쌍조시(雙鳥詩)」에 등장하는 새로, 해외(海外)에서 날아온 한 쌍의 새가 서로 만나 쉬지 않고 울어서 온갖 새들이 울지 않고 모든 조화가 파괴되어 버리자, 하느님이 이들을 잡아 각기 다른 곳에 가두어 온갖 벌레와 새들이 다시 울도록 하였다는 전설상의 새이다.[11] 현주는 이식과의 만남을 천지조화를 깨뜨릴 만큼 강력한 쌍조의 울음에 비김으로써 이식과 함께한 시간을 매우 소중하게 여겼음을 토로하였다.

이처럼 현주는 젊은 시절부터 창작과 품평에 매우 적극적으로 참여하며 창작의 기술을 연마하였다. 자신의 시문을 보여주며 서로 품평을 주고받을 만큼 창작에 대한 열의가 높았던 그는 주변인들과의 문학적 소통을 통해 더욱 문예로 침잠하게 되었다.

討, 塵鄙豁祛, 陶陶之樂, 暫偸於夙夜之暇, 以爲浮世之一幸. 天又戲之, 卽成弦矢而不欲使雙鳥啾啾, 吁其可悒也耳."

11) 韓愈, 「雙鳥詩」. "雙鳥海外來, 飛飛到中州. 一鳥落城市, 一鳥集巖幽. 不得相伴鳴, 爾來三千秋. …… 還當三千秋, 更起鳴相酬."

현주는 주변인들과 문학 품평을 주고받았을 뿐만 아니라, 공감과
위로를 통해 동류의식을 형성하고 서로의 불평한 심사와 불우한 처
지를 위안하였다.

다음 시를 살펴보자.

폭설이 음산한 기운을 떨쳐 〔여장(汝章)〕	虐雪弄陰機
매서운 바람 지축을 뒤흔드누나	獰飆攪坤軸
한 마리 말 둔하기가 개구리 같고 〔선술(善述)〕	一馬鈍如蛙
외딴 마을 저물녘에 박쥐 날아가네	孤村暮飛蝠
방석 깔자 방안이 그윽하고 〔여장〕	鋪席室幽幽
문 열자 산들이 빙 둘렀네	開戶山簇簇
등불 밝혀 밤중 이야기 단란한데 〔선술〕	點燈團夜語
글 논하며 예전 안목 눈 비비고 본다	論文刮舊目
나그네 행적에 부평초 신세 한탄하니 〔여장〕	羈跡嘆雙萍
외로이 지내는 동안 편지 한 장 오지 않네	索居違尺牘
왜적의 노략질은 술주정보다 독하고 〔선술〕	日寇毒甚酲
세상일은 위태로워 통곡할 만하네	世事危可哭
산을 달려 정강이엔 털이 없고 〔여장〕	走山脛無毛
말을 잃어 허벅지엔 근육이 생겼네	喪馬髀生肉
도토리를 주워서 양식을 충당하고 〔선술〕	拾橡充糗糧
수풀 따라 지낼 곳을 마련하였네	依林當室屋
피비린내에 시체 보고 깜짝 놀라고 〔여장〕	塗腥驚偃尸
흰 언덕 쌓인 해골 지긋지긋해	丘皓厭積髑
발뒤꿈치 부르터서 절뚝거리고 〔선술〕	繭趾任彳丁
손 놀리며 괴로이 포복을 하네	拮手困匍匐

불길 오면 웅크린 채 밤중에 도망가고 〔여장〕	爇來跼宵征
돌쇠뇌 움직이면 헐떠이며 대낮에 엎드리네	礮動喘晝伏
갓난아이 죽어서 길가에 묻고 〔선술〕	呱斃瘞路側
아내 자결하여 산골짜기에 버렸네	逑斲委山谷
구사일생 돌덩이 피해 달아나니 〔여장〕	九死逃碻礋
한 몸 칼과 화살을 겨우 면했네	一身免鋒鏃
내 머리 이고 있음이 절로 괴이하거늘 〔선술〕	自怪戴吾頭
어찌 내 배 채움 바랄 수 있으랴	安能望我腹[12]

　　위의 시는 1600년[선조 33, 현주 나이 29세] 겨울에 현주[자 선술(善述)]와 권필[자 여장(汝章)]이 함께 지은 연구시이다. 당시 현주는 전라남도 장성군(長城郡) 진원현(珍原縣) 토천[土泉: 현재의 전남 장성군 진원면]으로 거처를 옮겼다가, 근처인 장성군 오산현(鰲山縣) 황계(黃溪)에 거처하던 권필을 찾아가 이 시를 지었다.[13]

　　시의 계절적 배경은 폭설과 세찬 바람이 몰아치는 겨울이다. 얼어붙을 듯한 추위에 말은 발걸음이 더디고 박쥐는 저물녘 스산한 기운을 더한다. 그런 중에 현주와 권필 두 사람이 만나 그윽한 방안에서 담소를 나누니, 객지 생활의 시름에서부터 세간의 흉흉한 소식에 이르기까지 이야깃거리는 무궁무진하다. 이런 저런 얘기 끝에 13구(句)에 이르러서는 지난 임진왜란 당시의 상황을 떠올리며, 당시의 기억을 함께 더듬으며 처참한 심사를 달랜다. 다리에 털이 다

---

12) 『玄洲集』, 권9, 「黃溪同宿聯句」; 『石洲集』, 권8, 「黃溪同宿聯句」.

13) 『石洲集』, 권8, 「黃溪同宿聯句」. "去年冬, 後數日, 善述過僕於黃溪, 更値雪夜, 續土泉故事, 秖以欠持世爲歎."

빠질 정도로 험난했던 피난길의 고단함, 음식과 거처가 없이 처량했던 신세, 시체와 해골이 지천에 널려 있던 전장의 처참한 광경, 아픈 몸을 추스르며 적을 피해 숨죽여야 했던 타는 긴장감, 처자가 죽었어도 무덤조차 만들지 못했던 급박한 상황 등 전쟁을 겪고 난 직후의 애달픈 심사가 시의 행간에 절절히 스미어 있다.

　연구시란 2인 이상이 서로 돌아가며 연이어 지은 시를 말하는데, 위의 시는 한 사람이 출구(出句) 한 구(句)를 짓고 다음 사람이 대구(對句)와 다음 출구(出句) 두 구(句)를 짓는 방식으로 지어졌다.[14] 두 사람 이상이 함께 짓는 연구시의 묘미는 시상의 전개를 공동으로 책임져 한 연(聯)을 마무리짓고 다음 시상을 제시하는 과정에서 긴장의 끈을 놓을 수 없다는 데 있다. 연구시는 서로 뜻이 통하고 작시능력 또한 엇비슷한 수준이라야 지을 수 있으므로, 연구시를 지을 상대를 만나기란 쉽지 않은 일이었다. 운자(韻字)의 활용 등 시의 기교적인 측면에서 통일성을 갖추기란 쉬운 문제가 아니며, 둘 이상의 작자가 시상의 흐름을 일관되게 잡고 나가는 것 역시 여간 쉬운 일이 아니기 때문이다. 그럼에도 불구하고 현주와 권필의 이 연구시는 물 흐르듯 매끄럽게 시상을 전개하고 있으니, 이는 두 사람의 동악시사에서의 수창 경험과 전쟁 체험의 기억을 공유한 덕분이었다.

　현주와 권필은 임진왜란이 발발한 1592년에 각자 피란하느라 헤어졌다가 1597년에 다시 상봉하고,[15] 그해 9월에 나주에서 창의한

---

14) 한 사람이 1구 1운을 짓거나 2구 1운을 짓는 등 분련(分聯) 방식은 다양하다.

임환(林懽)의 의병군에 함께 잠시 가담하는 등[16] 전쟁통에도 만난
절친한 사이였다. 또 현주는 임진왜란을 겪으며 모친과 처자를 잃
었고, 석주 역시 부친과 누이를 잃는 슬픔을 겪은 터여서[17] 가족을
잃은 슬픔을 누구보다 잘 이해하였다. 전란을 함께 겪은 전우(戰友)
이면서 상실의 슬픔을 함께 겪은 문우(文友)로서, 공감과 연민의 감
정을 느끼며 전쟁 후의 회한과 비애 역시 공유하였다. 즉 현주와
권필은 시문 수창의 경험과 동류의식을 바탕으로 연구시 작성의 난
해함을 극복하고, 서로에 대한 이해와 공감을 바탕으로 흐트러짐
없이 시를 써내려갔던 것이다. 권필은 이 연구시를 베껴 놓고 수시
로 읽으며 울적한 회포를 달래었다고 하니,[18] 동지들과의 수창을
통해 느낀 창작의 희열이란 울울한 심회를 달래는 즐거움이었음을
짐작할 수 있다.

현주는 연구시를 통해 전쟁의 비애뿐만 아니라 혼란한 정치 세태
에 대한 불만을 공유하기도 하였다.

무너진 기강은 그대로인데 〔선술〕   頹綱尙陵遲

---

15) 『玄洲集』, 권1, 「欲谷」其二. "垂死見良友, 惜別增戀嫪. 巖中寄我詩, 至今歎文
藻.";『石洲集』, 권3, 「用眞寺口占, 示趙善述[續韓]」. "艱難投古寺, 邂逅是前緣.
不謂看今日, 何由似昔年? 深秋霜隕葉, 寒夜雨鳴泉. 欲話平生事, 無端涕泫然."

16) 『湖南節義錄』, 권2, 「昭義將習精林公事實」. "時權石洲韠趙玄洲續韓在湖南, 軍
中皆曰: '得二公, 然可以倚.'"

17) 권필은 1593년 8월에 부친을 여의었고, 1597년 8월에 누이가 왜적과 싸우다 순절
한 매부를 따라 자결하였다.

18) 『石洲集』, 권8, 「黃溪同宿聯句」. "一別俄頃, 已復隔年, 雪窓風燭, 徒入夢想間耳.
錄前後四篇, 時時閱覽, 用破鬱陶."

무위도식하는 이 높은 벼슬에 [여장]	素飱猶巖廊
간사한 아첨배들 길에 날뛰며 [지세(指世)]	狐媚豕更塗
유능하고 어진 이들 못살게 구네 [선술]	能嫉賢又妬
이 악물고 그저 말조심하니 [여장]	齰齒但韜舌
눈물을 닦았어도 다시 그렁해지네 [지세]	抆淚還盈眶
성시(城市)를 내달릴 마음은 없고 [선술]	無心走城市
창랑(滄浪)으로 돌아갈 생각만 있네 [여장]	有興歸滄浪
바라건대 처음 입던 옷을 손질해 [지세]	願言修初服
명리의 굴레를 벗어나세나 [선술]	相將脫名韁
어지러운 대숲에서 바둑 두면서 [여장]	圍棋亂竹間
푸른 시내 곁에서 낚시나 하세 [지세]	投釣青溪傍
한 방에 도서를 한데 모으고 [선술]	一室共圖書
삼경(三徑)을 대문과 담에 이어두세나 [여장]	三徑連門墻
그대들 같은 좋은 벗과 함께	與君卽嘉客
세상을 마치도록 노닐고 싶네 [선술]	終吾以倘佯[19]

위의 시는 1600년[선조 33, 현주 나이 29세]에 현주[자 선술(善述)]가 그의 거처인 토천에서 조위한[자 지세(指世)]·권필[자 여장(汝章)]과 함께 지은 연구시이다.[20] 분련(分聯) 방식은 1인 1구씩 돌아가며 짓고 2구 말미에 운자를 두는 식이다.

세 사람은 자리만 차지하고 무위도식하는 권간(權奸)과 윗사람에게 아첨하며 사리사욕을 도모하는 탐관오리로 넘쳐나는 세태를 형

---

19) 『玄洲集』, 권9, 「述懷聯句」; 『石洲集』, 권8, 「述懷聯句」.

20) 『石洲集』, 권8, 「黃溪同宿聯句」. "又數日, 二公同到黃溪, 宿一夜, 還往土泉, 僕從之, 留連五晝夜, 文酒之樂頗洽."

상화하고, 세상의 무너진 기강과 그로 인해 고초를 겪는 유능한 인
재들의 암울한 현실에 한탄을 쏟아낸다. '눈물이 다시 그렁해진다'
는 언사에서는 이런 상황에도 입을 다물 수밖에 없는 삭막한 현실에
대한 비탄의 깊이를 느낄 수 있다. 정치 현실에 대한 세 사람의 혐오
는 곧 귀자연(歸自然)의 욕망으로 이어진다. 성시(成市)를 벗어나 자
연으로 돌아가, 한가로이 바둑 두고 낚시하며 글을 읽고 쓰면서 좋
은 벗들과 소요하는 여유로운 생활을 꿈꾸며 시는 마무리된다.

　시의 수창에 동참한 현주의 숙형(叔兄) 현곡(玄谷) 조위한[趙緯韓,
1567~1649]은 이른 시기부터 현주의 문학적 행보에 가장 큰 영향을
끼친 인물이다. 둘은 동고동락하며 남다른 우애를 다졌고 두 사람
모두 피란 도중 처자식을 잃는 아픔을 겪었기에[21] 누구보다 서로의
고통을 공감하였으며, 소싯적부터 시사 활동에 함께 참여하면서 당
대의 문필가들과 시문을 수창하고 서로의 문학 역량을 크게 증진시
킨, 둘도 없는 문우(文友)였기에 조위한은 현주에게 평범한 동기 이
상의 존재였다. 권필 역시 전술한대로 이들과 소싯적부터 친밀하게
교유하던 사이였다. 이들은 서인계 출신으로서 한 자리에 모여 세
간의 행태와 그에 대한 불만을 한 목소리로 읊는다. 동류의식과 날
선 비판을 공유하면서 자신들의 고민과 불만이 혼자만의 것이 아님
을 인식함으로써 서로 안도감과 위안을 얻었던 것이다.

---

21) 현곡 역시 임진왜란 때 피란 도중에 첫 딸을 잃고 정유재란 때 첫째 부인 남양
　　홍씨(南陽洪氏)와 사별하는 아픔을 겪었다. (『玄谷集』, 권13, 「祭亡子倚文」. "余
　　於己丑之歲, 始生女子, 而遭壬辰之亂, 奔竄山中, 凍餒而死, 瘞於路側. 丁酉, 又
　　喪其母, 獨身飄泊于龍山.")

　　현주는 권필·조위한과 더불어 5편의 연구시를 남겼는데,[22] 남용익은 이들의 연구시를 두고 "마치 한 사람의 손에서 나온 듯하니, 참으로 맹교(孟郊)와 장적(張籍)에게 한유(韓愈)가 그런 것과 같다."[23]라고 평가하였다. 비등한 시재(詩才)를 갖추고 수많은 연구시를 남긴 한유·맹교·장적처럼, 조찬한·권필·조위한 세 사람 역시 각자 훌륭한 문예적 재능을 갖춘데다 동류의식을 바탕으로 문학적 교유를 지속적으로 영위해왔던 것이 수작을 완성시키는 결정적 요인이 되었다.

　　현주는 주변인들과 서로의 불우한 처지를 위로하면서 더욱 깊은 동류의식을 느꼈다. 그는 환로(宦路)에서의 시련과 부침을 읊음으로써 상대의 불우(不遇)를 위로했을 뿐만 아니라, 자신의 처연한 신세에 대한 탄식을 쏟아내기도 한다.

종래에 인사가 몹시도 복잡하여	向來人事極多端
객의 소매 눈물 마를 날 없네	客袖龍鍾淚未乾
오직 저 창창한 무등산의 산색	唯有蒼蒼無等色
바라보던 중에 옛 모습 기억하네	望中猶記舊螺鬟[24]

---

22) 『玄谷集』, 권9의 「土泉同宿聯句」·「土泉再會聯句」·「述懷聯句」·「土泉會合聯句」·「黃溪同宿聯句」가 바로 그것이다. 이중 「土泉同宿聯句」·「土泉再會聯句」·「述懷聯句」는 조위한·권필과 함께 지은 것이고, 「土泉會合聯句」·「黃溪同宿聯句」는 권필과 함께 지은 것이다.

23) 『壺谷詩話』. "如土泉黃溪述懷等聯句, 如出一手, 實同昌黎之於郊籍也."

24) 『玄洲集』, 권3, 「贈光州牧洪樂夫[命元]」.

위의 시는 홍명원[洪命元, 1573~1623]에게 보낸 7언절구로, 제작
시기는 1618년[광해군 8, 현주 나이 45세]으로 추정된다.[25] 홍명원 역
시 현주와 같은 서인계 인물로, 현주는 그의 아들 홍처대(洪處大)를
사위로 삼을 만큼 친밀한 사이였다.

1, 2구에서는 자신을 둘러싼 인사의 소요와 그로 인한 객지에서
의 고달픈 심회로 눈물 마를 날이 없다고 토로한다. 현주는 경상좌
도를 출몰하던 백마적(白馬賊)의 괴수 이경기(李慶基)가 탈옥한 사건
으로 인해 1617년[광해군 9, 현주 나이 46세]에 영천 군수(榮川郡守)에
서 파직되었고, 그해 10월에 다시 삼도 토포사(三道討捕使)로 임명
되어 이경기를 다시 붙잡고 도적의 무리를 진압한 공으로 통정(通
政)에 올랐다. 복잡한 인사란 이즈음의 일을 가리키는 듯한데, 현
주는 파직과 복직을 겪으며 싱숭생숭해진 심사를 홍명원에게 드러
내고 있다.

3, 4구는 무등산의 푸른 정경을 바라보며 홍명원에 대한 그리움
을 술회한 부분으로, 당시 홍명원이 광주 목사로 재직하고 있었기
에 무등산을 바라보며 그의 모습을 떠올린 것이다. 어지러운 일로
심사가 복잡하던 때에 자신의 심정을 이해해줄 벗에 대한 그리움이
느껴지는 듯하다.

현주는 종9품 성균관 학유(成均館學諭)에서 정3품 당상관(堂上官)
의 지위에 오르기까지 3차례나 파직을 당하고 5차례 외직으로 나가

---

25) 홍명원(洪命元)이 광주 목사(廣州牧使)로 재직한 기간은 1615~1618년이었으며,
『현주집』에 실린 작품의 편차로 볼 때 1618~1620년 사이에 제작되었을 것으로
짐작할 수 있으므로 제작 연도는 1618년으로 추정된다.

는 등 순탄치 않은 환로에 끊임없이 속앓이를 하였다. 현주는 자신이 불우하거나 주변인들이 곤경에 처한 상황을 마주할 때마다, 시문을 주고받으며 서로의 처지를 공감하고 위로하였다.

그대를 곤궁하게 한 것 어쩌면 하늘의 뜻이니	使君窮厄豈其天
눈 부릅뜨고 여러분의 연민 받지 말게	張目不受諸公憐
현규(玄圭)와 백벽(白璧)은 본래 조탁하지 않는 법	玄圭白璧本不琢
기자(驥子)와 용구(龍駒)를 누가 감히 채찍질하리	驥子龍駒誰敢鞭
문장은 대체로 심성을 따르니	文章大類其心性
붓끝이 귀신처럼 빠르되 꾸밈이 없네	筆端神速無雕鐫
마구 쏟아진 시문이 당세를 비추니	篇什橫流照當世
훌륭한 시인들 절망하여 매미처럼 입을 다무네	良工絕望噤如蟬
종적이 주현에 머묾을 탄식하지 말게	莫歎蹤跡寄州縣
오히려 힘껏 성세(盛世)를 담당할 수 있으니	猶能陳力當盛年
강호의 물색을 공 등에게 부치니	江湖物色付公等
백구와 갈대꽃 모두 눈앞에 있네	白鷗蘆花俱眼前
그윽한 시름과 가을 기운이 늦가을에 가까운데	幽愁秋氣近黃落
소슬한 기운 찬바람이 막 서늘하구나	肅殺寒風方凜然
시인은 으레 세모(歲暮)를 서글퍼하니	騷人例須悲歲暮
고운 시 만계(蠻溪)의 종이에 부쳐줄 수 있을런지	佳句倘寄蠻溪牋[26]

이 시는 임숙영이 현주에게 보낸 7언 고시이다. 임숙영은 현주의 곤궁함이 하늘의 뜻이니 다른 이들의 위로를 받을 필요가 없다고

---

26) 『玄洲集』, 권2, 「次贈疏庵[疏庵元韻]」.

하며 말문을 연다. 그리고 현주가 '현규(玄圭)'·'백벽(白璧)'·'기자(驥子)'·'용구(龍駒)'처럼 뛰어난 자질을 타고났으며, 현주의 훌륭한 문장력은 자타가 공인하는 것이라는 칭찬과 함께 현주가 지방에 부임하게 된 것을 성세(盛世)를 이루는 데 일조하는 좋은 기회로 삼고 탄식하지 말라 당부한다. 그러면서 자신이 지내는 곳에서 느끼는 세모(歲暮)의 정경을 읊고 답시를 요구한다.

외지로 부임한 현주에게 임숙영의 시는 적지 않은 위로가 되었을 것이다. 자신의 능력과 역량을 높이 인정해주는 벗들의 평가와 위안은 외지에서의 쓸쓸함과 불우한 상황에서의 처연한 심경을 위로하는 든든한 지원군으로 느껴졌을 것이다.

이에 현주는 다음의 시로 화답한다.

벌레 팔과 쥐의 간은 하늘의 명령을 따를 뿐이니	蟲臂鼠肝任聽天
기(夔)와 노래기가 서로 가련히 여길 필요 없네	不須夔與蚿相憐
행적과 광채 숨기고 성시(城市)에 숨어	晦跡韜光隱城市
기린은 옥 채찍질 받지 않으려 하네	天麟未肯受玉鞭
세상 남아들 공명(功名)을 훌륭히 여기고	世上兒子盛功名
풍석(豐石)과 경종(景鍾)은 참전(鑱鐫)을 자랑하네	豐石景鍾誇鑱鐫
두꺼운 얼굴과 작은 복록에 큰 손을 움츠려	強顏微祿縮大手
평생 한선(寒蟬)처럼 구걸하네	一生口吃如寒蟬
호연히 성세에 앉아서 조롱하며	胡然聖世坐嘲訕
시 짓고 술 마시며 세월을 보내네	哦詩喫酒以爲年
듣자니 그대는 옛 별장이 있으니	聞說吾君舊莊在
봉황봉 아래 귀대 앞이네	鳳凰峯下龜臺前

어찌 손잡고 와서 거처하지 않겠는가	胡不提携來卜居
봄바람 가이 없고 산색은 창연하네	春風無邊山蒼然
가련하구나 독옹이 관직을 맡는 중이라	可憐禿翁簿領中
증별시 한 곡조 종이를 통할 수밖에 없는 것이	一唱贈詩裁膝牋[27]

위의 시는 임숙영의 시에 화답한 현주의 7언 절구 「차증소암(次贈疏庵)」이다.

1구의 '벌레 팔과 쥐의 간'은 『장자』 「대종사(大宗師)」에 "조물주가 장차 그대를 쥐의 간으로 만들려고 하는 것인지 벌레 팔로 만들려고 하는 것인지 모를 일이다."라고 한 데서 유래한 것으로, 모든 것이 조물주의 뜻임을 알고 있다는 표현이다. 2구의 기(夔)와 현(蚿)은 『장자』 「추수(秋水)」에 "기(夔)는 노래기[蚿]를 부러워하고, 노래기는 뱀을 부러워한다.[夔憐蚿, 蚿憐蛇.]"라고 한 데서 유래한 것으로, 자신의 처지를 모르고 남을 부러워하는 인정을 비유한다. 즉 현주는 『장자』의 표현을 빌려 자신의 처지는 운명이니, 부러워할 것도 가련히 여길 것도 없다는 것이다. 현주 자신은 꿋꿋이 자신의 길을 걸어, 공명(功名)을 높이고 외식(外飾)을 숭상하며 작은 복록 때문에 비열한 행동을 서슴지 않는 세간의 행태는 취하지 않을 것이라 한다. 오히려 시를 짓고 술을 마시며 유유자적하게 세상을 조롱하며 지낼 것이니 염려 말라는 어투이다. 그저 봄바람 불어대고 산색이 창연한 정경 속에서 옛 별장에서 지내는 임숙영과 대면하지 못하고

---

27) 『玄洲集』, 권2, 「次贈疏庵」.

편지로 시를 주고받을 수밖에 없는 아쉬움을 토로한다.

이처럼 현주는 임숙영과 시를 주고받으며 재능을 발휘할 수 없는 서로의 처지와 현실을 공감하고 안타까워함으로써 동류의식을 형성하였다. 임숙영의 시에는 진심어린 위로가, 현주의 답시에는 고마움과 진심어린 애정이 절절히 서려 있다.

현주가 마음을 나눈 것은 비단 서인계 인물뿐만은 아니었다. 현주는 지방에서 만난 남인계 인물들과도 긴밀하게 교유하면서 정치적 불우에 대한 불만을 공유하였다. 대표적 인물로는 우복(愚伏) 정경세[鄭經世, 1563~1633]와 창석(蒼石) 이준[李埈, 1560~1635]을 들 수 있다. 그들은 모두 유성룡(柳成龍)의 문인으로서, 현주 51세[1622년, 광해군 14] 때 상주 목사로 나가 있던 시절부터 교유하였는데, 그들은 당시 광해조의 혼정(混政)에 벼슬을 사직하고 고향에서 지내고 있었다. 남인계였던 그들 역시 당시 당쟁으로 얼룩진 정치판과 북인 정권에 불만을 느끼고 있던 터라 현주와 문경(聞慶)의 봉생지(鳳笙池)에서 만나 자주 시국에 대해 논의하고 개탄하였다. 현주는 정세에 대한 불만과 은일에 대한 갈망을 시문에 드러내었으며, 실제 정경세의 제의로 봉생정사(鳳笙精舍)를 짓고 소요(逍遙)를 계획하기도 하였다.[28]

우리 공 이런 훌륭한 산수 가졌으니   吾公有此好林泉

---

28) 『玄洲集』, 「玄洲趙公墓碣銘」. "及至鄭愚伏經世·李蒼石埈在境, 相得驩然, 嘗共游隣邑鳳笙亭. 山水奇邃, 酒酣鄭公謂曰: ‘時事罔極, 如有苑裘之計, 捨此奚適耶?’ 公決意歸休, 諸公遂出力, 經理精舍, 公又爲文而證之."

십 리 펼쳐진 시냇길 어찌 감히 마다하리오	敢憚溪行十里延
위론 푸른 벽에 늘어선 듬성한 소나무 즐기고	仰喜疏松排翠壁
아래론 맑은 연못에 둘러진 반석을 어여삐 보네	俯憐盤石護澄淵
흥취가 오르면 종종 싯구 읊조리니	興來往往吟詩句
훌륭한 경치에 몇 번이나 말을 멈추네	勝處頻頻駐馬鞭
신선 유람에 깊은 골짝만 찾을 필요는 없으니	未必仙遊問深洞
이 골짝 함께 노닐면 참 신선이라네	共遊茲洞是眞仙[29]

위의 시는 현주가 정경세와 이준 등 여러 지인들과 함께 선유동 (仙遊洞)을 유람하고 쓴 시이다. 현주는 외직에서 만난 그들과 근경 (近境)의 산수를 유람하면서, 훌륭한 경치에 수차례 말을 멈추고 소회(所懷)를 읊으니 신선이 된 듯하다고 술회한다. 주변인들과 함께 하는 유람과 문학적 소통이 현주의 심신을 정화시키고 있음을 알 수 있다. 현주가 남긴 산수시나 유람의 기록에는 유람 도중의 감흥을 시화한 것이 많은데, 이는 유람을 통한 즉흥의 문학적 형상화가 빈번히 이루어졌음을 짐작케 해준다.

이처럼 주변인들과 형성한 동류의식은 현주에게 위안을 주었고, 그들과의 적극적 소통은 현주의 창작 역량을 도약시켰다. 특히 현주는 당대의 내로라하는 명류들과 교류하면서 창작의 열의를 제고시키고 창작력을 향상시킬 수 있었을 것이다. 현주에게 문학은 전쟁의 비애·정치세태에 대한 불만을 자유로이 담아내는 공론의 장이자, 불우한 처지를 위로하고 서로의 아픔을 상쇄시키는 소통의

---

29) 『玄洲集』, 권6, 「與愚伏蒼石諸公, 遊仙遊洞.」. 其二.

공간이 되었다.

2. 상상을 통한 울우(鬱憂)의 해소

현주는 서인계 문인으로서 권력의 중심에서 비껴나 지방 수령으로 머무르는 시간이 많았다. 정치적 포부와 문학적 재능을 마음껏 펼치지 못하는 불우한 현실에서 겪는 심리적 갈등이 만만치 않았을 테지만 현주는 좌절과 염세(厭世)에 경도되지는 않았다. 그는 틈틈이 현인(賢人) 호걸(豪傑)들과 산수 곳곳을 유람하며 세상 밖의 고상한 흥취를 즐겼고,[30] 문학에서 현실의 답답함을 해소할 출구를 찾았다.

> 아! 처음 산에 오르기 전에도 이곳[운거사(雲居寺)]에서 묵고 마지막 산에 오른 후에도 이곳에서 묵으니, 이곳은 종시(終始)의 관문이자 본말(本末)의 통로라 할 만하다. 처음 오르기 전에 경건한 마음으로 말없이 기도하며 맑고 엄숙한 생각을 지닌 채 밤낮으로 마치 산신령과 요명(窅冥)의 마을에서 서로 만난 듯하였던 곳이 이 절이며, 산에 올랐다가 내려온 뒤에 가슴과 눈으로 헤아리고 마음과 정신으로 살펴 아득히 산신(山神)·지신(地神)과 함께 사방을 떠돌아다니고 시원스레 신선·승려와 함께 물외(物外)에서 즐긴 것도 이 절이다. 그러니 존숭하고 경모할 것은 천(天)과 성(聖)만 한 것이 없는데, 내가 이 산을 유람하고부터 마음이 환하게 통하여 성인의 마음과 다름없이 담담하고 편안해져서 고

---

30) 『玄洲集』, 「玄洲趙公墓碣銘」. "所至輒與儒士賢豪游, 往往有物外高趣."

요히 함께 자유로이 노닐었으니, 내가 눈으로 보고 마음으로 터득할 수 있었던 것은 두 산이 도운 것이 아니겠는가? …… 이 길을 지나 이 산을 유람한 사람이 고금에 얼마나 많겠는가마는, 흉금이 시원해지고 깨끗해지며 산의 아취를 맛본 것은 나와 같은 이가 또 있겠는가?[31]

윗글은 1605년[선조 38, 현주 나이 34세]에 현주가 조카들과 함께 천마산과 성거산을 유람하고 남긴 「유천마성거양산기(遊天磨聖居兩山記)」의 한 대목이다. 현주는 운거사에 두 차례 묵으며 가졌던 등반 전후(前後)의 감회를 회고한다. 오르기 전에는 경건한 마음과 편안하면서도 엄숙한 생각을 지닌 채로 마치 산신령과 요명(窅冥)의 마을에서 만날 기대로 가득찼으며, 등반 후에는 산신(山神)·지신(地神)과 조우(遭遇)하여 자유로이 사방을 주유(周遊)하고 신선·승려와 함께 물외지미(物外之味)를 만끽하였다는 것이다. 광활한 자연이 제공하는 경험에 흉금이 시원해져서 성인의 마음처럼 담담하고 편안해짐을 느꼈다는 현주의 언사에서, 넓은 산수 공간이 주는 치유력을 경험하였음을 알 수 있다.

---

31) 『玄洲集』, 권1, 「用山谷贈翠巖禪師韻, 贈梁子漸.」. "噫! 始焉, 未登乎山而宿于茲, 終焉, 旣登乎山而宿于茲, 茲可謂始終之門而本末之路矣. 其未始登也, 齋志嘿禱, 澄慮肅虔, 寤寐之間, 髣髴與山靈, 相接於窅冥者, 茲寺也, 其旣登而降也, 心與目營, 意與神謀, 灝灝與山靈地祇, 浮遊於方內, 泠泠與仙翁釋子, 娛嬉於物表者, 茲寺也. 然則所尊而慕者, 莫天與聖, 而自余之遊覽茲山, 靈臺洞澈, 不隔聖人之胸而澹泊恬靜, 嘿與天遊, 則余之觸於目而得乎心者, 非兩山之助歟? …… 人之由是路覽是山者, 古今何限, 而其胸襟之洒落淸曠, 與山趣同味, 亦有如我者歟?"

완폭대는 절반이 구름 위로 높이 솟았는데	玩瀑臺高半出雲
바위에 새긴 글은 자줏빛 이끼로 아롱졌네	巖留刻畫紫苔紋
잠자는 범이 깊숙이 숨은 듯 안개 어둑하고	深藏睡虎風煙晦
팔팔한 용이 거꾸로 매달린 듯 벼락이 치네	倒掛生龍霹靂嗔
산이 무지개 펼쳐 고개 숙여 마실 수 있게 한 듯	山騁玉虹能俯飮
하늘이 은하수 드리워 갈라놓으려 한 듯	天垂銀漢欲中分
시선이 완상한 뒤 내가 와서 즐기노라니	詩仙玩後吾來玩
오래전 학 타고 불던 생황 소리 다시 듣네	笙鶴千秋可更聞[32]

위의 시는 1618년[광해군 10, 현주 나이 47세] 4월에 현주가 숙형(叔兄) 조위한(趙緯韓)과 양경우(梁慶遇) 등 의기투합한 벗들과 함께 지리산 을 유람하면서 들른 완폭대(玩瀑臺)에서 읊은 시이다. 완폭대는 지리 산 청학동 안의 불일폭포를 감상할 수 있는 널찍한 바위로, 고운(孤 雲) 최치원(崔致遠)이 직접 쓴 글씨가 새겨져 있다. 지리산 유람의 마 지막 노정이자 정점으로 유명한 이곳에서, 현주는 일행 네 명과 함께 술을 마시며 눈앞에 펼쳐진 절경에 대한 감상을 시로 읊는다.[33]

수련은 구름보다 높이 솟은 널찍한 바위와 그 위에 새겨진 '완폭 대(玩瀑臺)'라는 글자가 오랜 세월이 지나 자줏빛 이끼가 아롱졌다는

---

32) 『玄洲集』, 권6, 「玩瀑臺」.
33) 『玄谷集』, 권14, 「遊頭流山錄」. "自佛日東南至百步, 未及香爐而有長瀑湧出, 倒 掛半空, 飛湍跳沫, 洒林噴谷, 殷殷訇訇, 如千雷萬霆, 奔薄鬪擊於洞天之中, 眞 天下之壯觀也. 直與松岳朴淵, 爭爲甲乙, 而洞壑之奇壯, 朴淵亦不得及焉. 寺前 有臺, 可坐十餘人. 巖面刻翫瀑臺三字, 亦孤雲所自書也. 五人環坐臺上, 洗盞酌 酒, 使妓唱歌工吹簫, 響徹雲霄, 崖谷互答, 心魂爽朗, 飄飄然有出塵之想, 悅聞 岊竇間有崔孤雲謦咳也 …… 相與沈吟翫賞, 不知日之將入也."

형용으로 포문을 연다.

함련에선 완폭대에서 내려다본 불일폭포의 모습이 펼쳐진다. 높은 곳에서 떨어지는 물줄기는 '마치 범이 도사리는 듯' 자욱한 안개를 자아내고 '마치 팔팔한 용이 거꾸로 매달려 울부짖는 듯' 쩌렁쩌렁 우레 소리를 낸다. 시각과 청각을 자극하는 범상치 않은 비유 및 상상력을 자극하는 표현으로 폭포의 정태(靜態)와 동태(動態)를 풀어낸 수법이 예사롭지가 않다.

경련에서는 폭포를 바라보는 현주의 상상력이 돋보인다. 현주는 쏟아지는 폭포수가 마치 산이 물을 고개 숙여 마시려 펼쳐놓은 무지개 같기도 하고, 하늘이 좌우를 가르려고 펼쳐 놓은 은하수 같기도 하다고 한다. 낙하하는 폭포수에서 흩날린 포말이 만들어낸 찬란한 무지개 빛깔, 수많은 별들이 모여 반짝이는 듯 빛을 발하는 물의 결정이 마치 눈앞에 생생히 펼쳐지는 듯한 핍진한 묘사가 인상적이다.

미련에서는 폭포의 절경에 완전히 동화된 나머지 오래전 신선이 학 타고 불던 생황소리가 들리는 듯하다고 한다. 죽어서 청학동으로 들어가 신선이 되었다는 시선(詩仙) 최치원과 조우하는 황홀경을 느끼게 할 만큼 현실감 없는 불일폭포의 절경이 보는 이로 하여금 넋을 잃게 만들었던 것이다.

홍만종(洪萬宗)은 『소화시평(小華詩評)』에서 이 시의 함련을 두고 이무기를 사로잡고 범을 손으로 때려잡는 기세를 가진 듯 기굴(奇崛)·험절(險絕)한 풍격을 이루었다고 평하였으니,[34] 이는 독자의 만감을 일깨우는 기발한 시적 표현이 현주 시의 가장 큰 특징임을 간

파한 평론이라고 보인다. 그리고 함련과 경련이 이루는 절묘한 대
구 역시 독자로 하여금 송독(誦讀)의 즐거움을 느끼게 한다.

이처럼 현주는 산수자연에서 물외지미(物外之味)를 누리며 이를
기발한 문학적 표현 기술로 형상화해냄으로써 일상의 스트레스를
해소시켰다. 있는 그대로 묘사할 뿐만 아니라, 일상이나 유람 중에
마주한 승경(勝景)을 더러 상상의 공간으로 각색하여 자신도 그 속
에 동화되어 신선이 되거나 신선과 함께 어울려 선유(仙遊)하는 선
취시(仙趣詩)를 짓기도 하였다.[35] 현실에서의 갈등과 고통을 극복하
려는 현주의 열망은 가상의 선계 체험으로 이어져, 문학 안에서나
마 정신적 일탈과 자유를 만끽하도록 만들었다.

바위에 기대 높이 보며 답답한 심회 펼치니	憑巖高眺暢幽悁
아득한 티끌세상 몇 점의 연기일세	杳杳塵寰幾點煙
얼음 밖에 얼음이 있고 산 밖에 물이 있으니	氷外有氷山外水
하늘은 바다에 떠 있고 바다는 하늘에 떠 있네	天浮於海海浮天
아득한 혼돈이 처음 자취 열린 듯	蒼茫混沌初開迹
하늘과 땅이 갈리기 전을 상상하네	像想乾坤未判前
나도 모르게 냉랭히 바람을 맞으니	不覺泠泠御風駕
내 도리어 허공을 걷는 신선 되었네	此身還是步虛仙[36]

---

34) 『小華詩評』. "趙玄洲纘韓平生爲詩, 奇怪險崛. 其詠玩瀑臺詩, 深藏睡虎風煙晦,
   倒掛生龍霹靂噴. 有捕龍蛇搏虎豹之勢."

35) 선취시의 정의와 성격에 관해서는 강민경, 「한국 유선문학(遊仙文學)에 나타난 신선
   사상」, 『고전과 해석』 14, 고전문학한문학연구학회, 2013, 107쪽을 참조하였다.

36) 『玄洲集』, 권6, 「九井峯」.

위의 시는 1613년[광해군 5, 현주 나이 42세] 중양절에 월출산(月出山) 구정봉(九井峯)을 유람하면서 지은 것이다. 시를 짓기 전의 상황은 다음과 같다. 현주와 절친한 사이였던 임숙영은 1611년[광해군 3] 3월에 별시 문과의 답안으로 제출한 대책(對策)에서 당시의 정치적 모순을 지적하는 글을 올렸다가 광해군의 진노를 사서 방목(榜目)에서 삭과(削科)되는 고초를 겪었고, 그해 7월에 어렵사리 복과(復科)되었다. 이 일로 격분을 참지 못한 권필이 일명 '궁류시(宮柳詩)'를 지어 조정의 판세를 풍자하였고, 이 일로 인해 권필은 친국을 당한 뒤 장독(杖毒)으로 생을 마감하였다.[37] 게다가 1613년[광해군 5] 5월에는 숙형 조위한 역시 계축옥사에 연루되어 파직되는 사건이 있었다. 현주는 지우(知友)와 숙형의 연이은 참화로 충격과 분노에 휩싸였고, 시간이 지날수록 짙어지는 그리움으로 울적하여 월출산에 올라 가슴속 답답함을 조금이나마 풀고자 한다.

수련에서 현주는 바위에 기대 하늘을 바라보고 발아래에 펼쳐진 세상을 내려다본다. 세상이 몇 점의 연기로 보이는 높은 산 속에서는 울적한 심회가 씻기는 듯하다. 함련에서는 겹겹이 언 산하(山河)와 경계 없이 한데 섞인 산해(山海)의 아득한 묘경을 핍진하게 묘사하며 광활한 자연 속에서 느끼는 무아지경을 형상화하였다. 경련에서는 천지개벽이 이루어지기 전의 혼돈세계를 상상한다. 그 세계는 그 어떤 분화와 경계도 생기기 전인 원초의 대자연이다. 미련에서

---

37) 박재경, 「책문(策文)으로 본 조선시대 과거사의 이면」, 『대동한문학』 38, 대동한문학회, 2013, 154~155쪽.

는 대자연 속에서 허공을 가르는 신선이 된 자신을 상상하는데, 형해(形骸)의 속박에서 벗어나 자유로이 노니는 가상 공간 안에서 현주는 잠시나마 현실의 울울함을 벗어나 정신적 자유를 탐닉한다.

이와 같이 자연은 현주의 지친 심신을 위로하는 위안의 공간이었다. 속진에서 벗어나고자 했던 현주의 열망은 그를 자연으로 향하게 했고, 자연 경물을 매개로 한 문학적 상상을 통해 현주는 별세계에서 동경하던 자유를 만끽하였다. 문학 속에 상상의 공간을 구현하고 정신적 소요(逍遙)를 체험함으로써 현실에서 입은 내면적 상처의 치유를 모색하였던 것이다.

현주는 실제 정경을 문면에 편입시키기도 하였으나, 머릿속의 상상 공간을 글로 형상화하기도 하였다. 이 과정에서 도가적 사유와 소재는 상상 공간의 구체적 원형(原型)을 제공하였으니, 그 양상은 혼돈·신선세계·초월의 공간 등으로 나타난다.

다음 시를 살펴보자.

현부씨여, 현부씨여!	玄夫氏玄夫氏
무무(無無)를 체득하니 무(無)가 바로 그대이네	得之無無無是子
......	......
혼돈이 만약 오래 존재했다면	混沌若長在
하늘은 갈라져 푸르게 되지 않았을 것이네	天不剖而青
하늘이 푸르고 땅이 누르지 않았다면	天不青地不黄
내가 무엇 때문에 생겨났겠는가	我何爲而生
내가 태어나지 않고 네가 태어나지 않았다면	我無生爾無生
어찌 시비의 다툼이 있을 것인가	何有是非交相爭

차라리 나 너 하늘 모두가 태어나지 않는 것보단	寧吾與爾與天俱無生
혼돈이 처음부터 없지 않은 것이 낫네	不如混沌未始亡
어지러이 섞여서 아득하고 어두워	混混沌沌溙溙昧昧
둥글거나 모난 형체도 없고 마음 눈 몸도 없네	不圓不方無心無目身
생각해도 보이지 않아 공연히 눈물만 흘릴 뿐	思之不見我涕空浪浪[38)]

위의 시는 시공을 초월한 무한한 경계를 노래한 「혼돈가(混沌歌)」
이다. 이 시에서 읊고 있는 '혼돈(混沌)'은 『장자』의 「응제왕(應帝王)」
끝부분에 있는 내용을 취한 것으로, '천지개벽 이전의 절대 자연의
경지'라는 뜻이다. 혼돈은 원래 결함이 없는 완벽한 존재이자 무엇
에 의지하지 않는 호한한 존재였다. 그러나 숙(儵)과 홀(忽)이 혼돈
에게 7개의 구멍을 뚫는 순간 혼돈은 그만 사멸해버리고 천지개벽
과 만물의 분화가 진행된다.

시의 첫머리에서 언급하는 '현부(玄夫)'는 바로 현주의 자호로, 현
주 자신을 상징하는 현부(玄夫)를 무무(無無)의 도를 체득한 인물로
그린다. 천지조화는 현묘하고 신령스럽지만 그 이전의 혼돈 상태보
다는 못하므로 현주는 모든 시비와 구분을 초월한 궁극의 상태인
혼돈을 갈망한다. 그러나 이내 그것이 부질없는 생각임을 알고 눈
물을 흘린다.

현주의 바람은 분별과 분화가 이루어지기 이전인 혼돈의 상태를
지향하는데, 이러한 세간의 시비·분쟁 등에서 벗어나고자 한 열망

---

38) 『玄洲集』, 권2, 「混沌歌」.

에서 기인한 것이다. 자신을 둘러싼 시비와 분쟁에서 탈피하여 정
신적 평온을 되찾고픈 열망이 모든 경계와 구분을 초월한 혼돈세계
에 대한 상상으로 이어져 부질없으나마 정신적 일탈을 꿈꾸게 만든
것이다.

⟨1⟩

채색 노을 시린 옥수(玉樹)를 감싸는데	綵靄輕籠玉樹寒
푸른 산 환한 달빛 요단(瑤壇)을 비추네	碧峯華月照瑤壇
청의동자 봉황을 호령하여 구름 가르며 멀어지니	靑童叱鳳班雲逈
여러 상제 만나는 곳 널찍한 자부(紫府)라네	群帝相邀紫府寬

⟨2⟩

반도(蟠桃)에 꽃이 피고 오색 난새 우는데	蟠桃花發彩鸞啼
홍룡(紅龍) 몰고 나가 옥계(玉溪)에서 목 축이네	鞭出紅龍飮玉溪
여기에서 부상(扶桑)까지는 삼만 리 거리이니	此去扶桑三萬里
둥근 해는 높이 돌아 귤 숲 서쪽에 걸렸네	日輪擎轉橙林西

⟨3⟩

영지(靈芝) 꽃 찬란하고 다섯 빛깔 사자 있는 곳	三秀花明五色獅
채색 구름 남쪽 땅 이곳이 요지(瑤池)라네	彩雲南畔是瑤池
한 잔 술로 선인들과 더불어 취하고자 하니	一杯要與姬郎醉
청조(靑鳥)는 곧 팔마가 더디 가서 시름겹네	靑鳥徑愁八馬遲

⟨4⟩

옥해(玉海) 경전(瓊田)에 노을 달빛 비추니	玉海瓊田霞月曙
봉생(鳳笙) 용관(龍管)에 푸른 장식 아득하네	鳳笙龍管翠蕤遙
안개 너머에서 노자(老子)와 말하노니	隔煙說與靑牛子
새해 아침 자소(紫霄)에 오르는 일 소홀히 말라네	莫後元朝上紫霄[39]

위의 시는 4수의 연작시로 이루어진 「유선사(遊仙詞)」이다. 이 시에서는 현주가 꿈꾸는 신비로운 신선 세계가 펼쳐진다.

시에 펼쳐진 신선 세계는 화려한 외경을 자랑한다. '채애(綵靄)'·'벽봉(碧峯)'·'채란(彩鸞)'·'홍룡(紅龍)'·'채운(彩雲)'·'청조(靑鳥)' 등의 시어가 주는 또렷한 색채의 대비에서 그 휘황찬란한 광경을 상상할 수 있다. 전설 속 영물(靈物)인 '옥수(玉樹)'·'반도(蟠桃)'·'삼수(三秀)' 및 설화 속 인물인 '청동[靑童: 청의동자(靑衣童子)]'·'청우자[靑牛子: 노자(老子)]' 등의 등장에서도 신비로운 분위기가 감지된다. '요단(瑤壇)'·'자부(紫府)'·'옥계(玉溪)'·'부상(扶桑)'·'등림(橙林)'·'요지(瑤池)'·'옥해(玉海)'·'경전(瓊田)'·'자소(紫霄)' 등 도가에서 언급되는 환상 속 공간은 신선 세계를 생동감 있게 표현하는 효과적인 요소들이다. 다양한 색채와 경물을 대거 등장시켜 신선 세계를 핍진하고 풍성하게 묘사하면서도 편장의 변화에 따라 자연스럽게 장소를 이동시킨 시상의 전개가 돋보인다.

시 속에 구현된 다채로운 기물·동물·인물과 확장된 의경은 현주의 정신적 소요를 돕는 매개물이다. 삶의 질곡으로부터 벗어나고픈 현주의 열망이 그의 문학적 상상력과 결합되면서 현주의 삶에 새로운 활력을 불어넣을 상상 공간이 작품 속에서 탄생된 것이다.

다음 시에서는 신선 세계의 핍진한 묘사가 더욱 두드러진다.

푸른 바다 만 리에 깊고 　　　　　　　　　　　滄海深萬里

---

39) 『玄洲集』, 권4, 「遊仙詞」.

바람과 눈발에 이는 물결 드넓네 風濤雪浪無涯涘

붉은 성이 몇 겹으로 둘러쳐져 赤城繞幾重

노을 빛 안개 그림자 공중에 어스름하네 霞光霧影空瞳瞳

금빛 모래가 찬란하게 옥지를 뒤덮고 金沙照爛被玉地

기수(琪樹)엔 구슬꽃 떨기 밤에도 빛나네 琪樹夜明瑤花叢

아래로는 텅 비어 팔방으로 펼쳐졌고 下俯虛無旁八極

위로는 옥경(玉京)과 은하수로 이어졌네 上與玉京銀河通

천 년 된 반도(蟠桃)와 삼수(三秀)의 영지(靈芝)는 千歲之桃三秀芝

무성한 꽃과 열매 뜨락에 늘어졌네 羅榮騈熟排軒墀

아홉 빛깔 봉황새와 황금빛 사자는 九苞靈禽金色獅

닭과 개가 된 듯 울고 짖네 爲鷄爲犬鳴吠之

구슬 궁궐은 푸른 허공에 기대었고 珠宮倚虛碧

은 대궐은 노을 아래에서 광채를 뿜어내네 銀闕耀霞脚

검은 우물 자줏빛 샘엔 이무기와 용이 서리고 玄井紫泉蛟螭蜿蟠

공작 비취는 깃을 털며 처마 모퉁이를 날며 우네 孔翠刷翮飛鳴簷角

밝은 별빛 선녀들이 궁녀의 자리 채우고 明星玉女充下陳

해가 뜨고 달이 솟아 처마 끝을 지나네 日浮月涌經栿棖

구름 창과 수놓은 문이 요명(窅冥) 세상 열었으니 雲窓繡闥啓窅冥

신선들의 안색이 복사꽃처럼 환하네 列眞顔色桃花明

진결과 비법 말하자 옥 구르는 소리 쟁쟁하고 哦眞吐祕爭戛玉

껄껄 웃자 우레 소리 격동하네 笑啞啞兮雷電激

무지개 옷을 입고 무지개 띠 두른 채 霓之衣兮帶虹光

신선 수레 모여 들어 만남을 기뻐하네 集羽蓋兮欣相遌

바람은 불어대며 비녀장을 붙들고 風樅樅兮扶轄

안개는 자욱하게 수레 덮개에 이어졌네 霧霏霏兮承幰

얼룩 기린이 고삐 당겨 높이 날고 班麟控高驤

채색 학도 이에 천천히 비상하네	彩鶴仍徐翔
용과 호랑이를 호령하여 날뜀을 경계하고	呵龍叱虎戒飛躍
흰 붕새 길들여 타고 푸른 고래 지휘하네	馴騎白鵬擾靑鯨
해 돋는 양곡(暘谷)에서 적오(赤烏)를 맞이하고	邀赤烏於暘谷
해 지는 약영(若英)에서 한토(寒兔)를 전송하네	送寒兔於若英[40]

이상은 49구로 이루어진 장편 고시 「몽선요(夢仙謠)」의 앞부분이다. 시의 첫머리는 선계로 진입하며 그 외경과 분위기에 매료되는 입몽(入夢)의 단계이다. 꿈속에서 마주한 세계는 푸른 물결 너머 금빛 모래가 찬란히 깔려 있고 아름다운 꽃떨기가 만발하였으며, 허공을 터전 삼고 하늘과 맞닿은 신비한 공간이다. 그곳엔 화려한 궁궐과 전각이 즐비하고, 천 년에 한 번 열리는 반도(蟠桃)와 일 년에 세 번 꽃피우는 영지(靈芝)나 봉황·사자·이무기·용 등 상서로운 신물(神物)이 어우러져 살고 있다. 몽중에 만난 선계는 그야말로 실제에서는 존재할 수 없는 환상의 공간이다.

신비로운 공간에선 선녀들이 일월(日月)의 광채와 어우러져 더욱 몽환적인 느낌을 자아내고, 구름창과 수놓은 문을 통해 보이는 신선들은 안색이 밝게 빛난다. 옥녀(玉女)와 열진(列眞)들은 늘어서서 진결(眞訣)과 비급(秘笈)을 읊조린다. 신선들은 무지개로 만든 의대(衣帶)를 두른 범상치 않은 외관에다 세상을 진동시킬 큰 소리를 내면서 범상치 않은 기운을 뿜어내며, 용호(龍虎)·백붕(白鵬)·청경(靑

---

40) 『玄洲集』, 권2, 「夢仙謠」.

鯨) 등의 영물(靈物)을 지휘하고 세상을 호령하면서 시공을 초월해 마음껏 노닌다.

'푸른'·'붉은'·'금빛'·'아홉 빛깔'·'검은 빛' 및 '금(金)'·'옥[琪]'· '구슬[瑤]'·'옥(玉)' 등 다채롭고 화려한 인상을 주는 시각적인 표현들과 '봉황새와 공작 비취새의 울음'·'사자의 포효' 등 신비로운 분위기를 자아내는 청각적인 표현을 두루 구사하여 시청각을 자극하는 표현미를 구가한다. 이에 더해진 '바람'·'눈발'·'자욱한 안개' 등의 촉각을 자극하는 표현까지 더해져 신선 세계의 정경이 더욱 실감나게 구현된다. 이러한 생동감 있고 핍진한 묘사는 선계를 향한 현주의 동경과 갈망이 얼마나 강한 것이었나를 짐작하게 한다. 화려하고 평화로우며 한가로운 신선들의 공간, 그곳은 역으로 속진의 누추함과 번잡함에 대한 현주의 염증과 혐오를 반영하는 이상향(理想鄕) 바로 그것이었다.

내 정신으로 보고 혼백으로 교감해도	余精矚而魂交
신선들이 보고선 기뻐하지 않네	衆仙目以不譁
옥동(玉童)을 돌아보고 말을 전하여	顧玉童而委辭
거듭거듭 당부하여 밝게 경계하네	詔申申其明飭
지름길을 길로 삼지 말라	毋捷逕以徑造兮
우리는 신선이지 속인이 아니라네	我乃仙而非俗
옥동이 말 마치고 급히 물러가니	童辭訖而稱遽
갑자기 정신이 들고 형체가 깨어나네	惕神寤而形覺
소리와 그림자 도리어 찾을 길 없는데	尋聲索影却無端
이 몸은 여전히 티끌 세상에 남아 있네	此身猶在塵埃間

다만 정신만 오고 가서는 안 될 것이니　　　　　不須來往只精神

훗날 대약(大藥)으로 금단(金丹) 만들어 보리　　他時大藥成金丹

가벼이 올라 신선 세계에 들어가서　　　　　　　　輕擧入仙府

신선과 내가 주객의 구별 없이　　　　　　　　仙乎我乎無賓主

신선의 방술 배우고 신선의 벗이 되어　　　　學仙之術爲仙朋

신선과 무리지어 함께 날아오르면　　　　　　與仙作隊同飛昇

신선이 된 즐거움 견딜 수 없으리　　　　　　爲仙之樂不可勝[41]

　그러나 신선 세계에 들어선 현주를 신선들은 반기지 않는다. 신선의 공간에서 인간은 오래 머물 수가 없기 때문이다. 신선들은 옥동(玉童)을 시켜 속인이 와서는 안 되는 곳이니 떠나라는 경고를 전하고, 그 말을 듣고서는 그만 꿈에서 깨어버렸다. 각몽(覺夢) 후 돌아온 곳은 다시 티끌 세상이다. 한없이 미련과 아쉬움이 남지만 그래도 희망을 포기할 수 없는 현주는 대약(大藥)[42]과 금단(金丹)[43]을 만들어 신선이 되어보리라 다시금 의지를 다진다.

　선계의 핍진한 묘사와 선연(仙緣)의 확인 및 각몽의 과정으로 이어지는 시의 내용은 유선문학에서 흔히 볼 수 있는 수순이다. 그가 꿈을 경유한 까닭은 속진을 벗어나 환상의 세계로 들어가고자 하는 욕망이 아쉽게도 '꿈꾸기'를 통해서만 가능하기 때문이다. '꿈'은 현

---

41)『玄洲集』, 권2,「夢仙謠」.

42) 밥을 먹지 않고도 거뜬히 버틸 수 있다는 도교의 단약(丹藥)을 말한다.

43) 구전금단(九轉金丹). 아홉 번 제련하여 만드는 선약(仙藥)으로, 이것을 복용하면 사흘 만에 신선이 된다고 한다. (갈홍 저, 석원태 역,『포박자』, 서림문화사, 1995, 142쪽.)

실을 탈피하고 신이(神異)를 체험하는 가장 효율적인 공간이며, 꿈
에서 만나는 세계는 늘 상상하고 소망하던 피안(彼岸)의 공간이다.
그러나 '꿈'이란 깨기 마련이어서, 꿈속 세상은 나타났다 사라지는
신기루처럼 일시적일 수밖에 없다. 한순간에 좌절된 꿈일지라도 평
안한 별세계로 진입하고픈 열망은 매우 깊은 것이라 쉽사리 접을
수가 없기에 현주는 잠에서 깨어난 후에도 다른 방법을 통해 선계
(仙界)로 재진입하기를 꿈꾼다.

이처럼 현주는 자신의 글 속에 구현된 상상의 세계에 무젖음으로
써 현실의 고단함을 잠시나마 내려놓았다. 꿈을 매개로 한 문학적
상상은 현주의 심리를 보다 확장된 영역으로 인도하여 잠시나마 정
신적 자유를 누리게 만든다. 상상의 공간 속에 울울한 심회를 안착
시킴으로써 일시적이나마 균형과 안정을 도모하는 것이다.

그러나, 전술하였듯 상상은 달콤하지만 지속될 수 없는 것이어서
현주는 부단히 새로운 상상의 공간을 탐색해야만 했다.

아래의 글을 살펴보자.

> 삼가 생각건대 왕모(王母)는 늙지 않으시는 오랜 청춘으로, 삶만 있
> 고 죽음은 없습니다. 단혈산(丹穴山)의 아홉 빛깔 봉새를 타고 백일(白
> 日)을 지나가시고 현포(玄圃)의 외뿔 기린을 푸른 하늘로 끌고 나와,
> 자황빛 책상에서 경서를 찾아 읽고 백옥(白玉)의 누대에서 퉁소를 붑니
> 다. 창해(滄海)에서 삼천 년 동안 반도(蟠桃)의 꽃이 피고 짐을 조용히
> 바라보고 구만 리 먼 광한궁(廣寒宮)에서 계수나무 그림자의 나부낌을
> 한가로이 즐깁니다. 허공을 밟고 날아오를 줄만 알거늘 '대승(戴勝)'을
> 하고 굴에서 살았다'고 누가 말하였습니까?[44] 봉린주(鳳麟洲)에서 향초

를 모아 소매에 아름다운 향기를 가득 담고, 학잠(鶴岑)에서 덩굴을 잡
아 옷깃에 자주색 기운 두르고는, 삼청(三淸) 세계에 깃들어 지내며 구
천(九天)의 연하(煙霞)에 오르내립니다. 아침엔 사곡(賜谷)에서 저물녘
엔 금추(金樞)에서 해와 달을 다스리고 선규(璇虯)를 도약시키고 옥태
(玉駄)를 타고서 바람과 구름을 제어합니다.

　나는 지금 우연히 창합문(閶闔門)으로 왔다가 멀리 곤륜산(崑崙山)에
서 여기까지 이르게 되었습니다. 그대는 새벽에 하패(霞佩)를 울리며
세 개의 선산(仙山)을 날아 지나와서 낮에 내려와 구름 깃발 펄럭이며
나를 향해 길게 읍하고는, 다만 잔치를 연다는 한 가지 소식으로 만고에
아련함을 불러일으켰습니다. 비단 버선 발걸음을 옮겨 낙수(洛水)의 선
녀를 부끄럽게 하고, 균천(鈞天)의 음악이 별안간 연주되어 동정(洞庭)
의 어룡(魚龍)을 일어나 춤추게 합니다. 지금 나는 세속의 사람인데 덕
분에 선계의 연분을 얻게 되었습니다. 앞으로 거마(車馬)의 자취가 비
록 산하(山河)를 두루 유람하긴 하겠으나, 다만 그대를 기쁘게 할 아름
다운 말이 없는 것이 부끄럽습니다.[45)]

　위에 제시된 글은 「의주목왕요지왕모연치어(擬周穆王瑤池王母宴致

---

44) 사마상여(司馬相如)의 「대인부(大人賦)」에서 "서왕모를 보니 하얀 머리에 대승(戴
　勝)을 하고 굴에서 살았다.[覩西王母, 皬然白首, 戴勝而穴處兮.]"라고 하였다.

45) 『玄洲集』, 권10, 「擬周穆王瑤池王母宴致語」. "恭惟王母, 不老長春, 有生無死. 丹
　穴九苞鳳, 白日騎行; 玄圃一角麟, 碧空牽出. 尋經紫黃案上, 吹簫白玉樓中. 滄海
　三千年, 靜看桃花開落; 廣寒九萬里, 閑弄桂影婆娑. 唯知步虛飛昇, 孰云戴勝穴
　處? 麟洲掇草, 滿袖瑤香; 鶴岑捫蘿, 繞襟紫氣, 棲息三淸世界, 升降九天煙霞. 朝
　賜谷暮金樞, 鞭撻日月; 躍璇虯乘玉駄, 挾御風雲. 玆者, 偶隨閶闔門來, 遙自崑
　崙山至. 曉來鳴霞佩, 飛過三山; 晝下翻雲斾, 長揖萬乘, 聊將一宴消息, 惹起萬
　古依俙. 羅襪縴移, 羞澁洛浦仙女; 鈞天乍奏, 起舞洞庭魚龍. 今予, 自是塵蹤, 賴
　有仙分, 將皆有車轍馬迹雖遍河山, 愧獨無綺語瓊詞以娛左右."

語)」의 일부이다. 이 글은 요지(瑤池)에서 벌어진 서왕모의 잔치에 초대받은 주 목왕(周穆王)이 서왕모에게 올리는 치어(致語)를 의작한 내용이다.

주 목왕의 눈에 비친 서왕모의 모습은 생로병사를 초탈한 신선의 모습 그대로이다. 봉새와 기린을 거느리고 천상과 지상을 넘나들며, 책을 읽고 퉁소를 불면서 한가로이 노니는 모습은 여유롭기 그지없다. 시공을 초월하여 자연과 온몸으로 교감하고 그 아름다움을 만끽하는 그녀의 모습을 주 목왕은 부러움 가득한 시선으로 바라본다. '단혈산(丹穴山)'·'구포봉(九苞鳳)'·'현포(玄圃)'·'일각린(一角麟)'·'창해(滄海)'·'반도(蟠桃)'·'광한궁(廣寒宮)'·'봉린주(鳳麟洲)'·'학잠(鶴岑)'·'삼청(三淸)' 등으로 구현되는 신선 세계는 동경의 대상 그 자체이다.

주 목왕은 현주의 화신(化身)이다. 주 목왕으로 화(化)한 현주는 선계에서 노니는 서왕모의 모습을 서술한 뒤 신화 속 상상 세계에 무젖어 자신을 소개한다. 자신은 지상에서 우연한 기회로 신선 세계에 발을 들이게 되었으며, 서왕모의 안내와 환대를 받아 현재 요지(瑤池)의 연회에 참석하게 되었다고 한다. 현주는 속인으로서 선계를 체험하는 기회를 누린 주 목왕의 설화를 바탕으로 자신을 상상 세계로 인도한다. 그리하여 주 목왕에 빙의하여 선계의 생경한 광경을 체험하고, 앞으로 더 많은 유람을 하리라고 다짐한다.

단순한 신화적 상상이나 유희적 저작으로 비춰질 수 있는 이 글의 이면에는 속진을 벗어나 자유롭기를 갈구했던 현주의 열망이 내재되어 있다. 여신[女神: 서왕모]과의 조우를 위해 황제[주 목왕]로 화

(化)한 현주는 상상 속 신선 세계를 체험함으로써 잠시나마 정신적 일탈을 실현한 것이다.

현주의 상상은 비단 신선 세계를 경유할 뿐만이 아니어서, 그는 현실을 초월한 또다른 구도의 세계를 상상함으로써 현실에서의 이 탈을 시도하기도 한다.

> 지극히 큰 대(大)는 '위가 없음〔무상(無上)〕'을 위로 삼고 '아래가 없음〔무하(無下)〕'을 아래로 삼으며, '경계가 없음〔무애(無涯)〕'을 사방(四方) 으로 삼고 '끝이 없음〔無外〕'을 팔극(八極)으로 삼으니, 이것이 바로 지 대(至大)의 기틀이고 천지의 향(鄕)이다. 천지가 이 향(鄕)에 처한 것이 저 새알 하나가 그 사이에 붙어 있는 것과 어찌 다르겠는가? …… 알 밖에 알이 있어 하나이면서 수없이 많다. 그 알이 많기가 사람과 같은 것이 수많은 사람이 그 사이에 사는 것과 어찌 다르겠는가? …… 무무씨 (無無氏)가 지대(至大)의 향(鄕)에 살면서 수많은 알의 혼돈과 개벽이 천백 번 바뀌어 마지않음을 보는 것이, 또 어찌 조물주가 그 알 안에서 변화를 관찰하며 끝도 없고 다함도 없고 사방도 없고 팔극도 없는 대(大) 라고 스스로 생각하는 것과 다르겠는가? 그러니 하나의 알 속에 일월성 신(日月星辰)이 있고 산악하해(山岳河海)가 있고 초목(草木)·곤충(昆 蟲)·금수(禽獸)·이적(夷狄)·만물(萬物)이 빽빽이 있고 왕패(王霸)· 치란(治亂)·흥망(興亡)·삼교(三敎)·오상(五常)·선악(善惡)·시비 (是非)가 있는 것이 어찌 저 독 안에 든 닭과 맷돌 속에 든 개미와 다르겠 는가? 그러나 도리어 스스로 작거나 크다고 생각하여 구차히 기뻐하고 성을 내면서 서로 업신여기고 억압하여 상대를 해치며, 심지어는 죽고 없어지기에 이른 뒤에야 그치니, 아! 슬픈 일이다!"[46]

위의 글은 끝없이 펼쳐진 지대(至大)의 세계에 대해 논의한 「무외
론(無外論)」이다. 지대의 세계에서는 인간이 살고 있는 천지가 마치
알과 같아서 알 속에 하나의 세상이 존재하지만, 거시적으로 보면
그것은 전체의 극히 일부이며 그런 알이 수없이 많다고 한다. 지대
의 세계는 어떤 경계도 없고 안팎도 없는 무한의 영역으로서, 밖이
없기에 벗어날 수 없는 무외(無外)의 세상이다. 현주는 인간에게는
전체일 인간 세계가 지대의 세계 안에서는 지극히 작은 일부임을
설명함으로써 대소(大小)와 다소(多少)는 상대적인 것이라 한다. 그
것은 인간 세계를 전부인 양 착각하지 말고, 그 속에서 아웅다웅
분쟁을 벌일 필요도 없음을 뜻한다.

현주는 지대(至大)와 지소(至小)의 관념을 설명하는 문답을 신속하
게 진행시킴으로써 존재의 상대성과 절대적 기준의 부당성을 강조
한다. 논리적 사유로는 설명하기 힘든 경계를 초월한 존재의 설정,
대소의 절대적 가치를 부정한 상대적 관점의 적용은 현실의 속박에
서 탈피하기를 갈망했던 현주가 자신의 심리적 무게를 내려놓는 하
나의 방편이다. 시야를 넓힐 때 현주가 부딪치는 현실의 난관들은
모두 사소한 것이 되어버리기 때문이다. '유외(有外)'에 대한 불만으

---

46) 『玄洲集』, 권15, 「無外論」. "至大之大, 以無上爲上, 以無下爲下, 以無涯爲四方,
以無外爲八極者, 是乃至大之基, 而天地之鄕也. 夫天地之處是鄕也, 奚異夫一鳥
卵之寄乎其間也? …… 卵外有卵, 一而千萬. 其卵之衆如人焉, 又奚異夫人衆之處乎
其間也? …… 無無氏之處于至大之鄕也, 視衆卵之混淪開闔千百易而不已, 又奚異
夫造物者之觀化於其卵之內, 而自以爲無窮無盡無涯無極之大也? 然則一卵之中,
有日月星辰焉, 有山岳河海焉, 有草木昆蟲禽獸夷狄萬物之林林焉, 有王伯治亂
興亡三敎五常善惡是非焉. 是奚異夫瓮之鷄磨之蟻? 而反自以爲小大, 規規焉喜
怒之, 相謾相轢而殘之, 以至澌盡磨滅而後已, 吁其可悲也哉!"

로 '무외(無外)'의 공간을 설정한 초월적 사유를 통하면 현실의 무게
는 한없이 경감된다.

외륜(嵬崙) 밖에 산이 있었다. 곤륜산과 높이가 같고 넓이도 같으며
뻗친 길이도 다르지 않았기에 그것을 멀리서 본 사람은 곤륜산과 같아
산이라고 생각하였으나, 가까이 가서 보면 산이 아니라 씨였다. 이상해
서 어떤 사람에게 물어보자, 그 사람이 대답하였다.

"이것은 우리 스승님이 열매를 드시고 남은 것이니, 그 열매란 8천
년에 한 번 익는 창해(滄海)의 반도(蟠桃)입니다. 우리 스승님이 해마다
한 개씩 따서 드셨는데, 드시고 난 뒤엔 그 씨를 버렸습니다. 그 씨가
하나 둘 셋 넷 쌓이다 여기까지 이르러 곧 산의 형상이 되었으니, 이것
이 우리 스승님이 오래오래 살면서 늙지 않게 된 까닭입니다."

백 년도 채 살지 못해 칠팔십 년 살기를 바라는 인간은 하루살이인
가? 초파리인가? 이 산의 높이와 비교해보면 어떠한가? 비록 그렇지만
인간이 실로 애처롭다 할 수 없고 외륜핵이 실로 영화롭다고는 할 수가
없다. 어째서인가? 무궁무진한 것을 기준으로 말하면 외륜핵도 일종의
하루살이나 초파리일 뿐인 지가 또한 이미 오래되었으니, 외륜핵이 실
로 많다고는 할 수가 없음이 자명하다.[47]

47)『玄洲集』, 권15,「嵬崙核記」其一. "嵬崙之外, 有山焉. 其高等也, 其廣齊也, 其延
袤[裘]不異也, 人之望之者, 如崑崙焉, 以爲山也, 近而視之, 則非山也, 乃核也.
怪而問諸一人, 曰: '此乃吾師食實之餘, 而實乃滄海之蟠桃八千歲而一熟者也. 吾
師嘗歲取其一而食之, 旣食而遺其核. 一二三四, 而積至此, 玆乃爲山之槩, 而吾
師之所以後天不老者也.' 世之不能百歲, 耄耋以爲期者, 朝菌乎? 醯雞乎? 其視
此山之高, 何如也? 雖然, 世固不足哀, 核固不足榮也. 何則? 自其無窮無盡者而
言之, 則朝菌耳, 醯雞耳, 亦已久矣, 核固不足多, 明矣."

위의 글은 「외륜핵기(嵬崙核記)」 2편 가운데 첫 번째 글이다. 외륜
핵(嵬崙核)은 '외륜(嵬崙)'이라는 이름만큼이나 '곤륜(崑崙)'과 외관상
구별이 모호하기에 언뜻 보면 곤륜산(崑崙山)으로 오인하기 쉽다.
그러나 외륜핵과 곤륜산은 외형은 비슷해도 '산(山)'과 '핵(核)'이라
는 점에서 전혀 다른 실체이다. 현주는 8천 년에 한 번 나오는 반도
(蟠桃)의 씨의 더미로 만들어진 '외륜핵' 이야기를 통해 인간의 수명
이 하루살이·초파리의 그것과 같다고 한다. 두엄더미 위에 피는 버
섯으로 아침에 생겼다가 저녁에 사라지기는 '조균(朝菌)'[48]과 '술 단
지 위에 날아다니는 초파리[옹리해계(甕裏醯雞)]'의 약칭인 '해계(醯
雞)'[49]는 모두 연약하고 생명력이 짧은 존재로서 잠깐 존재하다 사
라지는 것들이다. 외륜핵이 형성된 시간은 반도가 익는 8천 년의
시간과 일 년에 하나씩 쌓이는 기간을 망라한 시간이니, 쉽사리 산
정하지 못할 만큼 무궁무진한 시간이며, 여기에 견주어보면 인간의
일생은 터무니없이 짧은 시간이 되고 만다.

현주가 외륜핵 이야기를 통해 말하고자 하는 것은 바로 인식의
상대성이다. 앞서 살펴본 「무외론(無外論)」의 '무외(無外)'가 공간의
유한성에 대한 부정이라면, 「외륜핵기(嵬崙核記)」의 '외륜핵(嵬崙核)'
은 시간의 유한성에 대한 부정이다. 인간이 영위하려 애쓰는 장수
(長壽)는 무한한 시간을 기준으로 보면 요절(夭折)과 같다. 또한 크기

---

48) 『莊子』, 「逍遙遊」. "朝菌不知晦朔, 蟪蛄不知春秋, 此小年也."
49) 『莊子』, 「田子方」. "丘之於道也, 其猶醯雞與! 微夫子之發吾覆也, 吾不知天地之
    大全也."

의 측면에서도 작은 것의 상징인 '핵(核)'이 큰 것의 상징인 '산(山)'
의 형상을 이루는 아이러니를 보이고 있는 것이다. 이렇듯 대소(大
小)·장단(長短)·이동(異同)·요수(夭壽)·생사(生死) 등의 구분과 경계
의 초월을 강조하는 상대주의적 시각은 각박한 현실의 굴레를 벗어
나기를 열망했던 현주에게 매우 유용한 사유 방식으로 작용하였다.

앞서 살펴본 대로 현주는 임진왜란과 정유재란을 치르는 과정에
서 모친과 처자를 잃는 슬픔을 겪었으며, 조선 중기 혼란한 정국
속에서 주변인들의 억울한 죽음을 목도해야 했다. 가족과 지인을
떠나보낸 비애와 홀로 살아남은 번민, 현실에서 겪는 생활고, 환로
에서 끊이지 않던 시비 등은 현주로 하여금 탈출의 욕구를 불러 일
으켰을 것이다. 현주가 시공간의 절대성을 부정하는 상대주의적 사
유에 골몰하였던 것은 생사(生死)·시비(是非)·우락(憂樂)의 구분에서
자유롭고 싶었기 때문일 것이다. 비록 버거운 삶이지만 한 걸음 물
러나 넓은 시야로 관조할 때 인간의 삶에는 비로소 여유가 생기고
현실의 고뇌는 별것 아닌 것으로 치부할 수 있는 심적 에너지가 차
오르게 되기에 현주는 초월 세계의 구현을 통해 현실의 고뇌와 번
민에서 한 걸음 거리두기를 시도하였던 것이다.

사실 선계와 초월 공간에 대한 상상은 오랫동안 문인들에게 향유
된 도가적 사유 방식이다. 노자와 장자는 혼란의 극치에 다다른 춘
추전국시대를 살면서 도(道)가 행해질 수 없는 현실에 크게 실망하
고, 부조리한 현실로부터 탈피하여 일체의 세속적 가치를 인정하지
않는 정신적 태도를 견지하였다. 이러한 분세의식(憤世意識)은 곧 순
수한 천연상태 혹은 최초의 원형적 공간으로 회귀하고자 하는 염원

과 세속적 가치를 마음속에서 지워버리는 '심리적 거루(去累)'의 양
상으로 발전하였다. 이때의 초월은 현실로 되돌아감을 전제로 한
초월이었고, 이에 해방 공간을 극대화하는 상상을 통해 심미적 가
치를 창출하였다.[50]

　현주 역시 조선 중기의 혼란한 시국을 살아가면서 도가적 사유에
매료되었다. 감당하기 어려운 시련과 상처를 극복하기 위해서는 반
드시 돌파구가 필요하였고, 넘나들 수 없는 죽음과 현실의 장벽 앞
에서도 도가의 정신적 초탈은 더없이 유용한 탈피의 공간을 제공하
였다. 전란으로 인한 슬픔과 혼란한 정세로 야기된 괴로움에서 벗
어나고픈 갈망이 도가적 사유 방식과 표현을 빌어 잠시나마 정신적
자유를 누리게 도와주었던 것이다.

　현주 문학은 절대적 인식을 부정한 점, 『장자』에서 유래한 소재
를 빈번히 활용한 점, 『장자』의 우언 수법을 차용한 점 등에서 장
자적 색채가 특히 진하다고 할 수 있다. 여기에는 『장자』를 즐겨
읽었던 현주의 독서 경향과 도가자류(道家者流)와 친밀하게 어울렸
던 현주의 교제 이력이 크게 작용한 듯하다. 당시 문인들 사이에서
『장자』가 점유한 위치는 큰 것이었고 실제로 조선 중기의 많은 문
인들이 장자적(莊子的) 의식과 사유 및 표현 방식을 습용하고 활용
하였다. 또한 현주는 고옥(古玉) 정작[鄭碏, 1533~1603]과 청하자(靑霞
子) 권극중[權克中, 1585~1659] 등 도가적 성향이 강한 인물들과 친밀

---

50) 임태승, 「비극적 소요유(逍遙遊): 장자 미학에서의 초월의 의미」, 『철학』 77, 한국
　　철학회, 2003, 7~22쪽 참조.

한 관계를 유지하였다. 정작과는 임진왜란을 전후하여 자주 만나
교유했던 듯한데,[51] 그는 글씨와 의술에 뛰어났을 뿐만 아니라 도
가 수련의 방술에 능했던 수암(守庵) 박지화(朴枝華)를 스승으로 섬
겨[52] 금단비요(金丹祕要)를 배워 통달한 인물이었다.[53] 외모도 선인
의 풍모를 지녀 윤신지[尹新之, 1582~1657]는 정작(鄭碏)의 모습이
'은빛 수염의 한 마리 학 같았다.'라고 회고하였으며,[54] 현주 역시
'젊은 시절 친구 집에서 정작을 본 적이 있는데 한 번 보면 신선 같
은 풍모에 훈습된다.'라고 하면서, 정작의 높은 풍취를 세상에서
도가자류(道家者流)라고 일컫는다고 하였다.[55] 한편, 권극중 역시
내단사상(內丹思想)에 침잠한 것으로 유명하다. 그는 현주와 시문(詩
文)의 득실을 논하였으며,[56] 이후 자신의 평생의 지기(知己)로 현주
를 제일 먼저 꼽을 만큼 가까운 사이였다.[57] 현주는 이들과의 교유

---

51) 『澤堂集』別集, 권9, 「禮曹判書贈左贊成東嶽李公行狀」. "歸京師, 與鄭古玉·權
   石洲輩, 觴詠湖山間, 先輩詞宗月汀·五峯諸公, 皆造門爲忘年交."

52) 『記言』別集, 권26, 「朴守庵事」. "好修鍊之術, 入金剛七年而返. …… 與北窓交相
   善, 北窓之弟古玉丈人, 師事之."

53) 『谿谷集』, 권6, 「北窓古玉兩先生詩集序」. "然公少從伯氏及守庵朴枝華學, 通金
   丹祕要."

54) 『玄洲集』, 권11, 「北窓古玉集序」. "丁酉亂, 避地首陽山下, 逢古玉先生於逆旅中,
   隣並三年, 朝暮陪詩酒. 時先生已老, 鶴形銀鬢, 宛如神仙中人, 胷襟澄澈, 類有
   道者, 自不覺嘆服起敬."

55) 『玄洲集』, 권15, 「北窓古玉詩序」. "論古玉者, 率擧其高風遐致曰: '如是如是, 豈
   道家者流歟.' …… 余少時, 得拜古玉於友生家, 已老矣. 雖游於酒人, 翩翩放好謔浪,
   托詩酒以自晦者, 一見已薰其仙風矣."

56) 『鶴巖集』, 권5, 「靑霞子權公墓碣銘」. "又嘗詣趙玄洲纘韓, 略論文章得失, 玄洲公
   歎曰: '東方文宗, 在此矣.'"; 李縡, 『陶菴集』, 권50, 「進士權公行狀」. "又令從趙
   玄洲纘韓於長城, 玄洲稱以鉅手."

를 통해 도가의 사유와 문화를 가까이 접할 기회가 있었고, 이러한 기회는 현주에게 문학적 상상력의 근원을 제공하였을 것으로 짐작된다. 현주 문학에 자주 등장하는 도가적 형상, 유선(遊仙)의 정경, 신선적 존재, 도교의 방술 등과 관련된 내용은 이들과의 교유와 무관하지 않아 보인다.

현주가 자신의 시문(詩文) 속에 구현한 이상향(理想鄕)과 초월의 사유는 현실의 무게를 잠시 내려놓기 위한 방편이었으나, 그 표현의 심미 요소들은 간과할 수 없는 문학적 성취로 남았다. 현주의 이러한 작품들은, 현실적 존재를 자유존재로 승화시키는 이른바 '초월 기능' 혹은 '해방 작용'[58]이라는 예술적 해석의 기본 기능을 여실히 보여주는 예라 할 수 있다.

3. 자전적(自傳的) 비유와 의론을 통한 성찰과 수용

현주는 당시의 정세를 비판적으로 관망하며 처세에 대해 깊이 고민하였다. 당파 간의 경쟁이 만연한 분위기에서 서인계에 속한 현주 역시 비난의 화살을 피할 수 없는 형편이었다. 시정의 불합리에 불만을 가지면서도 환로에 남아 있어야 했던 스스로에 대한 자괴

---

57) 『靑霞集』, 권1, 「九子吟[幷序]」에서 권극중은 자신의 지기(知己) 9인에 대한 시를 지었는데, 현주를 그중 첫 번째로 꼽았다. ("玄洲趙夫子, 歷落靑雲士. 軒昻鸞鶴姿, 貴重金玉器. 詞源浩不渴, 如決銀潢水. 石洲名共齊, 東嶽肩相比. 愛才好推穀, 一世甘執鞚. 平生大手筆, 散布在銘誄.")

58) 楊春時, 『藝術符號與解釋』, 人民文學出版社, 1989, 262쪽.

감, 자신을 둘러싼 세간의 구설과 시비가 주는 곤혹스러움에 현주
는 심적 부담이 컸을 것이다.

예컨대, 1611년[광해군 3, 현주 나이 40세]에 현주는 사간원 정언으
로 정민흥(鄭敏興)을 탄핵한 일이 있었다.[59] 탄핵의 이유는 그의 인
성과 언행이 지위에 걸맞지 않다는 것이었으나, 이러한 그의 뜻은
당파 간의 알력 다툼으로 매도되어 결국 파직과 이직 처분을 받게
되었다.[60] 현주는 자신의 본심을 호도하는 조정 세력에 대한 불만
과 자신의 억울한 입장을 문학으로 형상화하였다.

대부는 휘가 송(松)이니, 젊은 시절에 목공(木公)을 자(字)로 삼았으
니 자질이 올곧고 굳세기 때문이었다. 선계는 조래(徂徠)에서 나왔는
데, 혹자는 "그 선조 역시 백예(柏翳)의 후예로 산림(山林)에 지내면서
고상한 풍격으로 칭송받았다."라고 하였다.

진(秦)나라 때에 이르러 대부의 형제 다섯 분이 태산 남쪽에 함께 은
거하였는데, 시황제가 동쪽을 순수(巡狩)하고 돌아가는 길에 갑자기 큰
비바람을 만났는데 다섯 형제 덕분에 머물러 쉴 수 있었으니, 그것은
그들이 가리고 덮어주어 비에 젖는 근심을 면할 수 있었기 때문이었다.
시황제가 드디어 크게 기뻐하여 특별히 대부(大夫)의 작위를 내려 이에
대부란 호칭을 얻게 되었다. 대부는 진(秦)나라에게 절의를 굽혔다고
할 수 있는가? 없는가?

가령 대부가 지각이 있고 진나라가 황제라 칭하는 때를 만났더라면

59) 『光海君日記』, 권43, 광해군 3년(1611) 7월 26일 기사.
60) 이 일로 인해 현주는 파직되었다가 병조 좌랑으로 자리를 옮긴 뒤, 이듬해 영암
    군수(靈巖郡守)로 좌천되었다.

곧장 노중련(魯仲連)과 함께 동해에 뛰어들어 죽었을 것이다. 그러나 끝내 상산(商山)의 사로(四老)와 도원(桃源)의 주인처럼 녹을 먹길 사양하고 세상을 피해 달아나지 못하였다. 대부 같은 경우는 정조를 지켰다고 할 만한가? 아닌가?

그 뒤 한나라가 결국 진나라를 멸망시키고 소하(蕭何)로 하여금 미앙궁(未央宮)을 짓게 할 적에, 대부의 족속을 모조리 몰살하여 칼질하고 톱질하였다. 대부가 진나라에 조금 굽혔다는 오명(汚名)을 받고 큰 살륙을 당하니, 아! 비통하다고 할 만하다![61]

위의 글은 소나무를 의인화한 「대부송전(大夫松傳)」이라는 가전(假傳)이다.

송(松)은 올곧고 굳센 자질을 지녔고, 고상한 풍격으로 칭송받은 선조를 둔 명문가의 후예이다. 송(松)은 어느 날 형제들과 함께 진시황제가 비바람을 피하도록 도와준 일로 대부의 작위를 하사받는데, 이 일이 빌미가 되어 진나라를 멸망시킨 한나라에 의해 멸문의 화를 당하고 만다.

강직한 소나무가 꿋꿋이 자신의 자리를 지키다 진시황에게 비바람을 피하도록 친절을 베푼 일로 오명(汚名)을 덮어 쓰고 비참한 최

---

61) 『玄洲集』, 권15, 「大夫松傳」. "大夫諱松, 少字木公, 以其質之木強也. 系出徂徠, 或曰: '其先亦柏翳之後, 居山林, 以高尙見稱. 至秦時, 兄弟五人俱隱居于泰山之陽. 始皇帝東巡而還, 猝遇大風雨, 依五公而止息, 爲其所廕庥, 得免沾濕之患. 遂大喜, 特以大夫爵之, 仍以有號焉. 大夫之於秦, 可謂屈節者? 非耶? 如使大夫有知, 當秦之爲帝, 直與魯連, 蹈東海而死矣. 卒不得辭祿逃世如商山之四老‧桃源之主人, 如大夫者, 可謂貞乎? 否耶? 其後, 漢果滅秦, 使蕭何治未央, 盡赤大夫之族而刀鉅焉. 大夫之於秦, 名小屈而蒙大僇, 吁! 其可悲也夫!"

후를 맞이한 일에 현주는 비통해한다. 송(松)에게는 시황제를 옹호하거나 명예나 작위를 바라는 등의 의도가 전혀 없었는데, 그를 두고 정절(貞節)을 논하는 것이 타당한가 하고 연신 묻는다.

별 뜻 없이 베푼 호의로 씌워진 배신자의 오명(汚名)으로 비참한 결말을 맞이한 송(松)의 처지를 옹호하는 현주의 언사는 마치 자신의 억울한 입장에 대한 해명으로 느껴진다. 그것은 본인의 의도와는 무관하게 타인의 곱지 않은 시선을 받게 되고 오명을 덮어쓴 것도 모자라 가문 전체가 화를 입고 말았다는 송(松)의 사연을, 단순히 전달하는 데 그치지 않고 송의 입장을 대변하고 옹호하는 평론을 대동하고 있기 때문이다. 의도치 않게 변절자로 몰려 가혹한 처벌을 받은 송(松)처럼, 현주 역시 특정인을 모함하려는 의도가 없었음에도 오해를 받았다. 현주는 송(松)의 억울한 처지를 규명하고 옹호함으로써 자신의 결백을 넌지시 드러내는 동시에, 송(松)의 절의(節義)를 왜곡한 이들에게 비난의 화살을 돌림으로써 자신을 두고 시비하는 세력에 대한 반감을 드러낸다. '상황에 대한 정확한 인지가 없고 명예를 추구하려는 의도가 없는 인물에 대해 외부의 잣대로 일방적인 판단을 적용하는 것이 정당한가?'라는 현주의 물음은 사실을 왜곡하는 세력에 대한 불만과 비난의 표출로 이해해도 무방할 것이다.

송(松)의 억울한 사연은 태사공(太史公)의 평가로 마무리된다.

태사공은 다음과 같이 말한다.
내가 태산(太山)에 올라보니 그 위엔 아직 다섯 대부의 마을이 있었

다. 다섯 분이 대부의 벼슬을 구한 것이 아니라 대부의 명칭이 외부에서
이른 것이니, 공이 어찌 진나라에 굽힌 것이겠는가? 비록 나라를 양보
하고 정절을 칭송받은 고죽군(孤竹君)의 두 아들[백이·숙제]와는 조금
차이가 있지만, 더러운 벼슬을 치욕으로 여기지 않았으니 아마도 유하
혜(柳下惠)의 무리일 것이다. 비록 그렇지만 공자께서 "절기가 추워진
뒤에야 늦게 시드는 줄을 안다."라고 하셨으니, 그 또한 취할 바가 있을
것이다.[62]

태사공의 평론은 송(松)의 억울함에 대한 최종적인 판결이다. 현
주는 올곧은 성품으로 벼슬을 갈구하지도, 외부의 칭송을 바란 적
도 없는 정절의 상징 송(松)을 자신과 동일시함으로써 자신의 진정
을 호소하고자 하였다. 송(松)의 처신을 긍정적으로 평한 태사공의
언사는 곧 현주 자신이 해명하고자 했던 최종적인 결론이며, 송(松)
을 더러운 벼슬을 치욕으로 여기지 않는 유하혜의 무리에 비긴 태
사공의 평가는 오해와 좌천이라는 억울한 처사를 당한 현주 자신에
게 보내는 자기 위안이다.

외부의 편협한 시각과 부당한 평가에 대해 비판하고 해명함으로
써 자신의 억울한 입장을 호소한 「대부송전(大夫松傳)」은, 혼란한 조
정에 불만을 품고도 쉽사리 환로를 벗어나기 힘들었던 현실 속에서
자신의 입장을 해명하고 억울한 처지를 호소하는 통로가 되었다.
현주는 자신을 지조의 상징인 소나무와 동일시함으로써 정치적 해

---

62) 『玄洲集』, 권15, 「大夫松傳」. "太史公曰: 余登太山, 其上尚有五大夫村. 五公之於
大夫, 非有所干, 而彼自外至, 則公何屈於秦哉? 雖與孤竹二子讓國稱貞者小間,
不恥汚官, 其柳下惠之徒乎! 雖然, 子曰: '歲寒然後, 知其後凋', 其亦有所取哉!"

명과 심리적 위안을 동시에 도모하였고, 이는 현주에게 심리적 균
형감을 회복하는 계기를 마련해주었을 것이다.

현주는 정원 좌승지(政院左承旨)로 재직하던 1624년[인조 2, 현주 나
이 53세] 봄에 또 한 차례 세간의 구설에 올랐으니, 그것은 이괄(李适)
의 난으로 어가(御駕)가 남천(南遷)하게 되었을 당시 황달증을 앓고
있던 터라 행재소에 뒤늦게 당도한로 빚어진 것이었다.[63] 이 일이
빌미가 되어 현주는 결국 탄핵과 파직을 당하고마는데,[64] 당시 이
조 참의로 재직하고 있던 청음(淸陰) 김상헌(金尙憲)의 변론(辯論)에
는 이러한 사정이 잘 드러난다.

　세상의 도가 날로 낮아져서 인재가 드물게 나오게 되었는 바, 식자들
의 걱정은 항상 이 점에 절실하였습니다. 무릇 하자를 찾는 데만 뜻을
둔다면 세상에는 완전한 사람이 없는 법입니다. 그러나 허물을 털어 덮
어 주고 용서한다면 천하에는 버려지는 인재가 없을 것입니다.
　대관(臺官)이 조찬한이 행재소에 늦게 달려온 것을 논박하고 있는데,
조찬한은 당초 도성을 떠나던 날에 병든 몸을 말에 싣고서 강을 건넜으
며, 거의 죽을 지경이 되어 위태롭고 고통스러운 속에서도 공주(公州)
까지 뒤쫓아 왔습니다. 그 사이에 조금 뒤쳐졌다고는 하지만, 이는 실로
병이 중한 탓에 그런 것입니다. 그가 앓고 있는 황달병은 바로 얼굴에
병세가 나타나 있어서 호종한 여러 신하들 가운데 눈으로 직접 보고 그

---

63) 1624년 봄에 지은 「病起」(『玄洲集』 권5)에는 당시 병이 위독하여 거의 죽을 뻔하였
　　다는 기록이 보인다. "甲子春, 病篤幾死, 三月初, 出臥交莊, 晦日, 始扶杖起立湖
　　亭."
64) 『仁祖實錄』, 인조2년 5월 26일 기사.

정상(情狀)을 알게된 이가 많습니다.[65]

김상헌은 황달 때문에 늦긴 했지만 오히려 아픈 몸을 이끌고 억지로 어가를 따른 충신이라고 현주를 옹호한다. 그리고 여러 사람의 말을 공정하게 들어서 유능한 인재를 버려서는 안 된다고 말하면서, 대간의 경솔한 논계를 반박하고 있다.

자신의 진심과 충절을 번번이 의심받는 상황에서 현주는 곤혹스러웠을 것이다. 쉽게 수그러들지 않는 시비는 수시로 현주를 괴롭혔고, 또 한 차례 현주를 시련으로 이끌었다. 외부의 오해와 시비로 인해 결국 파직당하고 만 현주는 자신의 처지를 다음과 같이 비유한다.

탕파는 입이 작고 배는 크며 빛깔은 추하고 자질은 강하였는데, 그릇이 몹시 얕았지만 성질이 매우 따뜻하여 사람들에게 용납되지 않음이 없었다. 한겨울 추위가 매서울 때마다 끓는 물을 들이키고 몸을 데워 사람들에게 예쁨을 받았으며, 알던 모르던 간에 부르면 번번이 가서 따랐다. 비록 규방과 침실 안이라도 가까이 가는 것을 싫어하지 않아서 한 번 보면 곧 속을 열어 정성을 드러내고 이불을 나란히 덮고 누워, 손으로 어깨를 쳐도 피하지 않고 발을 배에 올려도 성내지 않았으며 오직 온순하고 어기지 않음을 책무로 여겼다. 자신을 부른 이에게는 차갑

65) 『淸陰集』, 권39, 「推考緘辭」. "世道日降, 人物眇然, 識者之憂, 恒切于此. 夫有意索瘢, 則世間無完人; 拂拭使過, 則天下無棄材. 臺官論趙纘韓晩赴行在, 纘韓當初去邪之日, 駄疾渡江, 濱死危苦之中, 趕到公州. 其間稍後, 實緣病重, 所患疽症, 正在面目, 扈從諸臣, 多有目見而知狀者."

거나 따뜻한 태도를 하지 않고 노소와 귀천을 가리지 않고 오직 명을
따랐으며, 피부가 닳고 뼈가 삐걱거려도 오히려 정절을 굳게 지켰다.
암암리에 마음을 속이지 않아서 부끄러움이 없었고 아녀자의 도리는 말
많은 것을 꺼리는데 탕파는 침묵에 더욱 능하였다. 사람들이 더러 혼자
있을 때 행실을 삼가지 않더라도 보고 못 본 체하며 입을 다물고 발설하
지 않았다. 그 몸이 이내 차가워지면 잠시도 지체하지 않았고, 비록 세
번 내쳐지더라도 또한 성난 기색이 없었다. 이 때문에 탕파를 친애하여
가까이하지 않는 이가 없었다. 탕파가 발을 지켜준 공로와 다리를 데워
준 수고는 비록 황향(黃香)의 효성이라도 미칠 수 없을 정도였다.

　그러나 오직 그 모습만은 덕성에 걸맞지 않아 조용히 물러나 자신을
지켜서, 젊어서는 시집을 못가고 늙어서는 자식이 없었다. 따뜻함으로
용납됨을 구했기에 밤에만 머물 자리가 있고 나머지 시간에는 버려졌으
며, 과부로 지내 함께 사는 무리가 없었기에 결국 차를 끓이는 시동과
밥을 짓는 종에게 짓밟히고 찌그러져 감루(疳瘻: 피부에 잔구멍이 생기어
고름이 나는 부스럼)로 인해 집에서 생을 마쳤으니, 탕파는 박명(薄命)하
다 할 만하다!66)

위의 글은 뜨거운 물을 넣어 이불 속에 두고 자면서 몸을 덥히는

---

66) 『玄洲集』, 권15, 「湯婆傳」, "唯婆也, 口小腹膨, 色醜質剛, 器甚淺, 而性甚溫, 於
人無所不容. 每隆冬盛寒, 則吸沸熱體, 以媚於人, 知與不知, 邀輒往從. 雖帷薄
床第之內, 不以褻狎爲嫌. 一見卽開心見誠, 連被而臥, 手拍其肩而不爲避, 足加
其腹而不爲怒, 唯以婉順弗咈爲務. 於其所招, 不爲冷熱熊, 老少貴賤, 無所取捨,
而唯命之趨, 磨肌戞骨, 而猶固其貞. 暗不欺心, 無愧無怍, 婦道忌侫, 而尤長於
默. 人或不謹其獨, 而視若不見, 閉口不洩. 其體乍寒, 則不爲小留, 雖遇三黜, 亦
無慍色. 以此無不愛近. 其衛足之功, 煖脚之勞, 雖黃香之孝其親, 莫能及焉. 唯
其貌不稱德, 而恬退自守也, 少不嫁, 老無子. 以煖求容, 只卜其夜, 而廢其三時,
寡居無徒, 竟爲茶僮爨婢所轢蹙, 以漏瘡, 終于家, 婆可謂薄命也夫!"

온신구(溫身具)인 탕파(湯婆)를 그린 「탕파전(湯婆傳)」이다. 탕파는 못난 용모를 가졌지만 따뜻하고 온순한 성품을 지녔으니, 자신을 부른 이의 노소(老少)와 귀천(貴賤)에 상관없이 친소(親疎)와 장소를 막론하고 찾아가 상대의 몸을 덥혀주고 그 뜻을 군말 없이 따른다. 자신을 희생하며 상대를 따르지만, 결국 추한 외모 때문에 처자식도 없는 외로운 신세로 살다가 차 끓이는 시동과 밥 짓는 계집종에게 짓밟혀 비참한 죽음을 맞이하는 비운의 존재가 되고 만다.

　일관된 모습으로 침묵하며 남의 허물을 덮어주는 탕파는 곧 현주의 자화상이다. 상대를 가리지 않고 차별 없이 따르는 탕파의 온건한 대처 방식은 곧 세 임금 아래에서 관직 생활을 하며 민생을 돌본 현주 자신의 처세 방식과 유사하다. 현주는 주변의 냉대에 굴하지 않고 긍정적으로 살아가는 탕파의 모습을 통해 외부의 시련에 흔들리지 않고 올곧게 자신의 길을 걷는 이의 성실함을 긍정적으로 그려낸다. 그러나 그럼에도 불구하고 덕망과 공로를 인정받지 못하고 축출당하고 만 탕파의 불운한 결말은, 마치 혼조(混朝) 속에서도 국가와 민생을 위해 애썼으나 결국 시비와 구설에 휘말려 파직당하고 말았던 자신의 신세와 꼭 닮았다.

　탕파의 불행한 일생에 대해 태사공(太史公)은 다음과 같이 논평한다.

　　탕파는 겉모습으로 남을 섬기는 이가 아니다. 남의 인정을 구한 적은 없지만 남을 받아주는 아량이 있었으며, 남에게 아첨한 적은 없었지만 남을 기쁘게 하는 재주가 있었다. 온화하면서도 지나치지 않았고 친근하면서도 함부로 하지 않았으며, 나아가고 물러남을 오직 명(命)대로

하였다. 그 정절(貞節)과 절의(節義)의 경우에, 겉모습을 꾸미고 여우
같이 아첨하여 한 사람을 섬기되 두 마음을 품는 세상 사람이 어찌 탕파
를 귀감으로 삼지 않겠는가?[67]

태사공은 탕파의 정직한 성품이 교언영색(巧言令色)하고 표리부동
(表裏不同)한 이들의 이기적인 속성과는 다르다고 한다. 남의 인정을
구하기 위해 거짓을 행하지 않는 탕파의 올곧은 내면은 바로 현주
자신의 본심에 다름아니다. 이는 비록 시비에 휘말려 불행한 결말
을 맺긴 했으나 자신의 본의와 실체는 왜곡되지 않기를 바라는 심
정에서 쓴 자전적 비유로 해석할 수 있다.

　주지하듯 작품 속 인물의 성격은 창작 주체의 주관적인 경험과
불가분의 관계에 놓여 있다.[68] 현주의 경우에도 예외는 아니어서,
탕파의 비극적 서사는 현주 자신의 부정적 경험을 전이시키는 하
나의 통로가 되었다. 현주는 탕파가 당하는 형편없는 대우와 비참
한 말로를 구체적으로 묘사하고 연민어린 시선으로 바라봄으로써,
자신의 내부에 축적된 억울한 심사를 대리적으로 배설하는 카타르
시스를 느낀다. 자신의 처지와 부정적 심사를 투영하고 전이하고
해명함으로써 내면의 치유를 도모한다는 점에서 「탕파전」은 현주
에게 있어서는 자전적 전기이자 치유를 위한 서사로서의 의미를

---

67) 『玄洲集』, 권15, 「湯婆傳」. "婆非以色事人者, 未嘗干人, 而有容人之量; 未嘗諂
　　人, 而有悅人之才. 和而不流, 狎而不褻, 進退唯其命. 如其貞如其義也, 世之粉
　　飾狐媚, 事一人而二心者, 盍以婆爲鑑也哉?"
68) 전긍·초팽염, 「노신(魯迅) 작품의 이중(二重) 치유 기능 분석」, 『중국어문학』 62,
　　영남중국어문학회, 2013, 9~10쪽.

가진다.

이처럼 현주는 다른 대상에 자신의 처지를 투영하는 자전적 비유를 도모하였다. 자신의 경험과 유사한 상황의 설정과 부정적 감정의 배출은 현주 문학에서 종종 발견되는데, 이는 자기 고백적 서사로서의 성격이 다분하다. 이는 현재 문학치료에서 이른바 '자화상 쓰기를 통한 심리 치유'와 유사한 점이 있다. '자화상 쓰기'란 자신의 내면을 성찰하여 자신의 존재 의의를 발견하게 하는 방법인데, 과거의 상처와 고뇌를 현재화하거나 미래의 소망과 기대를 현재화하면서 존재의 중심을 현재에 두어 의식하지 못했던 자신의 문제와 직면하고 자각과 발견, 통합 등의 치유가 진행될 수 있게 한다는 것이다.[69] 현주 역시 송(松)이나 탕파(湯婆)의 특성을 자신의 처지나 심리와 결부시킴으로써 자신의 입장을 객관적으로 통찰하는 계기를 마련하였다. 그리고 직접적으로 토로할 수 없는 내면 심리를 '우언(寓言)'이라는 문학적 수법을 통해 온건하게 배출하였다.

'우언(寓言)'은 주지하다시피 『장자』의 「우언(寓言)」에서 처음 등장한 용어로, 장자는 "우언은 내 말의 열 중 아홉을 차지하니, 다른 것을 빌려서 논하는 것이다."[70]라고 설명하였다. 이 말에 의거하면 우언은 자신이 직접 말하기 힘든 것을 남의 입을 빌려 설명하는 것, 또는 어떤 것을 다른 것에 빗대어 설명하는 수사적 형상화 방식이

---

69) 정순진, 「'자화상 쓰기'의 치유성 연구」, 『문학치료연구』 30, 한국문학치료학회, 2014, 357쪽~367쪽.
70) 『莊子』, 「寓言」. "寓言十九, 藉外論之."

다.[71] 즉 우언이란 보다 효과적인 주제의 전달을 위해 동원하는 서술 방식의 하나로, 직설하지 않고 다른 어떤 대상에 기탁하여 말하는 우회적 이야기이다.

적절한 비유는 때로 의론적 서사보다 상황과 감정을 더욱 효율적으로 전달하며, 구체적으로 언급하기 힘든 사안에도 자신의 처지와 심정을 전달할 수 있는 장점을 지닌다. 현주가 택한 우언의 방식은 책임이나 힐난은 피하면서도 자신의 심정을 효과적으로 토로할 수 있게 하여 긍정적인 자기존재감을 형성하도록 도왔다. 현주는 주변의 비방과 시비에 의연한 송(松)이나 탕파(湯婆)의 모습을 제시하고 그들에게 자신을 기탁함으로써 혼란한 시국 속에서 흔들리는 자신을 굳게 확립시키는 힘을 얻었던 것이다.

한편 현주는 자전적 비유뿐만 아니라, 의론을 통해 더욱 구체적이고 직접적인 해명을 시도하기도 하였다. 자신의 실체[實]와 주변의 평가[名]의 괴리를 절실히 느꼈던 현주는 자신을 둘러싼 시비의 질곡 속에서 명(名)·실(實)의 문제에 대해 수차례 논박함으로써 판단의 근거를 마련한다.

"하나는 주체이고 하나는 객체이니 명(名)과 실(實)이 그것을 따른다. 그러니 주체를 높이고 객체를 낮추는 것은 성인의 가르침이고, 실(實)을 귀하게 여기고 명(名)을 천하게 여기는 것은 달사(達士)의 의론이다. 저 이른바 백이(伯夷)라는 이는 주체를 높였는가? 실(實)을 귀하게 여겼

---

71) 송병렬, 「우언시(寓言詩)의 특징과 전개 양상」, 『동방한문학』 42, 동방한문학회, 2010, 16쪽.

는가? …… 저 백이라는 이는 유독 어떤 사람이길래 그 곡식을 먹지
않는 것을 의(義)로 여기고 서산(西山)에 올라가 굶어 죽어서 노래를
지어 슬퍼하는 것인가? 그의 죽음은 이른바 '명(名)'을 위한 죽음'이 아닌
가? 실(實)을 낮추고 명(名)을 따라 죽은 것이 이같이 분명히 드러나는
데도 오히려 의사(義士)의 명(名)을 무릅썼다. 백이와 같은 자는 명(名)
을 따라 죽고 실(實)을 낮춘 이라고 할 만하지 않겠는가?"[72]

위의 글은 백이(伯夷)를 대상으로 명(名)·실(實)의 문제를 논박한
「백이사명설(伯夷死名說)」이다. 글의 첫머리는 객의 문제 제기로 시
작된다. 객은 '백이는 실상보다 명예를 위해 죽었으니 주체보다 객
체를 따른 인물이 아닌가?'하고 질문한다. 이는『장자』의 「변무(騈
拇)」에서 "백이는 명예 때문에 수양산(首陽山) 아래에서 죽었고, 도
척은 이익 때문에 동릉(東陵) 위에서 죽었다.[伯夷死名於首陽之下, 盜跖
死利於東陵之上.]"라고 한 입장과 동궤(同軌)의 견해인데, 백이와 도척
의 죽음을 속물적 행동으로 파악한 이같은 견해는 백이가 성인으로
추앙되는 유가의 입장에서는 받아들이기 어려운 것이었다.
　주인은 다음과 같이 반박한다.

　"객의 힐난이 옳고 객의 해설이 그럴듯하다. 비록 그렇지만 객체와

---

72)『玄洲集』, 권15, 「伯夷死名說」. "一主一賓, 而名與實隨之. 故尙主而黜賓者, 聖人
之敎也; 貴實而賤名者, 達士之論也. 彼所謂伯夷者, 尙其主耶? 貴其實耶? ……
彼伯夷者, 乃獨何人, 而以不食其粟爲義, 登西山餓且死, 而作其歌以悲之? 是其
死也, 非所謂死於名者邪? 黜其實而殉其名, 若是其章章, 而猶且冒義士之名焉.
如伯夷者, 可謂殉名黜實者非歟?"

주체는 두 개의 지위이고 명(名)과 실(實)은 일체의 사물이니, 어찌 같
은 일체의 사물을 두고 다른 두 개의 지위를 바란단 말인가? …… 실
(實)이 있는 것은 명(名)이 실로 그것을 따르니 명(名)과 실(實)은 다만
하나이면서 둘이고 둘이면서 하나인 것이다. …… 그대의 해설을 보충
하여 백이를 책망하기를 그치지 않는다면, 저 요ㆍ순ㆍ우ㆍ탕ㆍ문왕ㆍ
무왕ㆍ주공ㆍ공자 같은 성인이 모두 명(名)을 위해 죽고 실(實)을 저버
렸단 말인가? (그렇다면) 객이 말한 명(名)과 내가 말한 실(實)은 무엇
이 객체이고 무엇이 주체인지 어찌 알겠으며, 또 무엇이 참이고 무엇이
거짓인지 어찌 알겠는가? 객은 장자 같은 명(名)도 없으면서 나의 실
(實)을 어지럽혀서야 되겠는가?"[73]

주인은 실상과 명예는 한 몸이며, 실상이 있으면 명예가 따른다
[有其實者, 名固從之.]고 한다. 그리고 요ㆍ순ㆍ우ㆍ탕ㆍ문ㆍ무ㆍ주공ㆍ공
자 등 숱한 성인들을 예로 들면서 명예와 실상을 다른 것으로 본
객의 이원론적 인식에 반박하고 있다. 즉 실상과 명예는 일체(一體)
이며 주ㆍ객의 관계이기보다는 차라리 주ㆍ종의 관계를 맺고 있다는
것이다. 그러면서 주객(主客)과 명실(名實)과 진위(眞僞)의 혼란을 야
기한 객을 나무란다.
　현주의 본심을 왜곡하는 외부의 시비는 백이의 죽음을 실(實)이
아닌 명(名)으로 치부하는 객의 의심과도 같았다. 그 의혹에 반박하

---

73) 『玄洲集』, 권15, 「伯夷死名說」. "客之難, 是也; 客之說, 然矣. 雖然, 賓主者, 二位
也; 名實者, 一物也, 豈以一物之同者, 貴其二位之異哉? …… 有其實者, 名固從
之, 則名與實, 特一而二, 二而一者也. …… 苟充子之說而責之不已, 則彼堯舜禹
湯文武周公孔子之聖, 皆死於名而背其實耶? 客所謂名, 吾所謂實者, 庸知其賓
主, 又庸知其眞僞哉? 客無以莊生之名, 而亂我實可乎?"

기 위해 현주는 주인의 입을 빌려 명과 실의 일치를 주장한 유가적
정명론(正名論)을 설파한다. 이에 타인의 진심을 외식(外飾)으로 곡
해하는 객에게 '장자의 명예도 없으면서 나의 실상을 어지럽힌다.'
라고 일갈한 주인의 마지막 언사는 곧 자신의 상황을 곡해하는 세
간에 던지는 현주의 책난(責難)에 다름아니다.

「대은은심설(大隱隱心說)」에서도 명칭과 실상에 대한 논의가 포착
된다.

> 이름은 숨길 수 있을지언정 자취는 숨길 수 없고 자취는 숨길 수 있을
> 지언정 마음은 감출 수 없는데, 대은(大隱)이란 이는 어떻게 마음을 감
> 춘단 말인가? 생각건대, 소부(巢父)·허유(許由)·변화(卞和)·무정
> (武丁)은 그 이름을 숨겼으나 명성이 더욱 높아졌고, 장저(長沮)·걸닉
> (桀溺)·소사 양(少師 陽)·악사 양(樂師 襄)은 그 자취를 감췄으나 자
> 취가 더욱 드러났다. 그렇다면 이름은 실로 숨길 수가 없고 자취도 실로
> 숨길 수 없으니, 이른바 '숨김[隱]'이란 '드러냄[顯]'일 뿐이다.[74]

여기서 말하는 '대은(大隱)'이란 진정한 은자라는 뜻으로, 산림(山
林)에 은거하는 '소은(小隱)'과는 달리 많은 사람이 북적이는 조시(朝
市) 사이에 지내며 그 실체를 숨기는 인물을 말한다.[75] 현주는 이름

---

74) 『玄洲集』, 권15, 「大隱隱心說」. "名可隱, 而跡不可隱; 跡可隱, 而心不可隱, 大隱
者, 何以隱心歟? 惟被巢許卞武, 隱其名, 而名益高, 沮溺師襄, 隱其跡而跡益著.
然則名固不可隱也, 跡固不可隱也, 所謂隱者, 顯而已矣."

75) 진(晉)나라 왕강거(王康琚)는 "작은 은자는 산림에 숨고 큰 은자는 조시에 숨는지
라, 백이는 수양산에 숨었고 노자는 주하사(柱下史) 벼슬에 숨었네.[小隱隱陵藪,
大隱隱朝市, 伯夷竄首陽, 老聃伏柱史.]"라고 하였다. (『文選』, 권22, 「反招隱」.)

을 숨기려 할수록 이름이 드러난 소부(巢父)·허유(許由)·변화(卞和)
·무정(武丁)이나 자취를 숨기려 할수록 자취가 드러난 장저(長沮)·
걸닉(桀溺)·양(陽)·양(襄)의 경우에서 보듯 이름·자취·마음을 숨기
는 것은 그 자체가 불가능한 일이 아니냐고 의문을 제기한다.

　　마음을 숨기고 드러내지 않아 '대은(大隱)'이 된 이는 또한 어떤 사람
　　인가? 만일 지혜를 숨기고 우둔한 척한다면 우둔함으로 드러날 것이고
　　유능함을 숨기고 무능한 척한다면 무능함으로 드러날 것이며, 성명(聖
　　明)을 숨기고 미치광이인 척한다면 미치광이로 드러날 것이다. 어째서
　　인가?
　　우(虞)나라에 살았던 백리해(白里奚)는 우둔함으로 드러났고 옷소매
　　속에 손을 감춘 교장(巧匠)은 무능함으로 드러났고 은둔해 살았던 기자
　　(箕子)는 미치광이로 이름났기 때문이다. 이들은 모두 자기 마음을 숨
　　기려 하였으나 명성이 더욱 드러나서 그들이 마음을 숨겼다는 사실을
　　모르는 사람이 없었다. 그러니 이들이 과연 마음을 숨긴 것인가? 이들
　　이 과연 마음을 숨겨서 '대은'이 되었는가? 반드시 그가 지혜로운지 우
　　둔한지 모르고, 유능한지 무능한지 모르며 성명(聖明)인지 미치광이인
　　지 모르게 한 뒤에야 비로소 '마음을 숨긴 대은'이라 말할 수 있다.[76]

　'대은(大隱)'이란 명칭에서 '은(隱)'의 대상이 무엇을 가리키는 것

---

76) 『玄洲集』, 권15, 「大隱隱心說」. "隱心不顯, 以爲大隱者, 抑何人哉? 如或隱智若
愚, 則以愚而顯; 隱巧若拙, 則以拙而顯; 隱聖若狂, 則以狂而顯. 何則? 百里奚之
居虞也, 以愚而名; 大匠之縮手也, 以拙而名; 箕子之避世也, 以狂而名. 是皆欲隱
其心, 而名益顯, 人莫不知其隱心, 是果隱心乎哉? 是果隱心而爲大隱乎哉? 必也
不知其智而愚, 不知其巧而拙, 不知其聖而狂也, 然後方可謂隱心之大隱也."

인지에 대해 분명한 경계를 제시한다. 자취는 숨길 수 있을지언정 마음을 숨기는 일은 불가능하므로, 대은의 '은심(隱心)'이란 있을 수 없는 일이라는 것이다. 만일 은(隱)이 정말로 숨긴다는 뜻이라면 진정한 은자(隱者)는 세상에서 알 길이 없을 것이기 때문이다. 명칭에 걸맞는 실체를 분명히 적시하여 모호한 해석이나 오해를 미연에 방지하고자, 현주는 나름의 견해를 정리하여 피력한다.

공자는 "나는 숨김이 없다."라고 하였고, 또 "행동은 준엄하게 하되 말은 겸손하게 해야 한다."라고 하였으며, 또 "침묵은 몸을 용납되기에 충분하다."라고 하셨다. 마음을 숨김이 없으면 말은 더욱 겸손해지고 겸손할 수 없으면 또 따라서 침묵하면 그만이니, 이것이 어찌 마음을 숨기는 것이겠는가? 용이 못에 숨어 있는 것은 그 자취를 숨긴 것일 뿐, 조화를 부리고 우레와 비를 내리는 마음은 실로 감춘 적이 없다. 군자의 숨김과 드러냄도 용과 같지 않겠는가? 그렇다면 마음을 숨긴다고 하는 것은 마음을 숨기는 것이 아니라 마음을 속이는 것이니, 어찌 군자로서 자기 마음을 속이는 자가 있단 말인가?[77]

대은이 숨는 것은 마치 용이 못에 몸을 누이는 것과 같아서 자취를 숨기는 것일 뿐이며, 침묵의 수단이지 의도를 가지고 남을 속이는 것이 아니라고 마무리한다. 요컨대 침묵의 수단으로 은적(隱迹)

77) 『玄洲集』, 권15, 「大隱隱心說」. "子曰: '吾無隱乎耳.' 又曰: '危行言遜.' 又曰: '其默足以容.' 若其無隱乎心, 而言益遜, 遜又不可, 則又從而默, 斯可已矣, 是豈隱其心者哉? 夫龍之隱乎淵也, 隱其迹而已, 變化雷雨之心, 則固未嘗隱也. 君子隱見, 非猶龍乎? 然則隱心云者, 非隱心也, 乃欺心也, 焉有君子而欺其心者乎?"

을 행할 뿐 의도적인 은심(隱心)은 행하지 않으므로, '대은은심(大隱
隱心)'이라는 말 자체는 어폐가 있다는 말이다. 이러한 논리는 외부
에서 붙인 명칭의 부당성을 비판하고 그 실체에 합치하는 명칭을
구사하기를 주장했던 현주의 지론을 그대로 보여준다. 유가에서 흔
히 사용하는 '대은(大隱)'이란 용어를 무비판적으로 수용하기보다는
나름의 해석과 규명을 통해 이해하려는 적극적 태도를 지녔음을 볼
수 있다.

현주는 이처럼 명(名)·실(實)에 대한 의론을 통해 자신의 실체와
외부 평가의 간격을 해명하려 애썼다. 자전적 비유가 자신의 상황
과 처지에 대한 우회적 통찰의 과정이라면, 명·실에 대한 의론은
자신의 입장과 실체에 대한 직접적 해명이자 자기 수용의 과정이
다. 현주의 자아 성찰은 명·실의 문제에 대한 사색으로 이어져, 수
편의 의론을 통해 명·실의 괴리와 자신의 결백을 강조함으로써 자
신의 정체성을 확립하고 자기효능감을 회복하고자 하였다.

자전적 비유와 명·실에 대한 문제 제기를 통해 부정적 자아 인식
을 긍정적으로 선회시키려 한 현주는, 자신을 수용하고 외부의 자
극에 전복되지 않는 굳건한 자아를 견지할 것을 스스로 다짐한다.

얼굴을 평탄히 해	平其面
남의 침 닦지 않고	唾不拭
마음을 비워서	虛其中
물이 마르지 않네	水不涸
갈아도 닳지 않음은	磨不磷

도가 견고해서라네	道之確
덕 있는 이는 외롭지 않고	德不孤
유익한 벗 셋이 있네	益者三
버려지면 능력을 감추어	捨則藏
고요하고 편안히 하나니	靜以恬
먹을 본받으려는 이유는	以墨者
선비의 마음과 통하기 때문일세	通儒心[78]

위의 글은 「연명(硯銘)」으로, 벼루의 미덕을 본받고자 다짐하는
글이다.

1~4구에서는 벼루에게서 타인의 모욕을 넉넉히 수용하는 너그
러움의 속성을 포착해 읊었다. '자신의 얼굴을 평탄하게 하여 남이
자신의 얼굴에 침을 뱉어도 그것을 닦지 않는다.'고 한 표현은 당나
라 누사덕(婁師德)의 고사를 원용한 것이니,[79] 타인의 모욕에 유연히
대처하는 자세를 뜻한다. 5~8구에서는 벼루의 견고함과 덕성을
『논어』의 구절을 인용해 읊었다. 즉 먹을 갈아도 쉽게 닳지 않는
단단함은 벼루가 굳은 도를 견지하였기 때문이고,[80] 지(紙)·필(筆)

---

78) 『玄洲集』, 권14, 「硯銘」.

79) 성격이 너그럽기로 유명했던 누사덕(婁師德)은 그의 아우가 대주(代州)의 원으로
    나갈 적에 "다른 사람이 얼굴에 침을 뱉어도 손으로 닦고 대항하지 않겠다."라고
    하자, "닦으면 그 사람이 노할 것이니 그대로 말려라."라고 말한 고사가 있다. (『新
    唐書』, 「婁師德傳」.)

80) '갈아도 닳지 않음[磨不磷]'은 『論語』, 「陽貨」의 "단단하지 아니한가, 갈아도 닳지
    않으니. 희지 아니한가, 물들여도 검어지지 않으니.[不曰堅乎? 磨而不磷. 不曰白
    乎? 涅而不緇.]"라는 구절을 원용한 것이다.

·묵(墨)과 더불어 문방사우(文房四友)라 일컬어지는 것은 벼루의 덕성으로 익우(益友)를 셋 둔 덕분이라는 것이다.[81] 9구~12구에서는 출처(出處)에 따라 자신을 다잡는 벼루의 덕을 읊는다. 쓰이지 않을 땐 고요히 자신의 능력을 감추어두고 쓰일 땐 먹과 함께 자신의 기량을 마음껏 표출하는 벼루의 모습에서 진중하고 유연한 자세를 본받을 것이라고 하였다.

벼루는 사람으로 친다면 고매한 인격의 소유자라 할 수 있다. 그것은 타인의 비난과 모욕을 감내할 넓은 아량과 바탕을 지녔고, 굳은 도를 견지하여 외물(外物)에 동요하지 않는 덕인(德人)의 면모를 지녔다. 현주는 외부의 비난과 소요에도 흔들리지 않는 고고한 벼루의 모습에 칭송과 경의를 표하며 자신도 그러하기를 지향한다. 출처에 연연하지 않고 자신을 검속하고 기량을 발휘할 것이라 다짐하는 부분에서는 혼란한 정세 속에서 시비 곡절을 겪으며 처세의 어려움을 절감했을 현주의 고뇌가 느껴진다. 벼루라는 일상 기물을 통해 짙은 경계를 담아내면서도, 그 속성을 간명하고도 적확하게 표현한 점이 인상적이다.

정운채는 "문학 치료란 문학 작품의 작품서사(作品敍事)를 통하여 환자의 자기서사(自己敍事)를 온전하고 건강하게 변화시키는 일이

---

81) '덕 있는 이는 외롭지 않음[德不孤]'은 『論語』 「里仁」의 "덕이 있는 사람은 외롭지 않고 반드시 이웃이 있다.[德不孤, 必有隣.]"라고 한 데서 인용하였으며, '유익한 세 벗[益者三友]'은 『論語』 「季氏」의 "유익한 세 가지 유형의 벗이 있고 해로운 세 가지 유형의 벗이 있는데, 정직한 벗을 사귀고 진실한 벗을 사귀고 식견이 많은 벗을 사귀면 유익할 것이다.[益者三友, 損者三友, 友直, 友諒, 友多聞, 益矣.]"라고 한 데서 인용하였다.

다."라고 언급한 바 있다.[82] 현주가 창작 활동을 통해 자신의 인생을 작품 속 서사를 통해 비유하고 해명함으로써 자아를 긍정적으로 재확립한 것 역시 이러한 측면에서는 일종의 문학적 치유 효과로 볼 수 있을 것이다.

---

82) 정운채, 『문학치료의 이론적 기초』, 문학과 치료, 2006.

IV
지식인으로서의 사명과
사회 모순의 해법 제시

앞서 II장과 III장에서는 자신의 심회를 문학적으로 표출하고 승화시킴으로써 심리적 외상을 극복하려는 현주의 노력을 살펴보았다. 이는 자신의 심리적 불평을 문학을 통해 대면하고 해소하여 성숙한 자아를 되찾기 위한 개인적 치유의 과정으로 이해할 수 있다.

그러나 지식인의 불평과 불만이 일반 대중의 그것과 다른 이유는 사회의 구조적 모순을 간파해내는 안목과 합리적 대안을 강구하려는 의지를 대동하기 때문일 것이다. 조선의 사대부로서 생장한 현주 역시 지식인 특유의 사명감으로 자신의 불평 심리를 극복하는 데에 만족하지 않고, 사회적 차원으로 관심을 한층 더 확장시켜 나갔다. 그리하여 그는 문학 속에 현실의 문제를 담아내고 그 대안을 함께 제시하기에 이른다. 문학이 현주의 불평한 심리를 재건하는 사적 공간으로서뿐만 아니라, 사회 모순을 인식하고 처리하는 공적 공간으로서의 역할까지 수행하게 된 것이다.

본장에서는 현주가 진단한 사회 재건의 해법을 관료로서의 자세와 당부, 인재 등용의 중요성 강조, 유가 이념을 통한 치세의 방도 제시라는 세 가지 측면에서 살펴보려 한다.

1. 관료로서의 자세와 당부

16세기 후반~17세기 전반은 국가 간 분쟁과 당파 간 다툼으로 정국의 소요가 특히 심했던 시기였다. 대외적으로는 외교적 마찰을 수습하는 사신들의 임무가 어느 때보다 중요했고, 대내적으로는 전란 후에 민생을 안정시키고 나라의 기반을 공고히 하는 관료의 책임이 어느 때보다 막중하였다. 이에 현주는 수편의 글을 통해 주변인들에게 관료의 긴장과 책임의식을 강조하였다.

얼어붙은 북쪽 대륙엔 새해에 섣달의 추위가 생겨나고 서녘 하늘의 별은 양친과 이별하는 행인(行人)의 서글픈 심회 일으키네. 이번의 사행이 초나라 신포서(申包胥)가 진(秦)나라 조정에서 곡한 것과 다르지만 형세는 노나라 국경의 위태로움에 가깝네. 무릇 교만한 오랑캐가 활개친 일이 어느 시대인들 없었겠는가마는 조정의 치욕은 지금에 이르러 극심해졌네. 비록 다시 장중승(張中丞, 장순(張巡))이 목숨을 바쳐 싸운다고 하더라도 지성(至誠)을 다할 것이고 이소경(李少卿, 이릉(李陵))이 살아서 항복한 것이 나라를 팔아치운 것으로 돌아간다 해도, 어찌 우리 부모의 원수와 차마 같은 하늘 아래 살 수가 있겠는가? 우리 군신(君臣)을 먹이는 일을 어찌 감히 훗날의 계획으로 돌릴 수 있겠는가? 관전(寬奠)의 성명(聲明)으로 변방의 의심이 불어났네. 창주(昌州)를 넘보아 성을 함락시킬 계획을 은밀히 도모하니, 오랑캐의 정상(情狀)이 저와 같음을 누가 황상께 아뢸 수 있겠는가? 신하의 절개란 다름 아니니,

그대 마땅히 명나라로 향해야 하리.[1]

윗글은 1620년[광해군 12, 현주 나이 49] 광해군 집정 초에 후금(後金)과 수교한 사실이 명나라에 알려지면서 양국 관계가 미묘해지자, 급고사(急告使)로 파견된 홍명원[洪命元, 1573~1623]에게 준 「증고급사홍낙부[명원]서(贈告急使洪樂夫[命元]序)」이다. 현주는 추운 명나라로 떠나는 홍명원에게 국사의 위태로운 사정을 부각시키고 그의 막중한 임무를 환기시킨다. 그러면서 사신의 임무를 맡은 홍명원의 자질이 정직하고 미더워 일을 잘 성사시킬 것이라 기대하고 축원한다. 사행을 떠나는 이에게 준 증서의 대부분은 학식이나 재주를 칭양(稱揚)하고 맡은 임무의 중대성을 강조하며, 과제를 잘 수행하라고 독려하는 내용이 주축을 이루는데, 그러한 증서에서는 나라를 대표하는 관료가 갖추어야 할 덕목으로 투철한 애국심과 애민정신을 강조하고 있음을 볼 수 있다.

국제적인 소요를 진정시키는 사신의 업무도 중요하지만, 그보다 시급한 것은 전란(戰亂)의 폐해와 관리들의 폭정(暴政)으로 인해 고통받는 백성들의 삶을 추스르는 일이었다. 현주는 관계(官界)에 진출한 36세 이후로 20년이 훌쩍 넘는 세월 동안 내·외의 여러 관직

---

1) 『玄洲集』, 권10, 「贈告急使洪樂夫[命元]序」. "氷橫北陸, 窮陰乘獻歲之期; 星泛西垣, 行子起離親之恨. 事殊秦庭之哭, 勢逼魯境之危. 夫以驕虜憑凌, 何代無之; 朝家羞辱, 至此極矣. 雖復張中丞之死戰, 出於至誠; 李少卿之生降, 歸於賣國. 何況讎吾父母, 尙忍共天而生? 咶我君臣, 敢售他日之計; 聲言寬奠, 陽滋邊上之疑. 覘覦昌州, 陰圖城下之怯; 夷情若彼, 誰可奏乎皇扉? 臣節無他, 爾宜登夫天路."

을 역임하면서 관료들이 맡은 역할의 중요성을 절감하였다.

우리나라에 호남(湖南)이 있는 것은 중국에 강남(江南)이 있는 것과
같을 뿐만이 아니어서, 이곳 덕분에 문물이 200여 년 동안 번화하였습
니다. 그러나 임진년(1592)과 정유년(1597)의 전란에 처음 심한 피해
를 입고, 계묘년(1603)과 갑신년(1604)의 기아(飢餓)에 다시금 피폐
해졌으며, 고을 수령의 포악한 정사에 거듭 궁핍해졌으니, 마침내 지극
한 혼란에 이른 것은 다만 전쟁·흉년·가렴주구가 서로 이어졌기 때문
만이 아닙니다. 이 어찌 풍속을 살피고 출척(黜陟)의 책임을 맡은 자가
자리에 걸맞는 사람이 아니어서 그렇게 만든 것이 아니겠습니까?[2]

윗글은 1610년(광해군 2, 현주 나이 39세) 전라도 감사로 가게 된[3]
윤휘[尹暉, 1571~1644]에게 준 「증호남방백윤정춘[휘]서(贈湖南方伯尹
靜春[暉]序)」의 일부이다. 첫머리에서 호남의 유리한 지형은 우리나
라가 부강과 문물의 번화를 이룰 수 있게 하였으니, 호남은 중국
강남의 의미 이상으로 긴요한 지역이라고 하였다. 그런데도 수차례
의 전란과 수령의 포악한 정사로 호남은 피폐해지고 말았다. 호남
의 피폐해진 문물과 실추된 풍속의 원인이 전란과 흉년, 가렴주구
에 있기도 하였지만 가장 큰 이유는 풍속을 살피고 출척(黜陟)의 책

---

2) 『玄洲集』, 권15, 「贈湖南方伯尹靜春[暉]序」, "我國之有湖南, 不啻若中國之有江
南也, 賴此而文物繁華二百有餘載. 而始剗於壬丁之亂, 再爛於癸甲之饑, 重困累
瘁於守宰剝割之政, 竟至於凋瘵板蕩之極者, 非唯兵戎惡歲聚斂之者相乘, 豈觀
風察俗, 任黜陟之責者匪人而有以致之耶?"

3) 『光海君日記』, 권27, 광해군 2년(1610) 윤3월 22일 기사.

임을 맡은 자가 그 자리에 걸맞은 사람이 아니었기 때문이라고 한
다. 이처럼 현주는 국가와 민생을 안정시키는 핵심적 역할이 위정
자에게 주어졌다고 판단하였다.

　　손바닥처럼 평평한 들판에 풀이 자리처럼 깔려 있고, 중간엔 시내 하
나 좌우엔 산으로 둘러 있네. 짙은 노을 바스러져 나지막이 떠 있고,
아침 해가 산에 떠오르자 꾀꼬리 울어대네. 누런 머리에 푸른 옷 입은
저 아이는 누구인가? 소 등 위에서 졸면서 다리를 지나가고, 소를 몰아
가며 풀 씹고 물 마시네. 들판의 봄 정경 피리로 연주하느라 집이 어디
인가 물어도 답이 없네. …… 아! 네 소는 순박하고 다 자라서 일생의
고락(苦樂)에도 너 목동에게 대답하길 음매 하고 크게 울부짖을 뿐. 온
순한 뿔과 촉촉한 귀로 목에 달린 노란 종을 어지러이 흔드네. 아침에
끌려 나와 저녁에 들어가니 산 남쪽 시내 북쪽으로 간 것이 몇 번이던
가? 수고롭게도 너는 소를 날마다 키우고 또 키우니 언덕과 습지를 오
르내리고 문득 또 밭 사잇길을 왕래하네. 어느 곳인들 향기로운 풀이
없겠는가마는 다시 어찌하여 서쪽 들판으로 가는가? 언덕의 구름 검어
지자 밤이 깊어 한 보지락의 비 내리고, 아침 빛이 노을을 토해내자 5리
10리가 안개로 쌓였네. 왕손(王孫)은 유람을 떠나 돌아오지도 않았는
데 절로 봄빛은 아름다운 물가에 가득하네. 너는 이에 둑에 오르라 소리
치고 연기로 들어가라 채찍질하며 시내 따라 읊조리고 언덕을 건너며
잠을 자네. 날이 개면 소매 휘날리고 비가 오면 삿갓 도롱이 쓰고선 저
물녘에 대피리 불고 저물녘에 호드기 부네. 때로는 무리 지어 다니다
시내 건너편에서 소를 부르고, 또 비낀 바람에 두세 곡조 노래 부르네.
…… 나 또한 소가 있으니 밭에서 일하며 수레에 짐을 싣고 끄네. 그러
나 소가 목이 말라도 마시게 할 물이 없고 소가 주려도 먹일 꼴이 없어서
발굽은 닳고 목소리는 노쇠하며 수척하여 뼈가 드러났거늘, 아침저녁으

로 채찍질하고 소리치고 또 호통치네. 어찌하면 이 그림 속으로 끌고
들어가 무성한 풀을 향해 너처럼 소를 키울까? 목동이여, 목동이여!
나에게 그림 어루만지며 부질없이 탄식하게 만드는구나.[4]

위의 글은 소를 방목하는 봄녘 들판 그림에 대해 읊은 「춘교목우
도부(春郊牧牛圖賦)」이니, 화폭의 묘사와 감상으로 이루어진 전반부
와 현주의 사색을 담은 후반부로 구성된다. 글의 첫머리는 그림 속
의 고즈넉한 모습에 대한 묘사로 시작된다. 봄빛 찬란한 가운데 드
넓게 펼쳐진 초록 평야와 그 속에서 유유자적하게 노니는 살진 소
와 목동의 한가로운 정경에서 봄날의 여유와 고즈넉함을 느낄 수
있다. 목동과 소가 한데 어우러진 광경을 그리는 필치에서 전원에
서의 여유를 동경하는 현주의 시선이 느껴진다. 곧이어 춘교목우도
(春郊牧牛圖)를 바라보던 현주는 화폭의 광경을 바탕으로 깊은 사색
에 빠져든다. 현주는 자신에게도 기르는 소가 있다고 하였다. 그러
나 자신의 소는 뼈가 드러날 정도로 메마르고 쇠약하기 때문에 그
림 속의 살진 소와는 상반된 모습이다. 그리고 소를 키우는 자신은

---

4) 『玄洲集』, 권15, 「春郊牧牛圖賦」. "郊如掌草似茵, 中一川左右山. 濃霞破兮浮未
高, 暾上岑兮鶬鶊鳴. 彼誰子髮黃而衣靑兮, 睡牛背兮過橋行, 驅且行兮齕復飮.
管一郊之春色, 家何在兮問不言. …… 嗟爾牛旣朴而旣苶兮, 一生苦樂兮, 唯爾童
牟然吼. 角戢而耳濕, 紛滿眶之黃鍾. 朝牽出兮暮驅入, 幾山南又水北? 勞爾之日
牧而又牧兮, 之原隔忽又阡陌. 何所獨無芳草, 更胡爲兮西郊? 方其隴雲潑墨, 夜
雨深兮一犁; 朝光吐焰, 霧五里而十里. 王孫遊兮去無來, 自春色兮滿芳沚. 爾乃
叱上堤鞭入煙, 沿澗吟度隴眠. 晴襏裰雨笠蓑, 黃昏笛夕陽笳. 時逐隊兮隔溪呼,
又斜風兮三兩歌. …… 余亦有牛兮, 服田而服箱兮. 渴無水飮兮飢不芻, 蹄穿領蒼
兮瘦到骨. 朝鞭暮筴兮呵又叱. 安得牽之入此圖兮, 向豐草兮共爾牧? 牧童兮牧童
兮, 使我手撫兮空歎息."

시름없이 노니는 목동과 달리, 소에게 먹일 풀과 물이 없기에 곤궁한 처지이다. 떼거리는 주지도 않고 소를 부려야 하는 처연한 심정과 소에게 풀을 마음껏 먹이고픈 바람에 현주는 차라리 그림 속으로 들어갔으면 좋겠다는 부질없는 소망을 품게 된다.

현주는 그림 속 목우(牧牛)의 평화로운 정경을 바라보며, 피폐한 민생(民生)을 보듬고 윤택하게 해주지 못하는 자신의 무능에 대해 자책한다. '목우(牧牛)'의 정경에 대한 동경이 '목민(牧民)'의 책무로 이어진 순간에서, 현주가 목민관으로서 지닌 고민과 애환의 깊이를 느낄 수 있다.

피폐한 백성들의 삶을 가련히 여기고 구제의 책무를 자임한 현주의 생각은 다음의 시에서도 발견된다.

겨울신 전욱(顓頊)이 겨울을 재촉해	老頊促羲軿
북방엔 맹추위가 기승을 부리네	北陸揚玄武
갈라진 산자락엔 얼어붙은 강물이 펼쳐져 있고	山裂洪河凝
낙수 홈통엔 얼음 기둥 매달렸네	瓦溝懸冰柱
차가운 연못은 숨은 용이 넘어진 듯	寒淵倒蟄龍
눈 쌓인 도랑은 곤궁한 호랑이 쓰러진 듯	雪竇僵窮虎
만물은 활기를 잃어버리고	物類息生意
새싹은 전역에서 움츠러들었네	萌芽縮九土
온 세상이 모두 추위를 호소하며	擧世盡呼寒
"아, 살아가기 괴롭다!"하네	嗟爾爲生苦
나에게 짧다란 솜이불이 있으나	我有一弓綿
무슨 수로 온 세상 덮어주랴	何由被寰宇

나에게 한 홀(笏)의 무소뿔이 있으나	我有一笏犀
무슨 수로 만민을 따뜻하게 데워주랴	何由暖萬戶
도리어 바라노니, 기운 하나를 부채질하여	却願煽一氣
그윽한 골짜기에 따뜻한 봄기운 돌게 했으면	幽谷回春煦
찬란히 빛나는 양덕(陽德)을 베풀어	熙熙布陽德
지극한 은택 만백성에게 무젖게 했으면	至澤沾率普5)

위의 시는 추위에 괴로워하는 민생의 고통을 형상화한 5언 고시 「고한행(苦寒行)」두 번째 수이다. 1~10구에서는 전역에 퍼져 있는 맹렬한 추위와 그로 인해 생기를 잃어버린 만물의 모습을 형용한 다. 추운 겨울, 주위를 둘러보니 산하(山河)는 얼어붙고 인가에도 얼 음이 서렸다. 혹독한 추위에 온 세상은 괴로움을 호소하니, 이는 이 땅을 살아가는 만물의 아우성이자 백성들의 절규이다. 그중 눈 으로 뒤덮이고 얼어붙은 주변 경물의 활기 없는 모습을 '숨은 용이 넘어진 듯[倒蟄龍]' '곤궁한 호랑이 쓰러진 듯[僵窮虎]' 등의 기발한 표현으로 풀어낸 5~6구의 표현이 특히나 인상적이다. 11구부터는 매서운 추위로 고통받는 세상을 보듬고자 하는 자신의 염원을 읊었 다. '온 세상을 덮어주고' '만민을 따뜻하게 하게' 해주고 싶지만, 그가 가진 것이라곤 '짧다란 솜이불 하나'와 '무소뿔 홀 하나'가 전 부다. 가진 힘이 부족하여 온 세상 만민을 덮어주기에는 역부족이 지만 따뜻한 기운을 되돌려 만백성을 생육시키고자 하는 마음만큼 은 누구보다 크고 간절하다.

---

5)『玄洲集』, 권1, 「苦寒行」其二.

민생의 고달픈 사정을 바라보는 애처로운 시선과 자신의 힘이 백성에게 고루 미치지 못함에 대한 아쉬움의 토로에서 현주의 애민 의식을 살필 수 있다. 특히 그의 시에서 추위로 인한 만물의 고달픈 정상을 형상화한 뛰어난 표현력은 현주의 애민 의식을 더욱 빛내주는 문학적 요소가 된다.

백성을 인정(仁政)으로 품으려는 어진 관리로서의 면모는 시문에서뿐만이 아니라 현주의 여러 행적에서도 나타난다. 1620년[광해군 12, 현주나이 49세] 5월에 좌부승지로서 흉포한 정사를 펼치는 도감과 관청의 만행을 고발하고, 전옥서(典獄署)에 갇힌 죄수들을 석방해줄 것을 청하여 인정(仁政)을 펼칠 것을 주장한 일,[6] 1627년(인조 5, 현주나이 56세)에 회양부 백성들이 선정비(善政碑)를 세운 일 등에서 민생의 안정과 민심의 수습에 애쓴 그의 노력을 살필 수 있다. 오랜 세월 관직 생활을 하면서 국가의 치란(治亂)과 민생의 안정을 위해 여러모로 방도를 강구한 현주는 수편의 글을 통해 관리로서의 마음가짐을 다잡는 동시에 주변인들에게도 살뜰히 당부를 남겼다.

끝이 없는 호남의 경계	頟頟湖界
경내(境內)가 천리를 넘네	疆逾千里
섬의 도적이 갑자기 창궐하여	島寇猝猘
남은 백성들 상처 입고 코 베이고	餘黎瘡劓
포악한 오랑캐가 연이어 두려운 기세로 설쳐	暴夷踵恇

6) 『光海君日記』, 광해 12년 5월 13일 기사.

악독하게 잡아다 목숨을 앗아가네	毒逋徵斃
수많은 고을의 사람들은	多州多縣
날마다 지치고 고달파지니	日就凋僝
이는 실로 지방의 수령들이	良由疆伯
포폄의 의리를 밝히지 않아서이네	不明褒斥
이에 공을 선발하여	玆擢我公
수령직을 하사하셨네	岳牧攸錫
호남 백성들 오물거리던 입을 멈추고	南口罷喁
어미를 올려다보며 젖을 찾는 듯	仰乳于母
눈물을 닦고 찡그린 얼굴을 펴고는	收涕息顰
집안에서 웃으며 장난치겠지	笑謔欄戶
간신은 달아나고 탐관오리는 제거되어	奸遁蠹祛
탐욕의 정사를 개혁하고 청렴을 사모하리라	革饕慕潔
공은 떠나길 지체하지 말아서	公去勿遲
굶주림과 목마름으로 고통받는 이들에게	苦飢苦渴
음식을 먹이고 젖을 주어	以哺以乳
눈 치켜뜬 우리 백성 살려주시게	活我橫目
공은 돌아오길 지체하지 말아서	公來勿遲
공정한 저울과 정권(政權)으로	有銓有樞
이끌어주고 장악하여	以提以握
우리 왕정(王政)을 도와주시게	贊我洪猷
공이 오고 공이 떠남이	公來公去
행복이 되고 불행이 되니	是休是戚
부디 떠나고 오기를	去兮來兮
지체하거나 서두르지 마시게	勿遲而速[7]

위의 시는 현주가 1610년[광해군 2] 전라도 감사로 나간 윤휘[尹暉: 1571~1644]에게 써준 것이다. 1~10구에서는 현재의 상황을 축약적으로 제시한다. 즉 전라도 전역이 왜적의 침입으로 피폐해졌으며, 그 민생의 어려움이 수령들의 잘못된 정사에서 비롯된 것이라고 진단한다. 11~18구에서는 윤휘가 전라도에 부임하면 훌륭한 정사를 펴서 전라도 백성들을 안정시킬 것이라는 기대를 내비친다. 배고픈 아이에게 젖을 물리듯 백성들의 기갈(飢渴)을 채워 그들을 살지우고 민생의 질고를 펴 근심을 덜어줄 것이며, 또 탐관오리를 척결하여 청렴한 정사를 펼 것이라 말한다. 19~30구에서는 윤휘에게 어서 가서 백성들의 아픔을 어루만지고 피폐해진 그들의 삶을 보듬어주라고 권면한다. 그리고 공정한 잣대로 그들을 인도하여 왕정(王政)을 도우라는 경계도 잊지 않는다.

이처럼 현주는 전쟁으로 피폐해진 민생을 바라보며 안타까운 심정을 금치 못했고, 그들의 고초를 구제하고 혁신할 책무를 관료의 소임으로 돌리며 당부의 말을 아끼지 않았다. 민생에 대해 가진 각별한 애정과 관심은 지방 수령으로 나가는 지인들에게 써준 증서(贈序)에서 더욱 잘 드러나는데, 수편의 증서에서 수령의 선정(善政)을 기원하는 메시지를 담고 있다.

나는 공의 선친의 시에 대해 느낀 바가 있었다. 그 운(韻)은 맑으면서 높고 그 격(格)은 조화롭고 엄하며 그 사(詞)는 담박하고 아름답다. 그

---

7) 『玄洲集』, 권15, 「贈湖南方伯尹靜春[暉]序」.

것을 읽으면 사람을 흥기시켜서 감발하고 징계하는 단서를 성대하게 갖추었으니, 천성에서 터득하여 신명에 합한 것이 아니라면 그것이 가능하겠는가? 진실로 당시(唐詩) 이후의 드문 소리이기에 나는 일찍이 무릎을 치며 다음과 같이 탄복하였다. "시운(詩韻)이 맑고 높은 것은 아(雅)이고, 시격(詩格)이 조화롭고 엄한 것은 전(典)이며, 담박하고도 아름다운 것은 질(質)과 문(文)이 걸맞음이다. 정사(政事)에 종사하는 사람이 만일 고죽(孤竹) 공이 시에서 얻은 것을 시행한다면 또한 거의 다스려지는 데 가까울 것이다."[8]

위의 글은 현주가 최연기(崔燕岐)에게 써준 「증최연기서(贈崔燕岐序)」의 앞부분이다. 현주는 최연기의 정사를 칭찬하고 선정을 베풀기를 권하면서, 그의 선친인 고죽(孤竹) 최경창(崔慶昌)의 시에 드러난 전아(典雅)함을 먼저 서술하였다. 현주는 최경창의 시에 대해 '운(韻)은 청고(淸高)하고, 격(格)은 화엄(和嚴)하며, 사(詞)는 담화(淡華)하다'라고 평하였다. 이러한 시의 전아(典雅)함과 문질(文質)의 조화로움은 최경창의 내면에서 발현되어 독자로 하여금 '감발징창(感發懲創)'하는 단서를 갖게 만든다고 한다. 선친이 내면의 덕성에서 말미암아 타인을 격발시키는 시를 썼듯이, 최연기(崔燕岐) 역시 내면의 전아함을 가꾸고 외면의 정사로 실현하여 백성들을 흥기시키라

---

8) 『玄洲集』, 권15, 「贈崔燕岐序」. "吾於公之先大夫之詩, 有所感矣. 其韻淸而高, 其格和而嚴, 其詞淡而華, 讀之使人興起, 藹然有感發懲創之端, 非得乎天而合於神者, 其能之乎? 信唐後之希音也. 嘗擊節歎曰: '淸高者, 雅也; 和嚴者, 典也; 淡而華者, 質文稱也. 人之從是從政者, 苟以孤竹公之得於詩者施之, 則其亦庶乎其近矣.'"

는 것이다. 이처럼 충실하게 가꾸어진 내면의 아름다움이 훌륭한
정사로 발현된다는 생각은 현주의 지론이었다.

> 내면에서 발현되어 외면에 드러나는 것으로는 정치보다 민감한 것이
> 없다. 위정자의 내면이 바르면 정치가 바르게 되고, 내면이 바르지 않으
> 면 정치가 바를 수 없다. 그러므로 나는 그대의 정치에 대해 흠잡을 수
> 없다. 어째서인가? 올바른 마음으로 올바른 학문을 질정한다면 발현되
> 는 것이 바르지 않음이 없어서 정치가 저절로 시행될 것이기 때문이다.
> 　지금의 이른바 정치란 것은 이와 반대여서 발현된 것은 바르지 않으
> 면서 혹독하게 감독하고 또 따라서 심하게 형벌을 주니, 어찌 백성이
> 흩어지지 않겠으며 고을이 텅비지 않겠는가?[9)]

　위의 글은 괴산(槐山)으로 부임하는 오숙[吳翻, 1592~1634]에게 내
면의 중정(中正)에서 우러나오는 바른 정치를 하도록 권면한 「증오
괴산[숙]서(贈吳槐山[翻]序)」의 앞부분이다. 내면에서 말미암아 외면
으로 노정되는 것이 '정사(政事)'이니, 치인(治人)의 정사를 행하는
관료로서 개인의 내면 수양은 필수적인 과제라고 한다. 그러나 지
금은 위정자의 개인 수양이 이루어지지 않은 채 정사를 펴서 학정
(虐政)이 자행되므로, 백성이 이산(離散)하여 고을에 사람이 없다는
것이다.

---

9) 『玄洲集』, 권15, 「贈吳槐山[翻]序」. "發於中而著於外者, 莫敏乎政. 其中正, 則其
政無不正; 其中不正, 則其政不得正. 然則吾於子之政, 無間然矣. 何者? 以其所
正乎心者, 質諸所學之正, 則其發者無不正, 而政自擧矣. 今之所謂政者反是, 所
發者非其正, 而以之程督刻酷, 又從而刑暴之, 幾何其民不散而邑不虛耶?"

이처럼 현주는 위정자의 내면 수양을 선정(善政)을 베풀기 위한 가장 기본적인 단계로 파악하고 중시하였다. 그가 증서문(贈序文)에서 정치의 기술을 전수하거나 공훈의 축적을 기원하기보다는 치자(治者)의 수양을 강조하는 데 충실했던 것은 목민관의 자질과 내면을 그만큼 중시했기 때문이었다. 내면의 수양을 개인적 수신이자 선정을 베푸는 바탕으로서 파악하였던 것이다. 수안군(遂安郡)으로 부임하는 벗 홍서익[洪瑞翼, 1572~1623]에게 준 글에서 그의 충효개제(忠孝愷悌)한 품성이 목민관의 근본적 자질임을 주장한 것[10] 역시 같은 맥락으로 이해할 수 있다. 이에 현주는 목민관들이 효제충신의 유가 이념을 체득하는 일을 매우 중요하게 생각하였다.

「송박백원부단주서(送朴百源赴端州序)」는 1612년[광해군 4, 현주 나이 41세]에 단천 군수(端川郡守)로 부임하는 박효성[朴孝誠, 1568~1617]을 전송하며 지어준 글이다. 증서의 첫머리에서 단천(端川)은 백금·구슬·푸른 옥 등 보화의 생산지로 유명하지만 아이러니하게도 그것 때문에 단천의 백성들과 관리들은 핍박당하고 주벌당한다고 말한다. 그리하여 보화가 모일수록 단천의 백성은 흩어지고, 온 세상 사람들이 보화를 소유해도 정작 단천 사람들은 가지지 못한다고 한다. 이에 현주는 백성을 버리고 보화를 취했던 전임 관리들의 어리석음을 질타하면서 단천을 다스릴 방도를 제시한다.

충(忠)을 백성에게 권장하고 효(孝)를 백성에게 힘쓰게 하며 청렴 정

---

10) 『玄洲集』, 권15, 「送洪翼之[瑞翼]赴遂安郡序」. "忠孝愷悌, 其臨民之本歟!"

직과 화락함으로 그들을 보호하고 사랑한다면, 백성들이 "우리 임금의 보배는 황금과 구슬이 아니라 충과 효이다."라 하고, "우리 임금의 보배는 옥돌이 아니라 굳고 청렴 정직과 화락함이다."라고 할 것이다. 그러고는 드디어 서로 더불어 산에서 황금을 거절하고 못에 구슬을 던지고는 충효와 청렴 정직·화락함을 서로 따르지 않는 이가 없을 것이며, 옛날에 흩어진 이들이 이에 모이고 옛날에 모였던 자들이 이에 흩어질 것이다. 다만 단천의 백성들만 그럴 뿐만 아니라 이웃과 온 세상이 본받아 함께하여 충효를 보배로 삼고 황금과 구슬을 하찮게 여길 것이니 그 시작은 지금부터이다. 우리나라의 충효와 청렴 정직과 화락함을 일컫는 이들이 반드시 "단천, 단천!" 할 것이니, 단천이 우리나라에서 유명한 것은 황금과 구슬이 아니라 충효가 될 것이다. 황금과 구슬을 충효로 바꾸는 일은 아마도 오늘날에 달린 것이 아니겠으며, 또한 충효·청렴 정직·화락함을 권장하는 일은 그대의 사업이 아니겠는가? 아! 힘쓸지어다![11]

박효성(朴孝誠)이 단천의 수령으로 가서 충(忠)으로 백성을 권면하고 효(孝)로 백성을 격려하며 개결(介潔)과 화락으로 그들을 보호하고 사랑한다면, 단천이 보주(寶珠)보다는 충효(忠孝)와 염개(廉介)로 이름난 고을이 될 것이라 격려하였다. 훌륭한 금은보화가 어진 풍

---

11) 『玄洲集』, 권15, 「送朴百源[說]赴端州序」. "以其忠而勸其民, 以其孝而礪其民, 以廉介愷悌而保慈之, 則民將曰: '吾侯之寶, 非金珠也, 乃忠孝也; 吾侯之寶, 非琳珉也, 乃廉介愷悌也.' 遂相與抵金於山, 投珠於淵, 莫不以忠孝廉介愷悌焉相率, 而昔之散之者, 於是乎聚; 昔之聚之者, 於是乎散. 非特端之民爲然也, 將隣比舉世, 莫不效而匹之. 寶忠孝而泥金珠, 其始自今. 稱吾東之忠孝廉介愷悌者, 必皆曰: '端州端州', 則端之名吾東, 不金珠而忠孝矣. 以金珠而易忠孝, 其不在於今日, 而抑忠孝廉介愷悌, 非吾友之事歟! 噫! 勉乎哉!"

속보다 못함을 힘주어 주장한 이 글은 아마도 단천에 부임하는 박
효성에게는 소중한 지침이 되었을 것이다. 각 지방의 특성과 치화
(治化)의 주안점을 간파하여, 부임하는 이에게 인정(仁政)의 방도를
구체적으로 제시한 것이다.

　현주가 지방관들에게 특히 강조한 것은 유가 이념의 실천이었다.

　　호남과 영남은 우리나라에 근간이 되는데, 영남의 크기는 호남의 두
　배이며 토지가 좋고 기름질 뿐만 아니라 백성과 물자도 풍부하다. 바다
　가 왼쪽으로 빠지고 높은 산이 사방을 둘러싸, 대나무 화살·귤·유자
　·가죽·금·주석이 생산된다. 이름난 도시와 큰 고을이 그 가운데 아
　름답게 포진되어 있고 세속 풍습이 순수하고 점잖으니, 신라 때 박혁거
　세 왕의 유풍이 남아 있기 때문이다. 글방·학교·서원·향교가 경내
　에 서로 이어지고 도를 지키는 장성한 선비들이 이따금 배출되니, 선현
　들의 풍화가 남아 있기 때문이다. 이것이 바로 영남이 나라의 근간이
　되는 까닭이고 나라가 나라다울 수 있는 이유이다. 비록 그렇지만 반드
　시 왕명을 받들어 풍속을 살피는 일은 합당한 인물을 얻은 후에야 그
　풍화를 순미(純美)하게 지키고 그 근간을 공고히 할 수 있다. 내 새로운
　관찰사의 행차에 다음의 세 가지로 면려한다. "충효를 높여 유학을 도와
　야 하니, 이는 무너진 시속을 진작시키는 일이 아니겠는가?" "관소(館
　所)에서 쓸데없는 소비를 줄이고 간교함을 살펴 거짓을 없애버려야 하
　니, 이는 주변의 방비를 보충하는 일이 아니겠는가?" "창고를 열어 굶주
　린 이를 구휼하기를 성화(星火)보다 급하게 해야 하니, 이는 떠도는 백
　성을 구제하고 살리는 것이 아니겠는가?" 그리하여 숨어 있는 좀벌레를
　몰아내고 결백함과 엄중함을 숭상한다면 영남의 풍화는 순수하고 아름
　다워질 것이니, 그 근간을 공고히 하고 왕명을 받들어 풍속을 살피는

이의 책무도 여기에서 벗어나지 않을 것이다. 그렇다면, 내가 관찰사의 책무를 면려하는 것 또한 그를 면려하는 책무를 얻어서인가? 아! 힘쓸지어다!12)

위의 글은 「증영남방백서(贈嶺南方伯序)」이다. 여기서는 지형과 물자 생산 등 여러 측면에서 영남의 중요성을 먼저 제시하고, 순수한 풍습과 선현들의 유풍(遺風)이 남아있어 영남은 나라의 근간이 되고 나라를 성립시키는 본거지가 된다고 하였다. 그러나 쇠미해진 영남의 풍속을 순미(淳美)하게 만들고 무너진 근간을 공고히 하려면, 세 가지 임무를 충실히 해야 한다고 하였다. 그것은 '충효를 높여 유학을 도울 것', '관소(館所)에서 쓸 데 없는 소비를 줄이고 거짓을 없앨 것', '창고를 열어 굶주린 이를 구휼할 것'의 세 가지이다.

현주는 쇠미해진 풍속을 진작시키기 위해서 충효(忠孝)의 유가 이념을 중시하였고 목민관이 청렴한 생활을 하여 몸소 모범을 보여야 함을 제시하였으며, 백성을 사랑하는 마음으로 굶어죽는 백성이 없도록 유의해야 한다고 당부하였다. 이처럼 현주는 위정자의 유가적

---

12) 『玄洲集』, 권15, 「贈嶺南方伯序」. "湖嶺於國爲根基, 而嶺之大倍之, 非唯地右土爽, 民物之股充也. 洋海左汨, 崇山四環, 竹箭·橘柚·皮革·金錫產焉. 名都鉅邑, 繡錯棋布於中, 而俗習純愨, 有新羅赫居氏之遺風焉. 嘗庠院校, 相望於境, 而莊脩守道之士, 往往出焉, 有前修先哲之遺化焉. 玆所以爲根爲基而國能爲國也. 雖然, 必須承宣觀察者得其人, 然後乃可淳美其風化, 而鞏固其根基也. 余於新按使之行也. 勉之以三款曰: "崇忠孝而右斯文, 玆非振其頹波歟?; 省浮費於夷館, 察姦壞機, 玆非繕其邊圉歟?; 發困賑飢, 急於星火, 非所以濟活流穴歟?"以之而黜贓蠹而尙廉峭, 則其爲風化淳且美, 而其爲鞏固根基, 得承宣觀察之責者, 不外是矣. 然則余之勉按使之責者, 亦得其勉之之責耶? 吁! 其勉之哉!"

(儒家的) 치도(治道)와 애민정신을 강조하였다. 유가적 치세관을 견지하고 있었던 현주에게 유가 이념의 실천과 유학 부흥을 위한 노력이 수령의 중대한 임무로 여겨졌음은 물론이다.

현주는 사대부로서 시대적 책임을 통감하고 관료로서 맡은 책무에 소홀하지 않기 위해 자신을 다잡았으며, 주변의 관료들에게 애국심과 애민의식을 환기시킴으로써 임무의 완수를 독려하였다. 각 지방으로 부임하는 이들의 인격과 자질을 칭송하여 격려의 뜻을 표하였을 뿐만 아니라 자신도 선정을 베푸는 관리가 되고자 노력하였다. 본인은 회양 부사를 지내면서 회양 백성들로부터 청백(淸白)의 정사(政事)로 칭송받은 훌륭한 목민관이었으니,[13] 이안눌(李安訥)은 이러한 현주의 치적을 시로 찬양한 바 있다.[14] 이식(李植) 역시 현주의 관리로서의 능력을 칭송하여 "타고난 성품이 남보다 뛰어나 문무(文武)의 재주와 지략을 갖추었다. 하읍(下邑)에서 드물게 펼친 관리로서의 능력은 찬란히 장창(張敞)·조광한(趙廣漢)·공수(龔遂)·황패(黃霸)의 풍모가 있었으니, 문장에서 발휘된 것은 대개 근본한 바가 있었다."[15]라고 하였다. 민생에 대한 막중한 책임의식과 목민관으로서의 애민의식을 바탕으로 관료의 역할을 강조한 글들

---

13) 현주가 56세(1627년, 인조 5)에 회양 부사를 역임했을 당시, 승정원 승지에 제수되었으나 사양하고 돌아오자 회양부 백성들이 비석을 세워 현주의 선정(善政)을 칭송한 일이 있다.

14) 『東岳集』, 권19, 「淮陽府舍 有懷趙參議善述 用板上舊題韻」. "詩伯今歸白玉樓, 碧紗籠句不勝愁. 鐵碑三尺淮陽路, 一府淸名萬古流."

15) 『澤堂集』別集, 권5, 「玄洲遺稿序」. "天稟絶人, 有文武材略. 其吏能之少試於下邑者, 焯然有張趙襲黃之風, 其發於文章者, 蓋有所本."

에서는 그의 유가적 치세관을 확인할 수 있다.

2. 인재 등용의 중요성 강조[16]

　임진왜란으로 피폐해진 조선의 국정(國政)을 정비하고 사회 곳곳
의 문제를 개선해 민생의 안정을 도모하기 위해서는 유능한 인재의
등용이 무엇보다 절실히 요구되었다. 그러나 기득권을 잃지 않으려
는 권간(權奸)들의 실력 행사로 인하여 그들의 이해에 영합하지 않
는 유파의 인재들은 거용되지 않는 것이 현실이었다.[17] 이에 현주
는 외척과 대북파 등 권간들의 횡포에 반감과 우려를 표하는 동시
에 수편의 글을 통해 인재 등용의 불합리를 고발하려 애썼다.

---

16) 필자는 졸고, 「조선중기 서인계 문인의 정치적 불만과 문학적 대응 - 玄洲 趙纘韓
　　의 경우 -」(『동방한문학』 63, 2015.)에서 조찬한이 인재 등용의 중요성을 거론한
　　작품들을 고찰한 바 있다.
17) 당시 동인(북인)은 공공연히 성혼·이이의 문인의 진출을 막는 분위기였으니 허균
　　의 글에서 이러한 정황을 살필 수 있다. (『惺所覆瓿稿』, 권9, 「上完城第二書」.
　　"西人之扶松江, 亦各守渠所見, 本不可盡非. 至於成·李門人, 滯才甚多. 官爵是
　　國家公器, 而天地四時, 亦有循環, 詎可專授一邊人, 使賢才虛老於下僚耶? 若此
　　不止, 則恐乖上天生才之仁, 而國非其國也.") 또 조선 중기에 인재의 거용은 당파
　　의 알력이나 뇌물 수수에 의해 이루어진 경우가 많았고, 그것은 광해군 조에 특히
　　심했다. 광해군 조에는 관직을 임명하는 이들이 뇌물의 많고 적음을 통해 관직을
　　주어 중앙과 지방의 벼슬이 공정한 방법에 따라 이루어진 것이 하나도 없었다.
　　광해군 역시 은이 많고 적음을 보아 벼슬 품계를 내려, 뇌물을 바치고 관직을 얻는
　　이들을 풍자해 '잡채 판서' '산삼 정승'이라는 말이 떠돌 정도였다고 한다. (『燃藜室
　　記述』, 권21, 「光海亂政」.)

억지로 빚으면 진실로 자연스러움을 잃게 되니	釀性苟失天
신풍(新豐) 땅 술은 취할 바가 못 되네	新豐非所取
진하게 농익어야 참된 맛을 얻을 수 있으니	濃烈苟得眞
구석진 골목이라고 처지는 것은 아니네	曲巷非所後
맛을 취할 뿐 명성을 취하지 않으니	取味不取名
그래서 마음과 입을 기쁘게 하네	所以悅心口
술을 취할 때만 그런 것이 아니라	不獨取酒然
인사를 등용함도 구차해선 안 되네	取士亦難苟
높은 가문이라고 좋은 법 없거니와	高門不必姸
누추한 거리라고 미운 법 없네	陋巷不必醜
구석진 거리의 술 또한 맛이 좋으며	曲巷酒亦美
누추한 거리의 선비도 지키는 바가 있네	陋巷士有守
원컨대 술을 취하는 법도를 가져와	願得取酒規
선비를 등용하는 손에 놓아 두라	置諸取士手
좋은 술에 대한 시를 취해 읊으니	醉歌美酒詩
누가 조정대신을 풍자할 수 있으랴	疇能諷朝右[18]

　위의 시는 과제(課製)로 지어진 5언 고시 「미주무곡항(美酒無曲巷)」
의 일부분이니, 인재를 등용하는 일을 훌륭한 술을 취하는 일에 빗
대어 읊고 있다. 첫머리에서는 억지로 빚어낸 술이 자연스러움 맛
을 잃듯 인재 역시 억지로 등용해서는 안 된다고 한다. 그리고 진하
게 농익은 술을 구석진 골목에서 찾을 수 있듯이, 훌륭한 인재 역시
빈한한 가문에서 존재할 수 있음을 말한다. '구석진 골목집이라고

---

18)『玄洲集』, 권1, 「美酒無曲巷」.

좋은 술이 없겠는가[美酒無曲巷]'라는 제목이 말해주듯 누항(陋巷)에도 인재가 있다는 것이다.

　인재를 등용할 때에는 높은 가문 출신이나 명성이 높은 이들이 추천하는 인물을 골라서는 안 되며, 술을 고를 때 '이름'을 보지 않고 '맛'을 보듯 인재의 거용에 출신 성분이나 명성 같은 배경에 주목하지 말고 당사자의 능력을 살펴보라는 것이다. '좋은 술에 대한 시를 취해 읊으니 누가 이것으로 능히 조정의 대신을 풍자할 수 있으랴'라고 한 말구의 물음은 출신 성분이나 명성, 뇌물, 당파의 이해를 기준으로 인재를 등용하는 현실에 대해 풍자하는 시의 취지를 직접적으로 드러낸다. 인재 거용의 불합리에 대한 현주의 불만이 '능력'을 기준으로 한 공정한 인재 등용에 대한 염원으로 이어진 것이다.

　　좁은 길이 하늘 높이 뻗쳐 있고 돌이 뾰족뾰족하니 원숭이도 올라가지 않는 길을 사람이 오르며 두려워하네. 검은 곰 붉은 표범도 발을 싸매고 숨을 헐떡이며, 지나가는 비와 떠다니는 구름도 산중턱에서 시름겨워하는데, 저 누가 수레를 몰아 소금을 싣고 가는가? 앞으로 나가지 않는 말을 채찍질하여 수레가 뒤집어지려 하니, 아! 너 말은 어찌 여기에 오게 되었는가? 검은 갈기가 비록 누렇지만 발은 누구보다 빠른데 세상에선 모두 살찐 말을 귀히 여기고 수척한 말을 천시하네. 지난날 네가 비상하게 치달릴 수 있었던 것은 악와(渥洼)에서 방정(房精)을 길러 일찍이 용을 아버지 삼고 교룡을 어머니 삼았기 때문이었네. 벽옥(碧玉)같은 네 다리와 깎은 대나무 같은 두 귀를 가졌고 날선 눈동자는 새로 닦은 거울 같았네. …… 어찌 어구(御廐)에 오르지 않고 도리어 장사

> 꾼을 만난 것인가? 장사꾼은 너를 끌고 곁마로 삼았으니 수레에는 똥 아니면 소금이 실렸네. 장사꾼은 너를 경시하고 이익을 중시하니 동북쪽으로 갔다 또 갑자기 서남쪽으로 가네. 실은 짐은 산더미 같은데 너를 몰며 채찍질하니, 네 피부는 윤기가 없고 털은 빛을 잃고 새들은 상처를 쪼아대며, 삼산골(三山骨)이 다 드러나고 네 발굽이 모두 떨어져나갔네. 고달픈 너의 두 귀는 소처럼 축 늘어지고 가쁜 너의 호흡은 물고기가 거품으로 겨우 숨쉬는 듯하네. 오나라의 소금을 촉나라의 험준한 길로 옮기니 가는 길도 괴롭고 더디며 오는 길도 속도가 나질 않네. 배불리 먹지를 못하니 힘도 넉넉하지 못하여 한 걸음 옮기고 서너 걸음 자빠지네. 호된 호통과 번개 같은 채찍질에 다리가 굽어 나아가지 못하고 땀만 뻘뻘 흐르네. 이 어찌 옛날 용의 후손의 모습이란 말인가? 도리어 절름발이 나귀보다 못하구나. 슬프게도 시기와 운명이 서로 만나지 못했으니 눈물이 눈동자에 맺혀 우는 듯하네.[19]

위의 글은 소금 수레를 끄는 천리마의 기구한 사연에 대해 읊은 「염거유절족부(鹽車有絕足賦)」이다. 이 글은 백락(伯樂)의 고사를 모티브로 삼고 있는데, 『전국책』에는 옛날에 늙은 천리마가 소금 수레를 끌고 험준한 태항산(太行山)을 넘어가다가 지쳐서 쓰러지니,

---

19) 『玄洲集』, 권13, 「鹽車有絕足賦」. "鳥途懸霄兮石齒齒, 猨狖莫攀兮人上慄. 玄熊赤豹兮, 足繭而喉喘兮. 過雨行雲兮愁半腹, 彼誰驅車兮車載鹽? 鞭不前兮車欲覆, 嗟爾馬胡爲來哉? 玄雖黃兮足則絕, 世皆貴肥而賤瘦兮. 疇取爾之權奇, 孕房精於渥洼兮, 曾父龍而母螭. 四碧玉兮雙批竹, 瞳生稜兮鏡新磨. …… 胡不登乎天閑兮, 反賈豎焉相尋? 賈乃牽爾而爲驂兮, 其車也不糞則鹽. 賈旣輕爾而重利兮, 之東北忽又西南. 其載也積至斗, 其驅也鞭又筴, 皮乾毛暗兮烏啄瘡, 三山露骨兮四蹄落, 儂兩耳兮牛垂, 脅一息兮魚沫. 吳之鹽兮蜀之途, 去苦遲兮來不速. 食不飽兮力不瞻, 移一步兮三四蹶. 叱驚鬼兮鞭劈雷, 跼不前兮汗滴滴. 何昔日之龍孫? 反蹇驢之不若. 哀時命不相謀兮, 涕方瞳兮如泣."

백락이 이 말을 알아보고는 통곡하며 옷을 벗어 덮어주자 천리마가 백락을 쳐다보며 슬프게 울었다는 이야기가 전한다.[20] 현주는 백락을 작품 속의 화자로 등장시켜 이야기를 전개한다.

처음 백락의 눈에 들어온 장면은 태항산에서 소금 수레를 끄는 어느 말의 모습이다. 가파르고 좁은 길 위에서 지친 말은 장사치의 매질에 소금 수레를 끌기 위해 사투를 벌이고 있다. 백락은 바로 말의 정체를 알아본다. 비록 갈기가 누렇게 변하고 수척해지긴 했어도 빛나는 용모와 훌륭한 자질을 타고난 명마라는 것을 알아본 것이다. 그러나 말은 무거운 짐과 견디기 힘든 채찍질 때문에 생기를 잃고 점점 초췌해져만 간다. 핍박과 박해를 견디다 못한 다리는 굽어서 한 발짝도 더디기 어렵다. 말은 결국 땀과 눈물로 범벅이 된 채 바닥에 풀썩 쓰러져버린다. 백락은 아까운 준마가 무지한 장사꾼을 만나 똥 수레나 소금 수레의 곁마로 전락한 것에 한탄을 금치 못한다.

소금 수레를 끄는 말은 곧 훌륭한 재능을 지니고도 세상에 제대로 쓰이지 못한 불우한 존재의 상징이다. 자신의 유능함을 인정받지 못하고 불행히 절명하고 만 말은 백락을 만나고서야 지난날의 불우와 시련을 위안받는다. 백락은 인재의 가치를 알아보는 예리한 안목을 갖춘 이로, 그와 말의 늦은 조우는 불우한 인재의 비극적 종말을 극대화시키기 위한 의도적 설정이다. 한편 소금 장사꾼은 준마의 능력을 알아볼 안목이라고는 없는데다 자신의 이익 때문에

---

20) 『戰國策』, 「楚策」 4.

말을 죽음으로 내몬 불인(不仁)함까지 갖추었으니, 현주는 장사꾼에 대한 부정적 서술을 통해 인재를 알아보고 적재적소에 거용하지 못하는 현실의 부조리를 풍유하였다.

작품의 후면에는 부조리한 현실에 대한 원망이 더욱 직접적으로 표출된다.

내가 이에 수레를 부여잡아 길을 막고는 준골을 위해 한 번 통곡하네. 너 말이 어찌 여기에 와서, 아! 이 지경에 이르렀는가? 슬픈 것도 운명이고 슬프지 않은 것 또한 운명이며, 주인을 만나는 것은 시기가 있으나 시기는 또 기필할 수가 없다. …… 아! 어리석디 어리석은 소금 장수가 어찌 네가 어린 준마임을 알았겠느냐?

나는 다음과 같이 노래한다.

"세상에 백락이 있다면 준마가 하늘 가로 올라갈 것이요, 세상에 백락이 없다면 준마가 소금 수레를 끌며 곤궁을 당하리라. 이는 이런 준마가 없는 것이 아니라, 다만 알아보는 이런 사람이 없는 것이다. 참으로 이런 말이 없는 것인가? 진실로 이런 사람이 없는 것인가? 사람과 말이 하늘의 뜻을 어찌하겠는가?"[21]

백락은 주검으로 싸늘하게 식은 준마를 부여잡고 끝내 목놓아 통곡하고 만다. 그리고 제 주인을 만나지 못해 허무하게 죽은 말의

---

21) 『玄洲集』, 권13, 「鹽車有絶足賦」. "余乃攀轅而遮道兮, 爲駿骨而一哭. 爾馬也胡爲來哉? 吁嗟乎至於此極, 哀之命不哀亦命兮, 遇也時不可必. …… 噫! 蚩蚩之鹽豎, 豈知爾之爲駿小? 歌曰: '世有伯樂兮, 駿昇天衢. 世無伯樂兮, 駿困鹽車. 不是無是馬, 只是無是人. 其眞無是馬耶? 其眞無是人耶? 人兮馬兮, 奈何乎天?'"

비극적인 운명을 애도하며, 능력의 발휘는 적당한 시기와 운수를 만나야 하기에 쉽지 않은 일이라고 죽은 말을 위로한다. 말의 죽음을 하늘의 뜻으로 돌리고는 있지만 그것은 어쩔 수 없는 상황에서 내뱉는 공허한 넋두리일 뿐이다. 백락은 인재가 없는 것이 아니라 인재를 알아보는 인물이 없는 것임을 거듭 강조하며 말을 끝맺는다.

인재의 등용을 하늘의 뜻으로 돌릴 수밖에 없는 이 상황의 이면에는 인재를 알아보지 못하는 현실에 대한 원망과 비난이 진하게 깔려 있다. 인재가 자신의 능력에 걸맞게 쓰이지 못하고 억울한 결말을 당하는 일은, 비단 과거에 있었던 일회적 사건에 그칠 뿐만이 아니어서 현주 당시까지도 반복된 문제였다. 현주는 인재등용의 의지도 노력도 없는 사회의 부조리를 백락의 고사를 통해 준엄하게 비판하고 각성을 촉구한다.

현주가 「거부(車賦)」에서 "아! 성왕이 이미 멀어졌으니, 누가 인재를 알아보랴? 저 똥을 싣고 소금을 실은 말은 진실로 녹이(騄駬)와 백희(白羲)로구나. 슬프게도 수레만 있고 말은 없으니, 아! 누가 수레를 몰아서 싣고 달릴 것인가? 한갓 수레를 읊어 나랏일에 비유하니, 세로를 노려보며 비애를 일으키네."[22]라고 한 것 역시 인재의 기용이 제대로 이루어지지 않는 현실의 비유적 표현이다.

"내가 15세에 학문에 뜻을 두고 문무(文武)가 이미 멀어졌음을 개탄

---

22) 『玄洲集』, 권13, 「車賦」. "噫哲王之已邈, 孰爾才之見知? 彼載糞與服鹽, 儘騄駬與白羲. 慨有車而無馬, 羌孰御而載馳? 徒賦車而比國, 睯世路而興悲."

하였다. 그러나 하늘이 우리 유학을 멸망시키지 않으니 어찌 한 곳에
매어 두고 따먹지도 못하겠는가? 그러니 내 자리가 따뜻해질 겨를이
없다. 채(蔡) 나라·초(楚) 나라·제(齊) 나라에 갈 수 없는 것은 분양
(墳羊)²³⁾과 석노(石砮)²⁴⁾처럼 괴이한 것만 듣고자 하기 때문이다. 아!
세상의 임금 중에 족히 행할 만한 이가 없도다. 광(匡) 땅에서 두려웠던
일과 송 땅에서 포위된 일이 나에게 무슨 어려움이 되겠으며, 진(陳)
나라에서 굶주리고 위(衛) 나라에서 곤궁했던 일은 도에 흠이 되지 않는
다. 그러나 천하를 기필하다가 버려서는 안 될 것이니 비록 공산불뉴(公
山不狃)나 중모재(中牟宰) 필힐(佛肹)이 부르더라도 가고자 한다."
　이에 너울너울 조(趙) 나라를 가리켜 서쪽으로 갈 멀고 먼 여정을 생
각하고는 강에 도착하자마자 나루를 물어 곧장 건너려 하였지만 건너지
못하였다. 음륙(淫戮)이 현인에게 미침을 듣고서 조맹(趙孟)이 덕이 없
음을 어리석게 여기니, 드디어 강에 임하여 경악하며 돌아서서 크게 한
탄하며 서성거렸다.²⁵⁾

　위의 글은 공자의 일을 모티브로 한 「임하탄부(臨河歎賦)」로, 인재
를 알아보지 못하는 현실에 대한 안타까움을 드러낸 글이다. 배경

---

23) 분양(墳羊): 계환자(季桓子)가 우물을 파다가 흙독을 얻었는데, 그 속에 양이 있었
　다. 그것의 정체를 공자에게 물어 알았다고 한다. 흙의 괴이한 것[土怪]은 반드시
　양처럼 생긴다고 여겼는데 그것을 분양(墳羊)이라 한다.
24) 석노(石砮): 돌로 만든 화살촉으로, 숙신 지방에서 생산되는 유명한 무기이다.
25) 『玄洲集』, 권13, 「臨河歎賦」. "余十有五而志學兮, 慨文武之已遜. 然天之未喪斯
　文兮, 焉能繫而不食? 故吾之席未暇暖兮. 之蔡之楚之齊兮不可, 墳羊石砮兮, 惟
　怪之欲聞. 噫!世主無足爲者, 匡之畏兮宋之圍, 其於子何; 飢於陳兮困於衛, 道不
　爲瑕. 然不可必天下而棄之兮, 雖公山中牟兮欲往.' 爰翩翩兮將指趙, 念西路之羌
　永, 纔到河而問津兮, 騫將涉兮未涉. 聞淫戮之及賢, 短趙孟之爽德. 遂臨河而愕
　旋, 浩余歎兮躕踟."

은 이러하다. 춘추시대 조(趙)나라 중모재(中牟宰) 필힐(佛肹)이 모반을 일으킨 뒤에 공자를 부르자 공자의 제자 자로(子路)가 공자에게 필힐은 불선(不善)한 사람이므로 가서는 안 된다고 만류하였다. 이에 공자는 "내가 어찌 박과 같아서 한 군데 매달린 채 먹기를 구하지 않을 수 있겠는가?[吾豈匏瓜也哉? 焉能繫而不食?]"라고 하며 필힐에게 가려 하였다.[26] 공자가 굳센 의지로 강을 건너려 했음에도 불구하고, 강가에 임박해서 살륙(殺戮)의 음모가 도사리고 있음을 듣고는 결국 발길을 돌리고 만다. 위의 제시문은 공자가 결심 후 강을 건너려다 좌절된 후 강가에서 머뭇거리는 상황을 그린 것이다.

공자는 자신의 도(道)와 능력을 세상에 구현하기 위하여 어떠한 시련과 고난도 감내할 각오를 품은 존재이며, 끝내 그 지우(知遇)를 입지 못해 능력을 펴지 못한 불우한 존재이다. 현주는 공자라는 존재의 권위와 상징성을 활용하여, 훌륭한 인재의 열의와 음모로 인해 좌절된 인재의 비극적 운명을 형상화한다. 외부의 방해로 인해 자신의 재능과 포부를 실현할 기회를 박탈당한 공자의 처지는, 인재 거용에 능력보다 배경을 따지는 현실에서 경륜의 꿈을 접어야 했던 현주와 흡사하다. 그러니 공자가 쏟아내는 한탄과 아쉬움은 곧 현주를 비롯한 불우한 인재들의 고뇌와 회한에 다름아닌 것이다.

윗글의 후면에는 다음과 같은 논평이 이어진다.

도를 행하는 것도 명(命)이고 그만두는 것도 명이며, 건너려 한 것도

---

26) 『論語』, 「陽貨」.

명(命)이고 건너지 않게 된 것도 역시 명이다. 하늘은 이미 공자를 낳아
놓고 또 어찌 명을 곤궁하게 한 것인가? 비록 그렇지만 지나는 곳마다
교화시키는 성인의 덕을 태평의 정치를 원하지 않던 시대와 만나게 하
였으니, 공자가 시대를 만나지 못함은 공자의 불행이 아니라 실로 공자
를 등용하지 못한 당시 군주의 불행이며, 또 당시 군주에게 쓰이지 못한
것이 불행이 아니라 실로 당시 군주가 공자의 마음을 얻지 못한 것이
불행이다. 하늘이 공자를 곤궁하게 한 것이 아니라 하늘이 실로 당시
군주를 곤궁하게 한 것이며, 하늘이 공자를 박하게 대한 것이 아니라
하늘이 실로 당시 군주에게 박하게 대한 것이다.[27]

현주는 능력과 포부를 펼칠 기회를 얻지 못해 제자들과 주유천하
(周遊天下)하는 공자의 불행이 공자의 불행이 아니라 그 군주와 국가
의 불행이라고 강조한다. 훌륭한 인재를 등용하는 일은 국가의 중
대사이므로, 역량 있는 인재들이 당색(黨色)이나 출신 가문 때문에
요직에 진출하지 못했던 현실은 곧 국가의 지대한 손실이자 불행인
것이다. 공자 개인의 불행을 군주와 국가의 불행으로 연결지음으로
써 훌륭한 인재의 거용이 나라의 치란과 직결되는 중요한 문제임을
재차 강조하였다.

천자에게서 내려진 명이니 감히 만리의 행차를 느슨히 할 수 있겠습

---

27) 『玄洲集』, 권13, 「臨河歎賦」. "將行也命, 將廢也亦命, 欲濟者命, 不濟者亦命. 天
既縱乎將聖, 又何命之埋阨? 雖然, 以過化存神之德, 值未欲平治之日, 夫子之不
遇時, 非夫子之不幸, 而實時君不能用之不幸也, 又非不得於時君之爲不幸, 而實
時君不得於夫子之爲不幸也. 天不窮於夫子, 而天實窮於時君; 天不薄於夫子, 而
天實薄於時君."

니까만, 미천한 아녀자가 원통한 심정으로 한마디만 하고 죽을 수 있기
를 바랍니다. …… 지난번 조정의 의론이 화의(和議)를 주장한 일로 인
해 화공(畵工)이 거짓 초상화를 올리게 되었습니다. 뇌물이 많고 적음
에 따라 미추(美醜)가 결정되니 이는 진실로 무슨 마음이며, 지척에서
천자를 기만하였으니 무슨 짓인들 차마 하지 않겠습니까? 저에게 드러
낼 만한 용모가 없었다면 어찌 삼천 궁녀의 반열에 들었겠으며, 천자의
밝은 지혜가 있으시니 한둘은 두려워하지 않았습니다. 그러나 '그림보
다 낫다'는 말도 있는데 누군들 똑 닮게 그렸다고 하겠습니까? 만일 명
성과 실제가 현격히 다르다면 어찌 잘못된 선택으로 가고 머무름을 정
한단 말입니까?[28]

윗글은 한나라 소군(昭君) 왕장(王嬙)이 자신을 흉노의 호한사선우
(呼韓邪單于)에게 시집보내지 말기를 청하는 표(表)를 의작한 「의한왕
장청물가선우표(擬漢王嬙請勿嫁單于表)」의 앞부분이다. 왕소군(王昭
君)은 미색과 총명을 갖추었으나 주인에게 사랑받지 못하고 내쳐진
기구한 운명 때문에 문학적 소재로 왕왕 다루어진다. 그녀는 전한
(前漢) 원제(元帝) 때의 후궁으로 중국의 4대 미녀에 들 정도로 빼어
난 미모를 지녔지만, 화공(畵工)에게 뇌물을 주지 않아 추녀(醜女)로
그려진 탓에 흉노로 보내지게 된다. 원제는 왕소군이 시집을 갈 때
그림과 달리 그녀가 절세미녀라는 것을 알고 크게 후회하였지만,

---

28) 『玄洲集』, 권10, 「擬漢王嬙請勿嫁單于表」. "天子有命, 敢緩萬里之行; 匹婦含冤,
願得一言而死. …… 頃緣廟謨之主和, 以致畵工之逞詐. 金多少而妍醜, 是誠何
心; 天咫尺而欺謾, 孰不可忍? 無面目之可顯, 寧自列於三千; 有天鑑之孔昭, 肆
不憚其一二. 是所謂畵不如也, 夫孰曰像惟肖乎? 若果名實之懸殊, 豈宜去留之失
擇?"

이미 때는 늦은 뒤여서 어쩔 수 없이 그녀를 보내고 왕소군을 그린 화공을 참수하였다는 고사가 전한다.[29]

흉노국으로 보내지게 된 왕소군은 원통한 심정이 되어 원제에게 읍소(泣訴)를 올려 자신의 억울한 사정을 간절히 토로한다. 조정에서 흉노와 화의(和議)할 목적으로 궁녀 선발을 위해 초상화를 올리라 하자 머나먼 땅으로 떠나고 싶지 않았던 궁녀들은 너도나도 뇌물을 써서 거짓 그림을 그렸고, 뇌물의 크기에 따라 미추가 결정되어버렸다는 사연이다. 궁녀로서 군주의 곁에 머무르고 싶었던 왕소군은 자신의 가치를 알아봐주지 않는 원제의 과오와 어리석음을 구체적으로 지적하고 질타한다. 그녀는 뇌물을 쓰지 않은 자신은 추한 여인으로 그려져 보내지게 되었지만, 거짓 초상화처럼 자신이 정말 추녀였다면 애초부터 어찌 궁녀의 반열에 들었겠느냐고 반문한다. 천자를 기만한 궁녀들과 화공들의 잘못도 크지만, 그림만 보고 궁녀를 간택한 원제의 경솔한 행동에 대한 날선 비판이 서려 있는 물음이다. 이에 왕소군은 '명성과 실제가 현격하게 다르다면 어찌 잘못된 선택으로 가고 머무름을 정한단 말입니까'라고 준렬한 비난을 쏟아낸다.

허술한 간택과 선발로 절세미인을 놓치고 만 원제는 무능한 군주의 표상이다. 국가를 위한 사람을 취택하는 중대사에 화공의 그림만을 기준으로 삼아 사람을 선발한 원제에게 쏟아낸 왕소군의 원망은 곧 타인의 평가와 배경에만 의거해 인재를 등용하는 세태

---

29) 『西京雜記』, 권2.

에 대한 비난과 우려이다. 왕소군의 기구한 사연은 억울하게 배제된 인재의 불우함을 형용하기에 매우 적절한 소재이며, 왕소군의 비감(悲感) 어린 어조는 글의 주제를 더욱 호소력 있게 전달하는 장치가 된다.

현주는 수편의 글에서 역사 고사를 원용하여 인재 등용의 중요성을 피력하였는데, 이는 바로 풍간(諷諫)의 기법이다. 풍간은 통치자의 선처를 기대한다는 점, 그리 공격적이지는 않다는 점에서 풍자와는 구별되는데,[30] 이러한 우회적 방식은 단도직입적 논설이나 주장이 야기하는 부정적 결과를 피하는 데 유리한 동시에, 현주가 골몰했던 인재 거용의 문제를 부각시키는 데도 유용한 수단이 되었다. 현주가 풍간의 방식에 주력한 이유는 섣부른 직언은 군주의 진노만 살 뿐 원하는 결과를 이끌어낼 수 없음을 깨달았기 때문일 것이다. 앞서 언급한 바와 같이 임숙영과 권필 등 직언을 하다 고초를 겪은 주변인들의 사건[31]은, 그로 하여금 표현 방식에 대한 생각을 더욱 깊어지게 만들었다. 특히 인재 거용의 문제는 위정자 혹은 군주에게 시정(是正)을 촉구하는 일이기에, 현주는 직설의 위험성을 깨닫고 역사 고사를 소재로 차용하여 '옛일을 빌려 지금을 풍자하고[借古諷今]' '작은 것으로 큰 것을 보이는[以小示大]' 우회적 표현 방식을 취택하였다.

---

30) 박희병, 『유교와 한국문학의 장르』, 돌베개, 2008, 30쪽.
31) 대북파(大北派)와 귀척(貴戚)을 비난하는 글을 올렸다가 삭과(削科)된 임숙영 사건과 외척의 정치 개입을 풍자한 「문임무숙삭과(聞任茂叔削科)」를 지었다가 죽임을 당한 권필 사건을 의미한다.

우회적 표현 방식의 긴요성에 주목한 현주의 시각은 아래의 글
에 잘 드러난다.

  아! 당시에 양성(陽城)이 배연령(裴延齡)을 꾸짖었던 것이 비록 직언
(直言)이라고는 하나 충주(忠州)로 좌천됨을 면하지 못하였고, 한공(韓
公)이 불골(佛骨)에 대해 논한 것이 비록 충언(忠言)이라고는 하나 조양
(潮陽)으로 유배감을 면하지 못하였다. 일월(日月)처럼 빛나는 군주의
총애를 되찾지 못하고 반대로 뇌정(雷霆) 같은 진노를 샀으며, 충성스
런 이는 비난을 받고 정직한 이는 축출되는 일이 대대로 도도하게 뒤를
이으니, 그 무엇이 이 사람이 붓으로 간언(諫言)하는 것만 같겠는가?
그러므로 간언을 잘하는 이는 직언(直言)으로써 간하지 않고 외물(外
物)로써 간언한다. 나는 진실로 양성과 한공이 임금에게 올리는 상소에
부지런히 정성을 들인 일이 도리어 필법(筆法)에 비유해 한 번 간한 유
공권(柳公權)의 간언만 못한 줄을 알겠다.[32]

이 글은 '자묵객경(子墨客卿)'이 기풍(幾諷)의 간(諫)을 해야 함을
'한림주인(翰林主人)'에게 설복시키는 내용으로 구성된 「필간부(筆諫
賦)」의 일부분이다. 자묵객경(子墨客卿)은 임금의 기미를 살펴 풍간
하는 기풍(幾諷)의 중요성을 주장하면서 객은 양성(陽城)과 한유(韓
愈)의 고사를 대조적으로 예시한다. 양성은 당나라 덕종(德宗) 때 간

---

32) 『玄洲集』, 권13, 「筆諫賦」. "吁! 當此時也, 陽城之詆延齡, 雖曰直矣, 而未免忠州
之貶謫; 韓公之論佛骨, 雖曰忠矣, 而未免潮陽之遠落. 未廻日月之光, 返遭雷霆
之怒, 忠見尤兮直黜, 世滔滔而接武, 孰若斯人以筆以諫? 故善諫者, 不以言爲諫,
而以物爲諫. 吾固知陽·韓勤懇於章奏, 反不如喩筆之一諫."

의대부(諫議大夫)로서, 정승 배연령(裴延齡)의 간사함 및 그에게 무함받은 육지(陸贄) 등의 무죄를 주장하는 상소를 올렸다가 덕종의 노여움을 사서 죽을 뻔하였다.[33] 한유는 헌종(憲宗)이 사신을 보내어 봉상(鳳翔)에 가서 불골(佛骨)을 궁중에 맞아들이려 하자, 「논불골표(「論佛骨表」)」를 지어 반대의 뜻을 극간(極諫)했다가 조주 자사(潮州刺史)로 좌천되었다.[34] 이들은 모두 직언을 일삼았지만, 군주의 마음을 돌리지도 못하고 불우한 처지로 전락하고 말았기에 본받기에는 부족한 점이 있다는 것이다.

자묵객경은 이에 그들의 간언이 유공권(柳公權)의 간언 방식만 못하다고 한다. 유공권은 붓을 다루는 방법에 대해 묻는 당나라 목종(穆宗)에게, "붓을 쓰는 것은 마음에 달려 있으니, 마음이 바르면 붓도 바르게 됩니다.[用筆在心, 心正則筆正.]"라고 하여, 목종으로 하여금 자신을 단속하게 만들었다는 인물이다.[35] 유공권의 간언 방식은 곧 군주의 기미를 살피고 간하여 노여움을 피하는 기풍(幾諷)의 모범이니, "간언을 잘하는 이는 직언으로 간하지 않고 외물로써 간한다.[善諫者, 不以言爲諫, 而以物爲諫.]"라는 우회적인 방법을 취한다. 현주는 이 필간(筆諫)의 고사를 통해 말하고자 하는 바를 은근히 드러내는 풍간의 효용을 옹호하고 있다.

역사 고사를 통한 풍간의 방식은 인재 거용의 불합리한 현실을

---

33) 『舊唐書』, 권192, 「陽城列傳」.
34) 『舊唐書』, 권176.
35) 『舊唐書』, 권165, 「柳公權列傳」.

꼬집을 뿐만 아니라, 바람직한 군주와 신하의 상(象)을 제시하는 데
에도 유용하다. 임금에게 충성하는 우직한 신하와 신하의 능력을
알아주는 훌륭한 군주의 선례는 자연스레 현 군신들에게 귀감이 되
고 자성(自省)을 요구하기 때문이다.

  짐은 본디 발반(撥反)의 재주는 부족하고 다만 회복(恢復)하려는 뜻
만 절실하다. 난리가 평정되지 않으니 하수(河水)는 언제 맑아질 것인
가? 세월이 흐르는 물과 같아 창업(創業)이 오늘날에 그쳤도다. 근자에
는 마음대로 처리할 수도 없으니 어느 겨를에 입술과 이의 형상을 보존
하겠는가? 사직의 안위가 이 몸에 달려 있으니 비록 자중하고자 하지만
도원(桃園)의 향불이 식기 전에 혼자서만 살아남지 않기로 맹세하였다.
성패는 하늘에 달린 것이라 비록 백등산(白登山)의 위급함은 면했지만,
사생은 정해진 운명이 있어 창오(蒼梧)의 순행(巡行)을 돌이키지 못한
다. 이에 마지막 유언으로 내 좋은 벗에게 누를 끼치노라.
  오직 경은 이윤(伊尹) 여상(呂尚)과 나란히 하여도 부끄러움이 없고
관중(管仲)과 악의(樂毅)에 견준다면 지나친 겸손이다. 지금 천하가 셋
으로 나뉘었으니 이는 누구의 힘이었는가? 천하 통일도 마침 적당한
때가 있거늘 하물며 어린 세자가 국가의 공기(公器)임에랴? 도울 만하
면 도울 뿐 부자간의 사정(私情)은 용납하기 어렵고 어짊을 허여할 만하
면 허여할 뿐 군신 간의 의리에 구애될 것 없다. 그 재주가 저 아이보다
열 배는 훌륭하니 이런 까닭에 6척 고아를 맡기노라.
  아! 짐은 다시 말하지 않을 것이니 그대는 다시 사양하지 말라. 이
옥궤에 기대어 외로운 신하들 울음 삼키는 소리를 위무(慰撫)하고, 저
백운(白雲)을 타고 고황(高皇)이 무슨 말을 하는가 배알하라.[36)]

이 글은 촉한(蜀漢)의 소열제(昭烈帝)가 승상 제갈량(諸葛亮)에게 어린 세자를 부탁한다는 내용의 조서를 내리는 상황을 가탁하여 쓴 「의탁고승상량조(擬托孤丞相亮詔)」이다. 그 내용은 현재의 정세의 위급함을 말한 서두, 제갈량의 능력과 재기를 칭하고 세자를 보필할 것을 부탁한 본론, 사양하지 말 것을 당부하는 결미로 구성된다. 세자를 부탁하는 소열제의 글에는 제갈량에게 보이는 소열제의 두터운 신임이 오롯이 담겨 있다. 한 신하에게 자신의 후사를 부탁할 만큼 전폭적인 신임을 쏟는 소열제의 모습은 현주가 바라는 바람직한 군주의 상(象)이다. 충(忠)과 신(信)을 바탕으로 한 군신 관계, 그리고 그 속에서 신하에 대해 한없는 관심과 애정을 베푸는 군주의 상을 제시함으로써 이에 대한 각성을 촉구하고 있는 것이다. 이에 삼국이 분열되고 전쟁이 그치지 않은 위태로운 상황에서 죽음을 목전(目前)에 둔 소열제의 상황과 음성은 사연의 절실함과 주지의 호소력을 배가시키는 요소로 작용한다.

현주는 이 외에도, 「의은고종사부열용여작림우제(擬殷高宗賜傅說用汝作霖雨制)」[은 고종]·「의한고조배한신위대장제(擬漢高祖拜韓信爲大將制)」[한 고조]·「의진요복사배주천태수표(擬晉姚馥謝拜酒泉太守表)」[진

36) 『玄洲集』, 권10, 「擬托孤丞相亮詔」. "朕素乏撥反之才, 徒切恢復之志. 干戈未定, 河水清其幾時; 歲月如流, 創業止於今日. 頃緣失左右手, 奚暇保脣齒形? 社稷之安危在玆, 雖欲自重; 桃園之香火未冷, 誓不獨生. 維成敗在天, 縱免白登之急; 伊死生有命, 莫返蒼梧之巡. 肆將末音, 累我良師. 惟卿軼伊呂而無愧, 比管樂則過謙. 今天下三分, 是誰之力? 使海內一統, 會有其辰; 況嗣子幼沖, 國家公器? 可輔則可輔, 難容父子之私; 與賢則與賢, 無拘君臣之義. 惟其才十倍於彼, 是以托六尺之孤. 嗚呼! 朕不再言, 汝無復讓. 憑玆玉几, 撫孤臣而吞聲; 乘彼白雲, 拜高皇而何語."

무제]·「의송범질사배동평장사표(擬宋范質謝拜同平章事表)」[송 범질(范
質)]·「의당한임학사무평일사가사일지채화표(擬唐翰林學士武平一謝加
賜一枝綵花表)」[당 중종] 등의 글을 통해 뛰어난 식견으로 신하의 재능
을 알아보고 적재적소에 거용(擧用)한 군주의 사례와 충성을 맹세하
고 성대한 치화(治化)를 기원한 충신의 상(象)을 제시하였다. 역사의
선례를 통해 군신 간의 충신(忠信)과 인재 등용의 중요성을 강조한
작품이 이처럼 많은 것은 훌륭한 인재가 군주에게 인정받지 못하는
세태에 대한 불만의 반영으로 이해할 수 있겠다.

　현주는 선비를 아끼고 인재를 적극적으로 거용하는 세상이 도래
하기를 염원하며 다음과 같은 시를 남긴다.

벽(癖)엔 견마(犬馬)를 사랑하는 벽이 있으니	癖有愛狗馬
개 중엔 한로(韓盧), 말 중엔 녹이(騄駬)가 있네	狗有韓盧馬騄駬
벽(癖)엔 화석(花石)을 사랑하는 벽이 있으니	癖有愛花石
돌은 기이하고 꽃은 아름답기 때문이라네	石以其奇花以麗
견마와 화석을	狗馬與花石
사랑하는 것은 진실로 이유가 있네	愛之良有以
어떤 사람은 사랑하는 것이 이와 다르니	何人所愛異諸此
사랑하는 걸 사랑치 않고 오직 선비만 사랑하네	不愛其愛惟愛士
이름을 듣고 성을 기록해 빠뜨리는 것이 없으니	聞名記姓無所遺
편언척자(片言隻字)에 시장에 돌아가듯이 하네	片言隻字如歸市
아름다운 시편에 광영과 가치가 치솟으니	佳篇麗什聳光價
능력 있는 이를 거용하면 누가 재주를 폐할까	擧顯其能誰廢技
공이 진실로 선비를 사랑해 사랑이 벽을 이루면	公誠愛士愛成癖

선비를 사랑하는 정성이 여기에만 그치랴	愛士之誠止于此
공이 만일 선비를 사랑하되 성심으로 사랑한다면	公如愛士愛以誠
어찌 글을 올려 천자께 천거하지 않는가?	胡不上書薦天子
……	……
공의 선비 사랑은 견마 사랑만 못하니	公之愛士不如愛狗馬
견마는 오히려 사슴 돼지를 좇을 수 있네	狗馬猶能逐鹿豕
공의 선비 사랑은 화석 사랑만 못하니	公之愛士不如愛花石
화석은 오히려 눈을 즐겁게 해줄 수 있네	花石猶能娛目視
견마와 화석만 같지 못하건만	不如狗馬與花石
어찌 '사랑한다' 하고 어찌 거용하겠는가	安用愛之烏用是
선비 사랑의 벽이여, 선비 사랑의 벽이여	愛士癖愛士癖
선비 사랑이란 한갓 이와 같을 뿐이네	愛士徒爾已[37]

　이 시는 과작(課作)으로 지어진 7언 고시 「애사벽(愛士癖)」이다. 이 시의 제목인 '애사벽(愛士癖)'은 선비를 사랑함이 벽(癖)을 이룰 정도로 지극해야 한다는 뜻을 내포하고 있다. 현주는 시에서 견마(犬馬)와 화석(花石)을 애호하는 이들은 흔히 볼 수 있으나 선비를 아끼는 이들은 없음을 안타까워한다. 말로는 '선비를 아낀다', '인재를 사랑한다'고 하지만 그들을 보기를 즐거워하지도 않고 천거하여 곁에 두지도 않는 이들에게, 이는 진정으로 무언가를 사랑하는 태도가 아니라고 나무란다. '애사(愛士)'가 '애견마(愛犬馬)'나 '애화석(愛花石)'보다 못해서는 안 되니, 진정으로 사랑한다면 인재를 적극적으

로 추천하고 거용해야 함을 강조한다. "선비 사랑의 벽이여, 선비 사랑의 벽이여! 선비 사랑이란 한갓 이와 같을 뿐이네."라고 한 마지막 구절에서는 인재 거용의 현실에 대한 깊은 불만과 진한 아쉬움을 갈무리한다.

뛰어난 안목을 갖춘 어진 군신이 유능한 인재를 적극적으로 거용하는 공정한 사회가 도래하기를 열망했던 현주의 바람은, 비단 불우한 정치 행로를 경험한 서인계 문인으로서의 개인적 소망일 뿐만 아니라, 인재 등용을 통해 시대의 무질서를 진정시키길 바랐던 사대부로서 공명정대한 염원이었다. 이처럼 현주는 민생의 고통을 위무할 책무를 자임한 사대부로서, 불의의 현실에 단순히 불만을 품는 차원을 넘어 나름의 해법을 비유와 풍간이라는 문학적인 방식으로 제시하였다.

3. 유가 이념을 통한 치세(治世)의 방도 제시

사대부 가문에서 생장하여 유학 교육을 받았고, 내외의 관직을 역임하며 유가적 정치질서를 몸소 익힌 현주가 유가의 이념과 가치를 강조하는 일은 당연한 귀결이다. 유가 경전을 늘 곁에 두고 꾸준히 읽었던 현주는 유가 이념의 체화(體化)를 강조하였고,[38] 유학 부

---

38) 예컨대 현주는 「상순상구사서계(上巡相求四書啓)」에서 선비에게 사서(四書)란 오곡(五穀)과 같은 존재와 같다고 비유하면서 유학의 공능(功能)에 대한 자신의 생각을 밝힌 바 있다. (『玄洲集』, 권10, 「上巡相求四書啓」. "竊惟四書之於士, 譬如五

흥 사업을 매우 중시하여 적극적으로 추진하였다. 현주가 지방관을 지내며 회양 향교(淮陽鄕校)·죽수 서원(竹樹書院)·이산 서원(伊山書院) 등의 중수(重修)에 힘을 쏟았던 사실[39]과 퇴계(退溪)와 고봉(高峯)이 사단칠정(四端七情)에 대해 논한 편지를 모아 엮고『양선생왕복서(兩先生往復書)』를 출간하는 등 유학의 전수에 공력을 들인 일[40] 역시 유도(儒道)를 존숭했던 그의 사상적 추향(趨向)을 증명한다. 특히 우계(牛溪) 성혼(成渾)의 문하에 출입한 숙형(叔兄) 조위한의 영향으로 유가의 이념과 그 효용에 대해 깊이 이해하고 있었던 그는 혼란한 시대를 재정비할 대안으로 유가 이념을 제시하였다.

다음 글을 살펴보자.

덕(德)이란 말은 '얻는다〔得〕'는 뜻이니, 천리(天理)의 정도(正道)에서 얻은 것을 덕(德)이라 한다. 이미 그 정도(正道)를 얻었다면 그 덕은 길하지 않음이 없다.『서경』에서 "덕은 길(吉)하고, 부덕(否德)은 흉(凶)하다."고 한 말이 바로 이것이다. 어찌 덕인데 길하지 않으며, 부덕

穀之於人. 過化存神之功, 著於論語一部; 難疑答問之說, 作爲孟子七篇. 明德新民, 玆乃大人之初學; 率性修道, 實是中和之極功. 三綱[綱]由此而得明, 百世以 竢而不惑, 道所存者, 文不在乎? …… 好古生苦晚, 不復夢中國聖人; 借書常逡遲, 頻見嘆北方學者. 幸玆聖經賢傳, 鋟諸通邑大都. 苟存志乎斯文, 捨此何取?; 嗟不可以無學, 有如是夫! 人十而詎能乎千, 書多而難致者四. 家貧而學不富, 紙貴而價益高. 然斯書皆實學也, 亦固宜公傳道之.")

39) 이러한 사실은『玄洲集』, 권10의「淮陽鄕校上樑文」·「月巖祠宇上樑文」및 권15의 「重修竹樹書院記」·「伊山書院興廢記」·「淮陽鄕校重修通文」등에서 자세히 살필 수 있다.

40) 현주는「양선생왕복서」를 출간하면서 발문을 썼는데,(『玄洲集』, 권15,「兩先生往復書跋」) 여기에서 이 책의 출간이 유도(儒道)의 큰 다행임을 밝혔다.

(否德)인데 덕이 되는 경우가 있는가? 나는 한유(韓愈)가 "덕(德)에는 흉(凶)함이 있고 길(吉)함이 있다."라고 한 말을 가만히 괴이하게 여겼다. 아! 주공(周公)과 맹자가 돌아가신 후로 덕을 아는 이가 드물어졌으니 한유의 무리가 어찌 덕을 아는 자이겠는가?

아니다. 한유가 말한 '흉함이 있다.'는 것은 내가 말하는 덕이 아니다. 내가 말하는 덕은 요·순·우왕·탕왕·문왕·무왕·주공·공자·맹자가 대대로 이어 전한 것으로, 그 덕은 천리의 정도를 얻지 않음이 없으니 이것이 이른바 길한 덕이 있는 것이다. 저 한유가 말한 덕은 노자·장자·양자·묵자·불씨가 말한 것으로, 천리의 정도를 얻지 못했으나 스스로 덕이라 여긴 것이다. 그러므로 그 덕은 흉하니, 이것이 이른바 흉한 덕이 있는 것이다. 한유가 길·흉으로 덕을 말한 것이 어찌 그런 것이 아니겠는가?

그렇지 않다. 이는 한유가 덕의 이론을 밝게 알지 못했기 때문이다. 노장(老莊)의 허무(虛無)한 이론과 양자(楊子)·묵자(墨子)·불씨(佛氏)의 궤탄(詭誕)하고 공허한 이론들은 모두 천리의 정도를 얻지 못한 것들이니, 얻었다는 것은 얻지 못한 것이고 덕이라는 것도 덕이 아니다. 덕이 아닌 덕을 어찌 덕이라 할 수 있겠는가? 억지로 이름 붙인다면 '흉(凶)'이라고 할 수 있다. 그러므로 "얻지 못한 것은 '덕'이라 할 수 없고 덕이 있다면 '흉'이라 할 수 없다."라고 하는 것이다. 이로써 미루어 보건대 한유 같은 이는 노자·장자·양자·묵자·불씨의 이론이 덕이 아님을 알지 못했을 뿐만 아니라, 요·순·우왕·탕왕·문왕·무왕·주공·공자·맹자의 이론이 덕인 것까지 아울러 알지 못한 것이다. 애석하다![41]

---

41) 『玄洲集』, 권15, 「德有吉有凶辨」. "夫德之爲言, 得也, 得乎天理之正者, 是謂德. 旣得其正, 則其德無不吉. 書曰: '德吉, 否德凶.' 是耳. 夫焉有德而不吉, 否德而爲德者乎? 竊怪韓愈之言曰: '德有凶有吉.' 吁! 自周公孟子沒後, 知德者鮮, 則愈

윗글은 한유가 말한 '덕에는 길한 덕과 흉한 덕이 있다.[德有吉有
凶]'는 설(說)에 대해 변론한 「덕유길유흉변(德有吉有凶辨)」이다. 현주
는 철저히 유가의 입장에 서서 한유의 언급이 불러일으키는 오해의
소지를 지적하는데, 반박의 내용은 다음과 같다. 덕(德)은 '얻는다
[得]'는 의미이니, 천리의 정도에서 얻으면 모두 길덕(吉德)하다고 한
다. 그러나 한유가 말한 덕은 자신이 말한 유가의 덕이 아니니, 그
가 말한 덕은 도가·불가 등 이단의 학파에서 말한 흉덕(凶德)이라고
한다. 다음 단락에서는 한유가 유가의 설에 밝지 못하고 이단의 학
설을 분별해내지 못했기 때문에 이와 같이 언급한 것이라고 결론짓
는다. 세 번의 논박을 거친 후 진정한 덕은 유가의 덕이며, 이 덕에
는 길흉이 있을 수 없다는 입장을 취한다. 요·순·우왕·탕왕·문왕
·무왕·주공·공자·맹자로 전승되는 유가의 학맥만이 천리의 정도
를 얻은 길덕(吉德)이며, 노자·장자·양자·묵자·불씨의 학설은 천
리의 정도를 얻지 못한 흉덕(凶德)이라 구분지음으로써 유가의 학설
이 정통성을 지닌 우세한 이론이라고 단정한 것이다.

현주가 다양한 사상과 학설을 제쳐두고 단연 유도(儒道)를 찬미한

之徒豈知德者乎? 曰: 否. 愈之所謂有凶云者, 非吾所謂德也. 吾所謂德, 堯·舜
·禹·湯·文·武·周公·孔·孟之相傳者, 其爲德也, 無不得天理之正, 是所謂有吉
之德也. 彼所謂德者, 老·莊·楊·墨·佛氏之所爲也, 不得乎天理之正, 而自以爲
德. 故其德也凶, 是所謂有凶之德也. 愈之以吉凶言者, 豈不然乎? 曰: 不然. 此愈
之所以不明乎德之說也. 彼老莊之虛無·楊墨佛氏之詭誕空空也, 俱不得天理之
正, 則其得也, 不得也; 其德也, 非德也. 非德之德, 豈可謂其德? 而強名之曰'凶'
也. 故曰: '不得者, 不可謂德; 有德者, 不可謂凶.' 以此推之, 如愈者, 非唯不識老
·莊·楊·墨·佛氏之非德, 而竝與堯·舜·禹·湯·文·武·周公·孔·孟之德而不知
也. 惜哉!'"

모습은 다른 글에서도 살필 수 있다. 그중 대표적인 작품이 바로 「칠각(七覺)」[42]이다. 「칠각」의 '칠(七)'은 7단락의 서사 구조로 된 문답식 산문이다. 이 글에서는 현동자(玄侗子)와 백실 선생(白室先生) 간에 이루어지는 일곱 차례의 문답을 통해 세상의 참다운 인생이 유학을 강구하는 삶에 있음을 깨닫게 한다.

「칠각」에서 현동자는 밝은 이목(耳目)과 지혜를 가졌지만 그것을 감추고 어둠 속에 숨어 몽매한 듯이 살아가는 인물로 등장한다. 백실 선생은 현동자의 소식을 듣고 그를 찾아가, 천성(天性)을 거스르며 살아가는 잘못을 꾸짖고 자신이 그를 구제해줄 뜻이 있음을 알린다. 이에 현동자의 수락으로 백실 선생은 현동자가 선택할 수 있는 삶의 여러 형태들을 제시하는데, 그 다양한 삶의 양상이란 다음과 같다.

① 〈游俠之事, 任俠烈丈夫之事.〉
의리를 지키고 무용(武勇)을 떨치며 호쾌한 남아의 뜻을 펼치는 협객으로서의 삶
② 〈將相之業〉
공명(功名)을 이루고 정치를 도와 왕국을 편안히 하는 장상(將相)으로서의 삶
③ 〈文章雕篆之技〉
총명한 재예를 바탕으로 아름답고 훌륭한 시문을 남기는 문장가의 삶
④ 〈老莊之虛無〉

---

42) 『玄洲集』, 권12, 「七覺」.

현허(玄虛)한 무위자연(無爲自然)의 도에 침잠하여 정신적 자유를 만
끽하는 노장(老莊)의 삶

⑤〈神仙詭誕之術〉

우화등선(羽化登仙)하여 불로장생할 수 있는 신선(神仙)의 방술(方
術)을 익히는 삶

⑥〈釋氏之空寂〉

마음을 비워 삼라만상(森羅萬象)의 질곡에서 벗어나는 불가(佛家)
의 삶

백실 선생이 위의 여섯 가지 양태의 삶을 제시하자 현동자는 각
각의 허점을 들어 단호히 거절한다. 이에 백실 선생이 마지막으로
태극(太極)·음양오행(陰陽五行)·사단칠정(四端七情) 등의 이론을 들어
유가적 삶을 제시하자, 현동자는 그의 말이 채 끝나기도 전에 훌륭
한 말씀이라 연신 칭송하며 더욱 자세한 내용을 캐묻는다. 그리하
여 백실 선생은 유가 성인의 경지와 예악·강상(綱常) 등의 이론을
더욱 자세히 설명하는데, 이에 현동자는 앞서 제시된 삶의 양상은
모두 부질없고 의혹만 증폭시키는 사설(邪說)이며 유학을 궁구하는
삶이 최선의 선택임을 깨닫는 것으로 글은 마무리된다.

『도덕경』에서는 "통로를 막고 문을 닫으며, 날카로움을 꺾고 어
지러움을 풀어 내며 빛을 아우르고 속진(俗塵)과 함께 하니, 이를 현
동(玄同)이라 한다.[塞其兌, 閉其門, 挫其銳, 解其紛, 和其光, 同其塵, 是謂玄
同.]"[43]라고 하였다. '현동자(玄侗子)'는 여기서 취한 명칭으로 보이

---

43)『道德經』, 56장.

는데, 이는 그가 실은 통찰력이 깊은 인물임을 암시한다. 비록 혼란
한 세상에 염증을 느끼고 숨어서 생활하였지만 비상한 안목과 재주
를 지녔기에, 현동자가 최종적으로 선택한 유학적 삶은 사상적 우
월성을 검증받은 것과 진배없다. '백실 선생(白室先生)' 역시 "빈 방
안에 흰빛이 생기고 거기에 좋은 징조가 깃든다.[虛室生白, 吉祥止
止.]"⁴⁴⁾라고 한 『장자』의 구절에서 취한 명칭으로 보이니, '백실'이
란 곧 맑고 텅 빈 마음을 비유하는 '허백(虛白)한 방' 혹은 마음이
청허하여 욕심이 없으면 도심(道心)이 절로 생겨난다는 의미이다.
즉 백실 선생은 어떠한 욕심도 없는 평온한 마음의 소유자로서, 그
가 제시하는 여러 가지 삶의 양상들은 아무런 편견과 의도 없이 나
열된 것임을 암시한다. 현주는 도가서(道家書)의 용어를 등장 인물
의 명칭으로 취하고 그들로 하여금 유가적 삶을 선택하게 함으로
써, 유가적 삶이 도가적 가치를 넘어 최상의 사상적 위치를 점유함
을 부각시킨다.

　비슷한 예는 또 있으니, 「삼십육궁도시춘부(三十六宮都是春賦)」가
그 예이다. 여기서는 지리자(支離子)와 검영씨(黔嬴氏)의 대화를 통해
천지조화의 운행을 가시화(可視化)한 『주역』의 '삼십육궁(三十六宮)
이 모두 봄이다.[三十六宮都是春]'라는 설을 설명하고 납득시킨다. 이
글에 등장하는 지리자(支離子)는 『장자』의 「인간세(人間世)」에 등장
하는 곱추 지리소(支離疏)를 지칭하는데, 『장자』에서는 그를 도를
체득하여 외부의 영향을 입기보다는 자신의 덕을 온전히 지키며 사

---

44) 『莊子』, 「人間世」.

는 인물로 그린다. 그런 그에게 검영씨는 '도시춘(都是春)'의 설을 설명하여 『역(易)』의 이치가 참된 진리임을 깨우쳐준다. 『장자』에 나오는 인물인 지리소(支離疏)를 의도적으로 등장시키고 『장자』에서 흔히 쓰는 용어[45]와 우언(寓言)의 수법을 사용하여 도가 사상을 부정하고 유가 사상을 옹호하는 이 글의 양상은, 『장자』에서 유가의 인물을 등장시켜 유가의 도를 반박함으로써 도가 사상의 승리로 귀결시킨 것과 교묘하게 대치된다.

도가의 초월적 사유는 현주에게 현실에서의 정신적 일탈을 가능하게 해주었으나, 눈앞에 맞닥뜨린 현실 문제를 실제로 개선하는 데에는 구체적인 대안을 제시하지 못하였다. 현주가 도가를 비롯한 다른 사상과의 비교 속에서 유가의 사상적 우월성을 확보하려 한 것은 혼란한 당시 사회를 수습하는 데 유가 이념이 가장 유효한 사상임을 인식했기 때문이었다. 그래서 그는 다양한 사상의 탐색을 바탕으로 유도(儒道)를 긍정할 뿐만 아니라, 유도 속에서 조선 사회의 무질서와 혼란을 종식시킬 해법을 찾으려 애썼다.

듣자니 영남은 국가의 근간이라　　　　　　吾聞嶺邑國根樞
고관들 곧장 동남쪽 길로 달려가네　　　　軒蓋直走東南途

---

45) 이 글에 등장하는 '약상(弱喪)' '취만(吹萬)' '주우(朱愚)' 등은 모두 『장자』에 나오는 말로 현주가 의도적으로 차용한 것으로 보인다. '약상(弱喪)'(『莊子』, 「齊物論」)은 어려서 집을 떠나 오래도록 타향에서 편안하게 살다 보니 마침내 고향에 돌아갈 줄도 모르게 된 경우를, '취만(吹萬)'(『莊子』, 「齊物論」)은 바람이 불어올 때 갖가지로 다양하게 반응하며 소리를 내는 것을, '주우(朱愚)'(『莊子』, 「庚桑楚」)는 지혜가 부족해서 우매한 것을 뜻한다.

팔도(八道)를 나눈 중에 절반을 차지하니	平分八路有其半
높은 성벽 큰 진영이 다투어 펼쳐졌네	崇墉巨鎭爭羅鋪
풍속과 백성이 순박함은 고풍으로 인한 것	俗素民淳因古風
일찍이 신라의 옛 영토에 속하였네	曾入新羅舊版圖
고운·길재·퇴계 등의 명류들이	孤雲吉再退翁流
대대로 이어져 참 선비 배출되었네	代不絶鳴多眞儒
······	······
바라노니 공정하게 관리들의 치적을 살펴	我願平衡考殿最
청백리 승진시키고 탐관오리 몰아내길	陟登廉介驅貪儒
바라노니 곳곳을 순행하며 풍속을 잘 살펴	我願巡遊愼觀察
유학을 존숭하고 보위하여 우리를 일으켜주길	崇儒衛學興吾徒[46]

위의 시는 1606년[선조 39, 현주 나이 35세] 경상도 관찰사로 부임한 이상신[李尙信, 1564~1610]에게 써준 시이다. 현주는 이상신에게 부임지인 영남 지방은 옛 신라의 유풍으로 말미암아 훌륭한 유자(儒者)들이 배출되고 순박한 민풍이 이루어졌다고 하면서, 그곳에 가서 관리들을 엄중하게 다스리고 유학을 높이고 지켜달라고 당부한다. 진유(眞儒)의 학맥이 전해져 내려오는 영남 지방에서는 유학을 존숭하는 일과 유도(儒道)에 어긋난 파렴치한 관리들의 척결이 다른 무엇보다 더 중요하다고 파악한 것이다. 전란 후 피폐해진 지방의 민생을 돌보는 지방관의 역할에서 나라의 기강이 되는 유도(儒道)를 존숭하는 일이 무엇보다도 중요함을 인식하였던 것이다.

---

46) 『玄洲集』, 권2, 「贈而立令公赴嶺南」.

이처럼 현주는 유가의 가르침을 치세의 요긴한 수단으로 간주하고 강조하였다. 이는 개인 수양을 통한 도덕적 주체 확립이 세상의 비도덕을 개선할 바탕이 될 것이라는 생각 때문이었다.

다음 글을 살펴보자.

> 길쌈이란 일은 정교하고도 고된 것이다. 베틀과 북을 갖추어야 하며, 명주와 삼을 잣는 기구가 있어야 공녀(工女)가 비로소 베틀에 올라가 작업을 한다. 손으로 올리고 발로 밟으며 북으로 이리저리 옮겨 베와 비단 천을 만들며, 능라와 수놓은 비단으로 지어서 한 필의 옷감을 완성한다. 이 작업이 끝나야 잘라서 옷을 지어 입게 되니, 그 수고가 이와 같다.
>
> 그러나 자안〔子安, 왕발(王勃)〕의 길쌈은 공녀의 길쌈과 다르다. 베틀과 북이 필요 없고 손으로 올리고 발로 밟는 수고도 필요 없다. 아침저녁으로 놀리고 낮밤으로 움직이는 것은 오직 자신의 세 치 혀뿐이지만 베·비단·능라·수놓은 비단은 절로 몸에 걸치고도 남는다. 어찌하여 들이는 수고는 지극히 적으면서 얻는 재물은 지극히 많은 것인가? 이로써 본다면 선비의 길쌈이 공녀의 길쌈보다 훨씬 낫다.
>
> 비록 그렇지만 자안의 일은 혀를 놀리는 일에만 집중되어서 오히려 자취는 남겼지만 의복과 음식을 얻는 데에 그칠 뿐이다. 성인(聖人)의 일은 마음을 수양하는 일에 집중되어서 천지를 다스려서 온 천하에 크나큰 복록이 그를 따르니, 의복과 음식 따위의 미천한 일은 운운할 것이 못 된다. 그러므로 나는 "손을 쓰는 일은 혀를 쓰는 일보다 못하고, 혀를 쓰는 일은 마음을 쓰는 일보다 못하다."라고 말한다.[47]

---

47) 『玄洲集』, 권15, 「舌織說」. "織之爲業, 巧且勞. 有機有杼焉, 有絲麻紡績之具, 然後紅女始乘而役焉. 手揚而足抑之, 以梭以裏, 爲布爲帛, 爲羅紈錦繡而匹之. 功

윗글은 「설직설(舌織說)」이다. '설직(舌織)에 대한 논설'이라는 제목에 걸맞게 이 글에서는 우선 '직(織)'에 대해 세 가지로 나누어 설명한다.

글의 첫머리에서 제시한 '직(織)'은 손수 베를 짜는 공녀의 일[수직(手織)]이다. '수직'은 베틀·북·실 등의 길쌈 도구가 빠짐없이 갖추어지고 아낙의 체력이 소모되어야 하는 고단한 과정이다. 그러나 정작 이 과정을 통해 얻은 '옷감'은 옷을 지을 재료를 만들어낼 뿐이라서, 고된 노동에 비해 그 성과가 너무나 저조하다. 두 번째로 제시되는 '직(織)'은 머릿속의 문장을 말로 표현하는 문장가의 일[설직(舌織)]이다. 위에 언급된 자안[子安, 650~676]은 당나라 초기의 유명한 시인 왕발(王勃)이니, "자안은 혀로 베를 짜서 입고 붓으로 밭을 갈아 먹는다.[舌織而衣筆耕而食]"라는 말이 있을 정도로 그에게 글을 청하는 이들이 끊이지 않았다고 한다. 왕발의 '설직'은 자신의 문학적 재능을 바탕으로 머릿속에서 생성된 문장을 말하면 그만이니, 별다른 도구도 필요 없고 체력도 소진되지 않는다. 그럼에도 불구하고 부와 명예라는 성과를 거두니, 고된 노동의 댓가로 옷감을 얻는 공녀의 '수직'보다 훨씬 효율적이다. 마지막으로 제시되는 것은 마음을 닦는 성인의 일[심직(心織)]이다. 성인의 '심직(心織)'은 자신

訖而翦割焉, 以爲衣而衣之, 其爲勞有若是. 而子安之織, 異乎是. 不機不杼, 不手揚足抑. 晨夕之所掉, 早夜之所鼓, 唯其舌之三寸, 而布也, 帛也, 羅紈也, 錦繡也, 自衣體而有餘. 是何所勞至約而所資至廣歟? 由此觀之, 士之工於織, 賢於紅女遠矣. 雖然, 子安之勞, 專於舌, 猶有其跡, 而衣食而已. 聖人之勞, 專於心, 經緯天地, 而天下四海萬鍾之祿隨之, 衣食之微, 不足云爾. 余故曰: '手之工, 不如舌之工; 舌之工, 不如心之工.'

의 수양을 통해 천하의 복록을 다스리게 되는 놀라운 성과를 거둔다. 그것은 노력에 비해 보잘것없는 성과를 내는 공녀의 '수직(手織)'이나 그 보상이 물질적 차원에만 그치는 문장가의 '설직(舌織)'과는 비할 수 없이 큰 가치를 지닌다.

현주는 공녀·문장가·성인의 수직(手織)·설직(舌織)·심직(心織)을 점층적으로 제시함으로써, 유가의 가르침에 따라 내면을 수양하는 '심직(心織)'을 최상의 가치로 제시하고 있다. 말단의 기예, 재물과 공명(功名)을 이루는 일보다 개인의 내면 수양이 가장 중요한 일임을 강조한 것이다.

다음 글을 살펴보자.

부(賦)를 짓고 시(詩)를 논하는 일은 성패(成敗)를 헤아리는 데 무익하고, 경서(經書)를 궁구하고 행실(行實)에 힘쓰는 것은 풍화(風化)에 보탬이 되는 점이 많다. 문장(文場)에서 빛나는 재주를 과시하는 것이 어찌 성로(聖路)에서 더듬어 찾는 일보다 낫겠는가?

나 같은 이는 학문에 있어서는 도를 듣지 못하였고, 문장에 있어서는 볼 만한 글을 짓지 못하였다. 기이하면서도 법도가 있음[기법(奇法)]·바르면서도 아름다움[정파(正葩)]·알아듣거나 말하기 어려움[오아(聱牙)]·위곡하고 난해함[힐굴(詰屈)] 등에는 일찍이 힘을 쓰지 않았고, 아름답고 화려함[기미(綺靡)]·투명하고 분명함[유량(瀏亮)]·따스하고 부드러움[온윤(溫潤)]·맑고 씩씩함[청장(淸壯)] 등에도 모두 공을 들이지 않았다. 호랑이와 용이 살아 움직이는 듯한 문장은 썪은 밧줄 같은 나의 재주로 지을 수도 없지만, 조충전각(雕蟲篆刻)이 또한 어찌 장부가 할 바이겠는가?[48]

위의 글은 현주가 자신의 문장관을 기술한 「증김수재서(贈金秀才序)」의 일부분이다.

여기서는 말단의 재주인 문장의 연마에만 골몰하지 말고, 편협한 시각에서 벗어나 넓은 시야로 세상을 바라보며 겸손한 자세로 내실(內實)을 다지라고 충고한다. 그리고 무엇보다 경서를 익히고 행실을 돌아보는 유가적 가르침에 충실하는 것이 중요하다고 하면서, 그렇지 않고서 힘쓰는 재주는 한갓 천한 말단의 재주이니 대가(大家)에게 비웃음을 사게 될 것이라 한다. '기법(奇法)·정파(正葩)·오아(聱牙)·힐굴(詰屈)' 등의 작법이나 '기미(綺靡)·유량(瀏亮)·온윤(溫潤)·청장(淸壯)' 등의 문장 풍격에만 골몰하는 조충전각(雕蟲篆刻)은 장부가 할 바가 아니라고 하는 현주의 언급에서, 시문 작성의 기술보다는 심성 수양의 깊이를 더 중시하였던 그의 생각을 읽을 수 있다.

현주는 유가 이념으로 내면이 충실히 다져지면, 그것이 외부로 발현되어 감화(感化)의 공능(功能)을 발휘한다고 보았다.

어떤 이가 나에게 물었다.
"맹가(孟嘉)가 환온(桓溫)에게 대답한 말 중에 '대 악기가 육성(肉聲)만 못하니, 조금 더 가깝기 때문이다.'라고 한 말이 있다. '조금 더 가깝

---

48) 『玄洲集』, 권10, 「贈金秀才序」. "奏賦論詩, 無益於成敗之數; 窮經力行, 有補於風化者多. 與其掉鞅於文場, 曷若摘埴於聖路? 若余者, 學未聞道, 文不成章. 奇法焉·正葩焉, 聱牙焉, 詰屈焉, 曾不用力; 綺靡者, 瀏亮者, 溫潤者, 淸壯者, 皆非着功. 活虎生龍, 終非朽索可制; 雕蟲篆刻, 亦豈丈夫所爲?"

다.'는 것이 무슨 말인가?"

내가 다음과 같이 응답하였다.

"오음(五音)과 육률(六律)은 성정(性情)에서 나오지만 그 소리를 형용하는 것은 기(氣)이다. 어째서인가? 이 사람이 있으면 이 기(氣)가 있고 이 기(氣)가 있으면 이 소리가 있고 이 소리가 있으면 이 악(樂)이 있기 때문이다. 악(樂)과 예(禮)는 모두 자기에게 갖추어져 있으니, 통함이 있고 막힘이 있는 것은 물욕에 가리고 가리지 않은 차이일 뿐이다. 상고 시대에 통하지 않음이 없었던 것을 성인이 나온 뒤에 그것이 후세에 가려질까 염려하였다. 그래서 비로소 율(律)과 여(呂)를 만들고 악기를 만들어 전하였으니 대개 금(金)·석(石)·사(絲)·죽(竹)으로 만든 악기의 종류가 바로 그 예이다."

혹자가 말했다.

"그렇다면 어째서 멀다 하고 어째서 가깝다고 하는가?"

나는 이렇게 답했다.

"금석(金石)과 현악기는 손과 손가락의 명령을 듣고 손과 손가락의 움직임은 성기(聲氣)의 명령을 들으며 성기의 발현은 성정(性情)의 명령을 듣는다. 그러므로 그 전해짐이 더욱 멀다. 대 악기는 이것과 달라서 성기(聲氣)의 명령을 듣되 성정(性情)에 근본한다. 그러므로 그 발현됨이 조금 가깝다. 육성(肉聲)의 경우에 이르러선 그 자체가 성기(聲氣)로서 성정(性情)의 명령을 들을 뿐이다. 그러므로 그 응함이 더욱 가깝다. 이것이 현악기가 대 악기보다 못하고 대 악기가 육성보다 못하며, 먼 것과 조금 더 가까운 것의 구별이 있게 된 까닭이다. 이로 말미암아 보면 오현금(五絃琴) 소리를 듣고도 화가 다 풀리지 않은 자가 남풍(南風)의 노랫소리를 들으면 풀리지 않는 경우가 없으니,[49] 연주가 끝나지

---

49) 옛날 순 임금이 오현금(五絃琴)을 만들어, 치국부민(治國富民)을 기원하는 내용으

않았을 때 영탄(詠嘆)을 더하는 것은 이 때문이리라, 이 때문이리라."

혹자가 손을 모아 절하면서 사례하였다.

"중용(中庸)의 소리로구나! 지극하고 극진하도다. 그대의 말은 맹가(孟嘉)보다 낫다."[50]

윗글은 「죽불여육변(竹不如肉辨)」[51]이다. 이 글에서 인간의 성정(性情)을 순화시키는 데 대 악기 소리보다 인간의 육성이 낫다고 주장한다. 그 이유는 육성이 사람의 성정과 거리상으로 가깝기 때문이라고 한다. 악기라는 중간 매개를 통하지 않고 직접적으로 성정을 드러내기에, 큰 감화를 줄 수 있는 것이 육성이라는 것이다. 이는 단순히 악기의 문제를 논한 것이 아니라 훌륭한 내면의 성정이 외부로 발현되었을 때의 교화적 공능(功能)을 지적한 것이다.

현주는 유가 이념의 내면화를 통해 외부 대상들을 변화시킬 수

로 「남풍가(南風歌)」를 지어 불렀다. 『禮記』, 「樂記」; 『孔子家語』, 「辨樂」.

50) 『玄洲集』, 권15, 「竹不如肉辨」. "或問于余日: '孟嘉之對桓溫有日: 竹不如肉, 漸近之也. 漸近也者, 何謂也?' 余應之日: '夫五音六律, 出於性情, 而形容其聲, 氣者也. 何則? 有斯人, 則有斯氣; 有斯氣, 則有斯聲; 有斯聲, 則有斯樂. 樂與禮皆備於己, 而有通有塞者, 物慾之蔽不蔽耳. 上古無不通者, 聖人者出, 然後慮後世之蔽也. 故始作律呂焉, 以爲樂器而傳之, 蓋金石絲竹之類是也.' 日: '然則何謂遠, 而何謂近歟?' 日: '金石與絲, 聽於手指, 而手指之動, 聽於聲氣; 聲氣之發, 聽於性情, 故其傳也益遠. 竹則異於是, 聽於聲氣, 而本於性情, 故其發也益近. 至於肉也, 以其聲氣, 聽於性情而已, 故其應也益近. 此所以絲不如竹, 竹不如肉, 遠與漸近之別也. 由是觀之, 聞五絃之琴, 而不盡解慍者, 聽南風之歌, 則無不解矣, 彈之不已, 加之詠嘆者, 其以此歟! 其以此歟!' 或者拜手謝日: '颼颼乎! 至矣盡矣. 子之言, 孟嘉不如.'"

51) 중간본에는 「竹不如肉辯」으로 제시되어 있으나 초간본에는 「竹不如肉辨」으로 되어 있다. 본고에서는 초간본의 제목을 따르도록 한다.

있다는 인식을 바탕으로, 현실의 질서와 기강을 바로잡기 위해 유
가 이념의 확립이 매우 시급함을 강조한다. 예컨대 「훈자부(訓子賦)」
에서 아들에게 유가의 이념을 실천하는 삶을 살도록 당부하면서 내
면 수양을 실천궁행(實踐躬行)해야 함을 적극 주장하는데, 그 이념이
란 신독(愼獨)과 성찰(省察)로 끊임없이 수신(修身)하고 그것을 바탕
으로 부부와 형제간에 법도를 잘 지키며, 향당에서 예절을 지키고
남을 사랑으로 다스리고 부모와 임금을 잘 섬기는 것이었다.[52] 그
가 아들에게 경계한 지성(至誠)·명덕(明德)·신독(愼獨)·진중(鎭重)·
겸양(謙讓)·삼강(三綱)·오륜(五倫)·우애(友愛)·충효(忠孝) 등의 덕목
들이 실천되면 개인의 수양뿐만 아니라 가정의 질서와 체계를 세우
는 데도 일조할 것이라고 본 것이다.

　현주는 구성원 각자가 유가의 이념을 잘 실천한다면 나라 역시
순조롭게 운영될 것이라고 보았다.

　　벌통에 처음 들어올 때에 왕 같은 벌도 있고 신하 같은 벌도 있으며
　　병졸 같은 벌도 있었다. 또 문을 지키며 출입을 살피는 듯한 벌도 있고

---

52) 『玄洲集』, 권13, 「訓子賦」. "懼汝居閑而處獨兮, 昧余志之竦惕. 懼汝臨事而應物
兮, 遽輕動而妄作. 懼汝不謙而自抑兮, 遽肆言而悖德. 夫愼微而謹獨兮, 乃聖賢
之明飭. 苟服膺以脩省兮, 與君子而同域. 故夫婦之至愚兮, 亦有刑而有別. 處兄
弟而友悌兮, 諒體二而氣一. 彼忿爭而參商兮, 宜戒之於造次. 況出身而事君兮,
忠必由乎孝至. 在勿欺而好犯兮, 宜盡己而效死. 矧長貴之凌妨兮, 鮮災禍之不
逮. 故下馬於鄕間兮, 宜鞠躬而敬止. 然遠朋之會文兮, 豈非信而可立? 寧以面而
不石兮, 宜取益而義合. 彼僕御之賤微兮, 亦天生之人子. 恤常存乎飢寒兮, 宜厚
愛而薄罪. 凡臨刑而畏殺兮, 體上天之好生. 彼恃挾而生驕兮, 有必剋之神明. 苟
事父與事君兮, 曁事天而不愆."

또 문을 나서서 조심스레 망을 보는 듯한 벌도 있었다. 그리하여 해가
뜨면 왕벌은 호령을 하고 신하벌은 명령을 시행하며 일벌이 일을 하도
록 감독한다. 일을 할 때는 먼저 나간 벌이 꼭 먼저 들어와 감히 뒤쳐지
지 않고, 뒤에 나간 벌이 꼭 뒤에 들어와 감히 먼저 들어오지 않았고,
하나가 나가면 하나가 들어오는 일이 끊임없이 서로 이어졌다. 모든 꽃
술이며 향내며 꿀이며 향기를 물고 주워오면서도 시기를 딱 맞춰 차례
로 도달함이 마치 부절(符節)이 꼭 들어맞는 것 같았다. …… 문득 어느
날 저녁에 어디서 왔는지 모를 벌 한 마리가 나타났는데, 밤톨만 한 크
기에 적황색이며 우레 같은 소리를 내고 주둥이는 칼처럼 날카로웠다.
벌통을 에워싸고 수없이 빙빙 돌며 날더니 꿀향기를 맡고 문에 들어가
려 한 것이 세 차례였으나, 마침내는 문지기 벌에게 제지당하여 들어가
지 못하였다. 이때 이미 그 위급함을 알리는 놈이 있었는지 과연 10여
마리의 벌떼가 문을 나와 적을 맞아 싸워서 대항하며 다투다 죽었다.
그러자 또 수십 마리의 벌떼가 나타나 힘껏 싸우며 다투다 죽고, 또
5~60마리의 벌떼가 적을 맞아 싸우니 큰 벌이 패하여 달아났다.[53]

위에서는 벌통을 지키는 벌들의 행동을 소재로 한「봉위기(蜂衛
記)」이다. 현주는 자신의 눈 앞에 펼쳐진 벌들의 모습을 형용하는
데, 독자가 함께 현장을 목격하고 있는 느낌이 들 만큼 묘사가 핍진

---

53)『玄洲集』, 권15,「蜂衛記」. "其始入也, 有如君人者, 有如臣僚者, 有如士卒者. 又
有如守閤伺出入者, 又有如出戶謹候望者. 於是, 日出, 則君發號, 臣施令, 而董
士卒作役焉. 其作役也, 出先者, 入先而不敢後; 出後者, 入後而不敢先, 一出一
入, 相繼不絕. 凡其花蕊也·香臭也·瀋液也·氤氳也, 無不銜拾, 而期合次至, 若
相符契. …… 而忽一夕有一蜂不知何自而來者, 其大如栗, 而色赤黃, 其聲如雷,
而嘴劍利. 繞箇百匝而飛, 嗅蜜香入門者三, 而遂爲守閤者所擠, 不得入. 此時,
已有以其急告者, 果有十餘徒, 出門逆戰, 鏖拒頡頑而死之. 又有數十徒, 力戰頡
頑而死之, 又有五六十徒逆戰, 而大蜂北而遁."

하다. 벌들의 속성과 특징을 면밀히 살피고 시간순으로 세밀하게
그려낸 현주의 관찰력과 서술력이 돋보이는 대목이다.

저마다의 역할을 담당하고 있는 벌들은 질서정연하게 꿀과 술을
부지런히 운반하며 자신들의 터전을 가꾼다. 각자 맡은 임무와 시
간을 철저히 지키는 벌들의 모습은 마치 부절(符節)이 딱 들어맞듯
질서정연하다. 그러다 한번은 외부에서 침입한 큰 벌을 물리치는
사건이 발생한다. 큰 몸집을 지니고 요란한 소리를 내며 달려드는
적의 침입에, 벌들은 벌통을 사수하기 위해 일사분란하게 움직여서
수차례의 전투 끝에 마침내 벌통을 지켜낸다.

현주는 법도와 규칙이 엄밀히 지켜지는 벌들의 세계를 바라보면
서, 개인이 각자의 소임을 어김없이 수행하면 사회와 국가의 질서
체계는 자연히 세워짐을 인식한다. 더욱이 공동의 적을 물리치겠다
는 일념으로 긴밀하게 협력하여 필사의 항쟁을 벌인 벌들의 행동은
외부 국가의 침략으로 피폐해진 조선 사회의 모습을 돌아보지 않을
수 없게 만든다. 벌들의 빈틈없는 협력 구조가 위기 상황에서 더욱
빛을 발한 데서, 현주는 군신(君臣)과 사졸(士卒)이 각자의 역할을 잘
수행하는 유기적 체제의 중요성을 깨닫는다. 외부의 침입을 방비하
고 자신들의 터전을 수호해낸 원동력은 바로 벌들의 협력한 덕분이
었기 때문이다.

아! 무리를 구휼하고 아래의 벌들을 다스려 힘써 일해 공(功)을 이룸
은 인(仁)이 아니겠는가? 명령은 행하고 금지하면 멈추어서 차례대로
출입함은 예(禮)가 아니겠는가? 조석(朝夕)으로 빈번히 오가면서도 때

를 놓치지 않고, 하나가 가야 하나가 와서 각기 시기를 맞춤은 신(信)이
아니겠는가? 구멍을 파서 집을 짓고, 꿀로 바꾸어 양식을 만들며 그것
으로 추위를 견디고 한 해를 마침은 지(智)가 아니겠는가? 봉토를 지켜
적이 이르면 죽을힘을 다해 싸우고, 외적 때문에 군부(君父)를 버리지
않음은 의(義)가 아니겠는가? …… 세상에 그 임금 밑에서 의식(衣食)
을 취하면서 적이 와도 목숨 바쳐 싸우지 못하고, 도리어 적의 신하가
되어 그 임금을 팔아먹는 자는 또한 어떤 사람인가? 사람으로서 벌보다
못해서야 되겠는가?[54]

현주는 벌들 각각의 행동이 오상(五常)의 덕목에서 비롯된 것임을
발견한다. 벌의 우두머리가 휘하의 벌들을 보살피는 인(仁)의 덕목,
우두머리의 명령을 어김없이 실천하는 예(禮)의 덕목, 일사분란하
게 순서대로 움직이며 약속된 기한을 지키는 신(信)의 덕목, 구멍을
파서 집을 짓고 꿀을 양식으로 마련하는 지(智)의 덕목, 충성스럽게
자신들의 봉토를 지키고 목숨 바쳐 적과 싸우는 의(義)의 덕목에서
벌들이 그들의 세계를 온전히 유지할 수 있는 비결을 엿볼 수 있다.
현주는 벌들의 모습을 통해 조선 사회 역시 오상(五常)의 실천을
통해 공고해질 수 있음을 주장한다. 군신(君臣)과 사졸(士卒)이 각자
의 본분에서 유가적 수양을 계속하면 사회 질서는 자연스레 수립될

---

54) 『玄洲集』, 권15, 「蜂衛記」. "噫! 恤衆御下, 力業成功, 非仁歟? 令行禁止, 次茅
[第]出入, 非禮歟? 朝昏衙市, 不失其時, 一往一來, 各以其期, 非信歟? 作窠以爲
室, 化蜜以爲糧, 以之御寒卒歲, 非智歟? 恪守封疆, 敵至而死戰, 不以賊而遺君
父, 非義歟? …… 世之衣食於其君, 而賊至不能死, 乃反臣於賊而賣其君者, 抑何
人哉? 可以人而不如蜂乎?"

것이라는 주장이다. 그러나 지금의 현실은 그렇지가 못하기에 현주는 실망스러운 인간의 행태를 꼬집으며 조선 사회의 간악한 무리들에게 벌보다 나은 삶을 살라고 일갈한다.

현주는 벌들이 오상(五常)의 이념을 체득함으로써 질서와 체계를 확립하였듯, 인간도 유가 이념의 체화를 통해 현실 세계의 질서를 재구할 수 있을 것이라 믿었다. 현주의 이러한 생각이 전란 후 피폐해지고 혼란스러워진 조선 사회의 수습을 급선무로 여긴 지식인으로서의 고뇌에서 비롯된 것임은 물론이다.

V
결론

현주 조찬한은 전쟁과 당쟁의 소요 속에서 자아를 정립하고 사회를 진정시키기 위해 치열하게 고민하고 몸부림쳤던 인물이다. 그가 품은 여러 고뇌의 양상들은 문학을 매개로 고스란히 반영되었고, 이에 문학은 개인의 불평한 심리를 표출하고 그 심리적 외상을 극복하는 치유의 장(場)이자 지식인으로서의 사회적 관심과 고뇌를 쏟아내는 장(場)으로서의 역할을 수행하였다. 본고에서는 현주 문학의 핵심적 성격을 '전란기 지식인이 겪었던 고뇌의 문학적 표현'으로 파악하고 그 양상을 살펴보았다. 그 내용을 약술하면 아래와 같다.

본격적인 논의에 앞서 Ⅰ장에서는 선행 연구의 성과와 문제점을 살피고 주 연구 대상인 『현주집(玄洲集)』의 저본과 구성을 소개하였다. 기존의 연구는 현주의 문학을 장르론·미학론·대상론·수사론 등의 측면에서 바라본 것이었으나, 필자는 시각을 달리하여 그의 창작 활동을 일종의 치유 행위로 인식하였다. 그리고 연구 자료로는 1710년에 발행된 한국문집총간 소재 『현주집(玄洲集)』을 저본으로 삼았음을 밝혔다.

Ⅱ장에서는 현주 문학에 표출된 불평한 심리의 양상을 살펴보았다. 그 첫 번째는 전쟁(戰爭)의 상흔과 망자(亡者)에 대한 그리움이다. 현주는 임진왜란과 정유재란 당시 모친과 처자를 잃는 아픔을 겪고 난 후, 망자에 대한 미안함과 그리움을 문학적으로 형상화하였다. 두 번째는 시정(時政)의 불합리에 대한 불만이다. 현주는 당시 조정의 부당한 인사 행정과 관료들의 불안한 정사에 대해 비판하고 분개하였다. 세 번째는 처세(處世)에 대한 고민과 자괴감(自愧感)이다. 현주는 영락한 서인계 집안 출신으로서 청운의 꿈을 안고 정계에 진출하였으나 환로에서 겪은 수많은 풍파에 끊임없이 출처에 대해 고민하였다. 현주는 자신의 불행한 심사를 문학 속에 쏟아냄으로써 전란과 당쟁 등으로 손상된 내면을 건강하게 회복시키고 진정시키려 하였음을 알 수 있었다.

Ⅲ장에서는 현주의 창작 활동의 양상과 그에 따른 심리 치유의 효과에 대해 살펴보았다. 그것은 첫째, 문학적 소통과 동류의식 형성을 통한 위안이다. 현주는 주변 인물들과의 문학적 교유를 통해 자신의 불평한 심리를 토로하고 위무하였으니 이는 대인적(對人的) 창작 활동으로 명명(命名)할 수 있다. 둘째, 상상을 통한 울우(鬱憂)의 해소이다. 현주는 문학 속에 상상의 세계를 그려냄으로써 현실의 불우를 극복 혹은 탈피하려 하였다. 셋째, 자전적(自傳的) 비유와 의론을 통한 성찰과 자기 수용이다. 현주는 자신의 입장을 비유적으로 형상화하고 명(名)·실(實)에 대한 의론(議論)을 개진함으로써 자신을 둘러싼 세간의 오해를 적극적으로 해명하였다. 이러한 일련의 창작 활동은 모두 현주가 자신의 심리적 외상을 극복하고 치유

하기 위해 도모한 노력의 일환으로 이해할 수 있다.

Ⅳ장에서는 현주가 당대 지식인으로서 사회 개선을 위한 해법(解法)을 제시한 작품을 살펴보았다. 현주는 사회 문제의 개선을 위해, 먼저 관료로서 바람직한 자세를 갖출 것을 당부하였다. 현주는 전란으로 피폐해진 민생을 추스르기 위해서 관료의 역할이 어느 때보다 중요함을 깨닫고 이를 역설하였다. 둘째, 인재 등용의 중요성을 강조하였다. 현주는 인재의 거용이 적재적소에 이루어져야 사회의 재건이 이루어질 수 있다고 역설하였다. 셋째, 유가 이념을 통한 치세(治世)의 방도를 제시하였다. 현주는 세상의 무질서를 바로잡기 위해서는 무엇보다도 유가 이념의 실천이 급선무임을 주장하였다.

앞선 논의를 살펴보면 현주가 다양한 문학의 기법을 통해 자신과 사회의 치유를 꾀하였음을 알 수 있다. 그것은 첫째, 자기 심리를 직접적으로 표출하는 방식이다. 현주는 그리움·불만·자괴감 등 자신의 심리적 불평을 문면에 쏟아냄으로써 치유를 위한 첫걸음을 내딛었다. 이에 현주에게 문학은 표출과 소통의 장으로서 의미가 컸다. 둘째, 역사 인식을 매개로 한 방식이다. 현주는 직녀와 항아 같은 불행한 여성에 자신의 처지를 투영하기도 하고, 자신의 능력을 십분 발휘할 군주를 만나지 못한 공자나 자신을 알아보는 백락을 만나지 못한 명마(名馬)를 거론하여 인재 등용의 불합리를 고발하기도 하였다. 또 신하를 존중하는 어진 군주와 우직한 충신의 상(像)을 예시함으로써 사회 모순의 해법을 제안하기도 하였다. 이는 역사 고사의 비판적 성찰을 통한 공감과 위안의 도모인 동시에, 역사 교훈을 바탕으로 한 해법의 제시이다. 셋째, 철학적 사유를 매개로

한 방식이다. 개인적 차원에서는 도가의 초월적 사유에 침잠하여 정신적 자유세계를 희구하였으며, 사회적 차원에서는 유도(儒道)를 찬미하고 강조함으로써 상하 질서의 정립과 사대부 중심의 통합을 주장하였다. 이처럼 현주는 철학·문학·역사 등 사대부의 다양한 교양지식을 문학 속에 융합하고 응집시켰다. 이에 전란기를 경험한 지식인의 개인적·사회적 고뇌는 문학 속에 고스란히 편입되었고, 그 과정에서 사대부의 교양 지식을 거쳐 조선 중기의 문학은 한층 더 향상된 면모를 갖추게 된 것이다.

현주의 창작 활동은 그의 자아를 안정감 있게 변화시키고 성장시켰다. 현주는 문학을 통해 자아를 확립하고 세계와 소통하였으니 그의 필치 아래에서 문학은 치유의 도구와 사회적 모순을 고발하는 수단이 되었다. 한편, 시(詩)와 문(文)을 막론하고 여러 문체를 두루 섭렵하여 창작의 기술을 연마한 현주는 작품의 내용과 표현 방식에 몹시 골몰하였다. 이식(李植)은 현주가 생전에 모아둔 원고를 읽고 난 후, "문장을 짓는 재사(才思)가 일렁이고 작법(作法)이 교묘하고도 치밀하여, 끌어당기면 아득히 끝도 없고 요약하면 엄정하게 형상할 수 있다.[竊見藻思動蕩, 撰法工密, 引之杳然無涯, 約之森然可象.]"[1]라고 평한 바 있다. 이식의 이 말은 현주의 작품이 문장을 짓는 구상과 기술의 집약체라는 찬사에 다름아니다. 우언과 문답·묘사 등 수사 기법을 즐겨 활용하여 현장감과 몰입도를 제고시키고, 시·부·변려·고문 등의 여러 갈래를 활용하여 운율미·정련미 등의 표현미를 부

---

1) 『澤堂集』 別集 권18, 「與趙玄洲」.

각시킨 점 등은 현주가 얼마나 표현의 방식에 열의를 기울였는지를
알 수 있게 하는 대목이다.

　남다른 창작 열의로 자신의 불평한 심사와 지식인으로서의 고민
을 고스란히 문학적으로 승화시키면서도, 유려한 창작 기술을 통해
개인의 내면 치유와 사회적 모순의 타파를 동시에 도모한 현주 특유
의 문학적 재치는 개인이 감당키 힘든 시련과 난관을 격조 높은 문
학적 표현으로 극복하게 만들었다. 다양한 독서 경험과 해박한 지
식, 높은 창작 열의와 문학적 재능, 현주 문학의 특별한 경계는 바로
여기에 있다. 개인적 시련과 시대의 고민을 다채로운 글쓰기를 통해
승화시킨 현주의 문학으로 조선 중기 문단을 한층 더 풍성해졌다.

　문학은 예로부터 인간의 심리적 건강과 안녕에 기여해왔다. 문학
의 유희적 공능과 치유 기능은 이러한 측면에서 유의미하다. 그중
에서도 특히 한문학은 주향유층인 지식인들의 풍부한 지식 교양을
바탕으로 이루어져 비교적 수준 높고 정제된 문학적 성취를 보이는
것이 특징이다. 인문학의 현실적 효용을 회의적인 시각으로 바라보
며 그 위기를 거론하는 이 시점에서 한문학의 치유 기능에 주목하
는 본 논문의 시도는 의미 있는 접근이 될 것이다. 또한 당대 뛰어
난 작가로 알려진 현주의 문학 세계를 검토하는 일은 조선 중기 문
단의 다양한 전개 양상을 살피는 데도 긴요한 작업이 되리라 생각
된다. 앞으로 그의 문학에 대해 더욱 다각적이고도 심도 있는 연구
가 속개되어, 현주 문학이 가지는 특질과 가치가 재평가되기를 기
대한다. 전란의 상처와 시대의 고민이 녹아 있는 현주의 문학이 발
하는 가치가 무색하지 않도록 말이다.

참고문헌

『舊唐書』.
『論語』.
『道德經』.
『書經』.
『詩經』.
『莊子』.
『朝鮮王朝實錄』.

權鞸, 『石洲集』.
金錫冑, 『息庵遺稿』.
金錫冑, 『海東辭賦』.
朴趾源, 『燕巖集』.
李肯翊, 『燃藜室記述』.
李睟光, 『芝峯類說』.
李植, 『澤堂集』.
李安訥, 『東岳集』.
張維, 『谿谷集』.
鄭文孚, 『農圃集』.
趙文命, 『鶴巖集』.
趙纘韓, 『玄洲集』.
『漢陽趙氏 玄洲公派譜』.
『漢陽趙氏 嘉山公派宗報』.
許均, 『惺所覆瓿藁』.
洪萬鍾, 『小華詩評』.

謝楚發, 『散文』, 人民文學出版社, 1994.
徐師曾, 『文體辨明』, 中文出版社, 1991.

薛鳳昌, 『文體論』, 臺灣商務印書館, 1973.

楊春時, 『藝術符號與解釋』, 人民文學出版社, 1989.

吳 訥, 『文章辨體』, 中文出版社, 1991.

姚 鼐, 『古文辭類纂』, 安徽敎育出版社, 1991.

劉 勰, 『文心雕龍』, 上海古籍出版社, 1993.

尹恭弘, 『騈文』, 人民文學出版社, 1994.

褚斌杰, 『中國古代文體槪論』, 北京大學出版社, 1990.

朱世英, 『唐宋八大家散文技法』, 安徽敎育出版社, 1986.

朱世英 外 2人, 『中國散文學通論』, 安徽敎育出版社, 1995.

周振甫 注, 『文心雕龍注釋』, 里仁書局, 1984.

周振甫, 『中國修辭學史』, 江蘇敎育出版社, 2006.

陳必祥, 『古代散文文體槪論』, 文史哲出版社, 1987.

周啓成 注譯, 『新譯 昭明文選』, 三民書局.

陳望道, 『修辭學發凡』, 上海世紀出版集團, 2006.

강명관, 『안쪽과 바깥쪽』, 소명출판, 2007.

강원대학교 인문과학연구소 편, 『인문치료』, 강원대학교출판부, 2009.

_____, 『인문치료의 이론과 원리』, 강원대학교출판부, 2011.

_____, 『인문치료와 문학, 그리고 언어』, 강원대학교출판부, 2013.

국사편찬위원회, 『한국사30-조선중기의 정치와 경제』, 탐구당, 2003.

_____, 『한국사31-조선중기의 사회와 문화』, 탐구당, 2003.

김석주 편·이관성 외 3인 역, 『(국역)해동사부』, 보고사, 2008.

김성수, 『사부문학(辭賦文學) 연구』, 공주대학교 출판부, 2007.

김태준 저·김성언 교주(校註), 『교주 조선한문학사』, 태학사, 1999.

동방한문학회 편, 『한국한문학의 이론-산문』, 보고사, 2007.

민병수 외, 『사찰, 누정 그리고 한시』, 태학사, 2001.

민영대, 『조위한의 삶과 문학』, 국학자료원, 2000.

박완식, 『한문 문체의 이해』, 진주대학교출판부, 2001.

박희병, 『유교와 한국문학의 장르』, 돌베개, 2008.

徐復觀 저·윤호진 역, 『한문문체론 연구』, 태학사, 2000.

심경호, 『조선시대 한문학과 시경론』, 일지사, 1999.

_____, 『한문 산문의 미학』, 고려대학교출판부, 2005.

양승민, 『우언의 서사 문법과 담론 양상』, 학고방, 2008.

유종호, 『문학이란 무엇인가』, 민음사, 1989.

유 협 저·최동호 역편, 『문심조룡』, 민음사, 1994.

이건창 저, 이근호 역, 『당의통략(黨議通略)』, 지만지, 2008,

이동희, 『문학의 즐거움 삶의 슬기로움』, 신아출판사, 2001.

이상섭, 『문학비평용어사전』, 민음사, 2010.

이성형, 『임란 수습기 연행 체험과 연행 문학』, 보고사, 2013.

정끝별, 『패러디 시학』, 문학세계사, 1997.

정 민, 『한시미학산책』, 솔출판사, 1996.

_____, 『목릉문단과 석주 권필』, 태학사, 1999.

정운채, 『문학치료의 이론적 기초』, 문학과 치료, 2006.

조동일, 『(제4판)한국문학통사』 3, 지식산업사, 2010.

진필상 지음·심경호 옮김, 『한문문체론』, 이회, 1995.

차봉준, 『패러디, 관계와 소통의 미학』, 인터북스, 2011.

폴 헤르나디 저·최상규 역, 『문학이란 무엇인가』, 예림기획, 1998.

한성우, 『적극적 상상과 치유의 글쓰기』, 오늘의문학사, 2012.

허창운 외 3인, 『프로이트의 문학예술이론』, 민음사, 1997.

Sigmund Freud, 윤회기·박찬부 역, 『정신분석의 근본개념』, 열린 책들, 1997.

강경희, 「조선시대 동파(東坡) 「적벽부(赤壁賦)」의 수용: 적벽선유(赤壁船遊)와
        「적벽부」 방작(倣作)을 중심으로」, 『중국어문학논집』 61, 중국어문학연
        구회, 2010.

강명관, 「16세기 말 17세기 초 의고문파(擬古文派)의 수용과 진한고문파(秦漢古文
        派)의 성립」, 『한국한문학연구』 18, 한국한문학회, 1995.

_____, 「한시와 패러디」, 『동양한문학』 11, 동양한문학회, 1997.

강민경, 「한국 유선문학(遊仙文學)에 나타난 신선사상」, 『고전과 해석』 14, 고전

문학한문학연구학회, 2013.

강민구, 「영조대 문학론과 비평에 대한 연구 : 조귀명(趙龜命)·임상정(林象鼎)·
이천보(李天輔)·이정섭(李廷燮)을 중심으로」, 성균관대학교 박사학위
논문, 1997.

_____, 「조선 관료문인의 직무(職務) 스트레스와 반응(反應)의 문학적 표출양상
- 서거정(徐居正)의 경우 -」, 『한문교육연구』 34, 한국한문교육학회,
2010.

강석중, 「과부(科賦)의 형식과 문체적 특징」, 『대동한문학』 39, 대동한문학회,
2013.

공영훈, 「의탁전(意托傳) 우언(寓言)의 글쓰기 양상」, 동국대학교 석사학위논문,
2005.

구덕회, 「선조대 후반(1594~1608)의 정체체제 재편과 정국 동향」, 서울대학교 석
사학위논문, 1988.

구본현, 「권필과 이안눌의 교유와 문학 활동」, 『국문학연구』 14, 국문학회, 2006.

권민정, 「『소화시평(小華詩評)』에 나타난 풍격(風格) '청(淸)'의 구현 양상」, 광운
대학교 석사학위논문, 2000.

권순열, 「석주 권필 연구」, 『남도문화연구』 25, 순천대학교 남도문화연구소, 2013.

김광섭, 「17~18세기 '여문선집(儷文選集)' 류의 편찬 양상과 그 영향에 대하여 -
서유체(徐庾體) 변려문의 애호 현상을 중심으로 -」, 『어문논집』 54, 민
족어문학회, 1997.

김동우, 「시적 카타르시스의 이중적 개념과 문학치료」, 『문학치료연구』 21, 한국
문학치료학회, 2011.

김상일, 『동악 이안눌 시세계 연구』, 동국대학교 박사학위논문, 1998.

김영주, 『조선후기 소론계 문인의 문학론』, 경북대학교 박사학위논문, 2005.

김우정, 「최립(崔岦) 산문의 문체론적 고찰」, 『한문학논집』 20, 근역한문학회,
2002.

_____, 「간이(簡易) 최립(崔岦) 산문 연구」, 단국대학교 박사학위논문, 2004.

_____, 「선조·광해 연간 문풍의 변화와 그 의미: 전후칠자의 수용 논의의 반성적
고찰을 겸하여」, 『한문한문학연구』 39, 한국한문학회, 2007.

_____, 「현주 조찬한 산문의 연구: 17세기 초 문단(文壇)의 풍정(風情)과 관련하

여」, 『한문교육연구』 31, 한국한문교육학회, 2008.

김우정, 「택당 이식과 17세기 초 문단」, 『동방한문학』 46, 동방한문학회, 2011.

김윤조, 「강산(薑山) 이서구(李書九)의 생애와 문학」, 성균관대학교 박사학위논
문, 1992.

_____, 「한문 산문 '논(論)'의 형식과 문체적 특징」, 『대동한문학』 39, 대동한문
학회, 2013.

김정옥, 「계곡(谿谷) 장유(張維)의 사부문학(辭賦文學) 연구」, 충남대학교 석사학
위논문, 1998.

김진경, 「한국 사부(辭賦)의 사적 전개에 관한 연구」, 고려대학교 박사학위논문,
2004.

_____, 「『해동사부(海東辭賦)』의 수록 작품 양상과 편찬의 지향성」, 『한자한문교
육』 18, 한국한자한문교육학회, 2007.

김창호, 「조선중기 서인계 시인의 시세계 연구」, 고려대학교 박사학위논문, 2005.

_____, 「권필(權韠)과 허균(許筠)의 교유와 그 당대적 의미」, 『한국한문학연구』
42, 한국한문학회, 2008.

김하윤, 「청음(清陰) 김상헌(金尚憲)의 한시 연구」, 고려대학교 박사학위논문,
2013.

김형도, 「제호(霽湖) 양경우(梁慶遇) 한시 연구 – 작시 기법과 작가 의식을 중심으
로 –」, 전북대학교 석사학위논문, 2004.

김희자, 「현주 조찬한의 문학관」, 『한국사상과 문화』 26, 한국사상문화학회,
2004.

_____, 「현주 조찬한의 시세계 – 사환기(仕宦期)의 현실인식을 중심으로」, 『한문
학논집』 24, 근역한문학회, 2006.

_____, 「현주 조찬한의 시문학 연구」, 단국대학교 박사학위논문, 2006.

_____, 「홍만종의 시평을 통해 본 현주 시의 한 양상」, 『인문학연구』 78, 충남대
학교 인문학연구소, 2009.

_____, 「현주 조찬한의 전(傳) 연구」, 『한문학논집』 33, 근역한문학회, 2011.

_____, 「조찬한의 시문에 나타난 간언(諫言) 일고」, 『인문학연구』 93, 충남대학
교 인문학연구소, 2013.

남은경, 「조선 중기 독서 경향과 『전국책』」, 『대동한문학』 26, 대동한문학회,

2007.

노경희, 「17세기 전반 조선과 18세기 에도 문단의 명대 전후칠자 시론 수용」, 『고
　　전문학연구』 43, 한국고전문학회, 2013.

문 경, 「장자(莊子) 우언(寓言)의 인물형상 연구」, 이화여자대학교 석사학위논문,
　　1994.

박동렬, 「현주 조찬한의 문학 연구: 근체시를 중심으로」, 홍익대학교 석사학위논
　　문, 1993.

박세인, 「수암 강항의 시문학 연구: 내상(內傷)의 표출 양상과 치유적 형상을 중심
　　으로」, 전남대학교 박사학위논문, 2009.

박영호, 「조선 중기 고문론 연구」, 경북대학교 박사학위논문, 1993.

박우훈, 「변려문(騈儷文) 연구의 현황」, 『대동한문학』 28, 대동한문학회, 2008.

박재경, 「책문(策文)으로 본 조선시대 과거사의 이면」, 『대동한문학』 38, 대동한
　　문학회, 2013.

박정민, 「현주 조찬한의 「신루상량문(蜃樓上樑文)」 연구 –「신루기(蜃樓記)」와의
　　대비를 통하여 –」, 『동방한문학』 57, 2013.

＿＿＿, 「현주 조찬한 산문의 수사 특징과 그 배경」, 『동방한문학』 60, 2014.

＿＿＿, 「조선중기 서인계 문인의 정치적 불만과 문학적 대응 – 현주 조찬한의 경
　　우 –」, 『동방한문학』 63, 2015.

백정희, 「중국역대시가의 발생과 유변(3) – 부(賦), 악부(樂府), 고시(古詩) –」, 『중
　　국학논총』 16, 국민대학교 중국문제연구소, 2000.

백진우, 「조선후기 사론 산문 연구」, 고려대학교 박사학위논문, 2011.

손찬식, 「조선 중기 도교사상의 시문학적 수용 연구: 조찬한을 중심으로」, 『인문
　　학연구』 28, 경상대학교 인문학연구소, 2001.

＿＿＿, 「현주 조찬한의 장자적 사유와 신선취향적(神仙趣向的) 시세계」, 『도교문
　　화연구』 18, 한국도교문화학회, 2003.

송명희, 「문학의 치유적 기능에 대한 고찰(1)」, 『한어문교육』 27, 한국언어문학교
　　육학회, 2012.

송병렬, 「우언시의 특징과 전개 양상」, 『동방한문학』 42, 동방한문학회, 2010.

신명호, 「선조 말·광해군 초의 정국과 외척」, 한국정신문화연구원 박사학위논문,
　　1992.

신승훈, 「전후칠자(前後七子)의 수용과 조선 중기 문원의 반향」, 『동양한문학연구』 16, 동양한문학회, 2002.

신영주, 「16세기 후반 시대상의 전변과 일탈의 문예미학」, 『한문고전연구』 27, 한국한문고전학회, 2013.

심경호, 「한문산문 수사법과 현대적 글쓰기」, 『작문연구』 5, 한문작문학회, 2007.

_____, 「상량문의 문학성 시론」, 『한문학보』 20, 우리한문학회, 2009.

안득용, 「계곡 장유 누정기 연구」, 『고전문학연구』 32, 한국고전문학회, 2007.

_____, 「16세기 후반~17세기 전반 산문의 구도와 전개」, 고려대학교 박사학위논문, 2010.

_____, 「16세기 후반~17세기 전반 送序 硏究」, 『동양한문학연구』 33, 동양한문학회, 2011.

안세현, 「조선중기 누정기(樓亭記) 연구」, 고려대학교 박사학위논문, 2009.

_____, 「조선중기 문풍의 변화와 과문(科文)」, 『대동문화연구』 74, 성균관대학교 대동문화연구원, 2011.

엄찬호, 「인문학의 치유적 의미에 대하여」, 『인문과학연구』 25, 강원대학교 인문과학연구소, 2010.

양승민, 『우언의 서사문법과 담론양상』, 학고방, 2008.

우지영, 「한문학 작가의 비평사적 검토」, 경북대학교 석사학위논문, 2006.

_____, 「의작(擬作)의 창작 동기와 창작 양상에 대한 일고 – 한신(韓信) 소재 의작 작품을 중심으로 –」, 『동방한문학』 41, 동방한문학회, 2009.

_____, 「문답식 한문 산문에 대한 연구」, 경북대학교 박사학위논문, 2012.

원주용, 「조령류(詔令類) 산문에 관한 연구」, 『동방한문학』 31, 동방한문학회, 2006.

유재윤, 「구양수(歐陽修) 사부(辭賦) 연구」, 전남대학교 박사학위논문, 1996.

윤미길, 「조찬한의 현실인식」, 『국어교육』 93, 한국어교육학회, 1997.

이라나, 「백이(伯夷) 담론의 의리론과 문장론: 조선시대 백이 담론의 전개와 분기」, 성균관대학교 석사학위논문, 2013.

이명희, 「고전과 현대 도망시(悼亡詩)에 나타난 슬픔의 치유 방식」, 『동방학』 24, 한서대학교 동양고전연구소, 2012.

이성민, 「'진한고문파'의 성립 배경과 진한고문에 대한 인식」, 『한국어문학연구』

48, 한국어문학연구학회, 2007.

이성형, 「임난 수습기 사행문학(使行文學) 연구: 대명(對明) 사행록(使行錄)을 중심으로」, 공주대학교 박사학위논문, 2010.

이성혜, 「제문(祭文), 위로와 치유의 서사」, 『퇴계학논총』 23, 퇴계학부산연구원, 2014.

이영휘, 「조선조 변려문(騈儷文) 연구」, 충남대학교 박사학위논문, 1994.

이은영, 「한국 한시의 특징과 전개: 못다한 사랑과 그리움의 노래 – 도망시(悼亡詩)의 전통과 미 –」, 『동방한문학』 42, 동방한문학회, 2010.

이인자, 「현주 조찬한의 산문 선역」, 경성대학교 석사학위논문, 2013.

이준호, 「『장자』의 우언 예술 연구」, 한국외국어대학교 석사학위논문, 2007.

이현호, 「신유한(申維翰) 산문의 의고성(擬古性)과 『장자』 패러디」, 『동양한문학연구』 20, 동양한문학회, 2004.

이형성, 「우계(牛溪) 성혼(成渾) 문인 조사에 의한 우계학(牛溪學) 계승성 연구」, 『공자학』 23, 한국공자학회, 2012.

이희경, 「조위한(趙緯韓)의 잡체시(雜體詩) 연구」, 경상대학교 석사학위논문, 2002.

임태승, 「비극적 소요유(逍遙遊): 장자미학에서의 초월의 의미」, 『철학』 77, 한국철학회, 2003.

장만식, 「〈조침문(弔針文)〉의 문학치료학적 접근」, 『문학치료연구』 27, 한국문학치료학회, 2013.

장미경, 「선조조 전쟁 체험 한시 연구: 윤두수·정문부·권필·정희득을 중심으로」, 고려대학교 박사학위논문, 2003.

장유승, 「전후칠자(前後七子) 수용과 진한고문파(秦漢古文派) 성립에 대한 비판적 고찰」, 『한문학논집』 36, 근역한문학회, 2013.

전 긍·초팽염, 「노신(魯迅) 작품의 이중(二重) 치유 기능 분석」, 『중국어문학』 62, 영남중국어문학회, 2013.

전미정, 「치료의 수사학(2) – 시 치료 사례를 통해 살펴본 비유의 세 가지 치료 메커니즘 –」, 『문학치료연구』 21, 한국문학치료학회, 2011.

전송열, 「조선조 초기학당(初期學唐)의 변모 양상 연구」, 연세대학교 박사학위논문, 2001.

정도상, 「현주 조찬한의 문학 일고」, 『한문학논집』 18, 근역한문학회, 2000.

정순진, 「'자화상 쓰기'의 치유성 연구」, 『문학치료연구』 30, 한국문학치료학회, 2014.

정시열, 「'기(奇)'자 평어 작품에 대한 일고 −『소화시평(小華詩評)』과 『시화총림(詩話叢林)』을 대상으로 −」, 『한국고전연구』 13, 한국고전연구학회, 2006.

주영아, 「17세기 과제시문(課題詩文)에 나타난 전고(典故)의 수용 양상」, 『동방학』 26, 한서대학교 동양고전연구소, 2013.

최경환, 「조찬한의 〈궁중사시사(宮中四時詞)〉와 연작시의 구성 원리」, 『한국한문학연구』 20, 한국한문학회, 1997.

최우석, 「'치유(Healing)'로서의 당대(唐代) 은일시(隱逸詩) 고찰」, 『중국어문학지』 44, 중국어문학회, 2013.

최 식, 「홍길주의 실험적 글쓰기」, 『동양한문학연구』 25, 동양한문학회, 2007.

한명기, 「광해군대의 대북 세력과 정국의 동향」, 『한국사론』 20, 서울대학교 인문대학 국사학과, 1998.

찾아보기

문 헌·작 품

인 명 · 개 념

저자 **박정민**

경북대학교 한문학과를 졸업하고 동 대학원 한문학과에서 문학박사 학위를 취득하였다. 현재 경북대학교 인문대학 한문학과 강사로 재직 중이다.
저서와 역서로 『(전쟁과 한문학Ⅰ) 격동의 산문, 임진왜란기 격문(檄文)』, 『금주선생문집』 외 여러 편이 있다.

전쟁과 한문학Ⅱ

조선 전란기 지식인 조찬한의 고뇌와 문학

2020년 10월 27일 초판 1쇄 펴냄

지은이 박정민
펴낸이 김흥국
펴낸곳 보고사

책임편집 이소희
표지디자인 오동준

등록 1990년 12월 13일 제6-0429호
주소 경기도 파주시 회동길 337-15 보고사
전화 031-955-9797(대표), 02-922-5120~1(편집), 02-922-2246(영업)
팩스 02-922-6990
메일 kanapub3@naver.com / bogosabooks@naver.com
http://www.bogosabooks.co.kr

ISBN 979-11-6587-107-9 93810
ⓒ 박정민, 2020

정가 16,000원